戈壁的黄昏

楚秀月 著

陕西新华出版
陕西旅游出版社

图书在版编目（CIP）数据

戈壁的黄昏 / 楚秀月著. — 西安：陕西旅游出版社，2023.9
ISBN 978-7-5418-4512-3

Ⅰ. ①戈… Ⅱ. ①楚… Ⅲ. ①散文集－中国－当代 Ⅳ. ①I267

中国国家版本馆 CIP 数据核字(2023)第 166468 号

戈壁的黄昏　　　　　　　　　　　　　　　楚秀月　著

责任编辑：武莹莹　韩舒
出版发行：陕西旅游出版社
　　　　　（西安市曲江新区登高路 1388 号　邮编：710061）
电　　话：029-85252285
经　　销：全国新华书店
印　　刷：宝鸡市民政彩印厂
开　　本：787mm×1092mm　　1/32
印　　张：10.25
字　　数：212 千字
版　　次：2023 年 9 月　　第 1 版
印　　次：2023 年 9 月　　第 1 次印刷
书　　号：ISBN 978-7-5418-4512-3
定　　价：58.00 元

序　春光无限

又是一个春天，比起五年前，这个春天似乎没什么不同。窗外马路边的花儿已开至荼蘼，一片片花瓣在暖风中轻轻飘落。它们从大地汲取营养，最终又回归大地的怀抱。整理完这些文稿的日期，正是五年前我开始写作的日子。面对这样的巧合，我是欣喜的，[illegible]，让5月21日这一天，在我生命里又添浓墨重彩的一笔。

在我手指的轻抚下，这些关于家乡的文字如花瓣回归土地般在我面前徐徐展现，我无法形容内心的激动。五年来，我对文字的热爱并未随时间的流逝而减弱。很多时候我都会感到奇怪，每当我停笔一个月或十天，甚至更短的时间，我就会焦虑，仿佛一个匆匆行走的人突然停下脚步一样会产生不适。我不知自己为何会如此，这种焦虑又来自哪里。

细想，我的写作是散漫的，没有任何计划可言，但我不否认，冥冥之中我的写作是有方向的，我不自觉地朝着那个方向前行。身在异乡，每当夜深人静之时，家乡的种种美好便如水墨画般在我脑海里铺展开来，带着温度和光芒。

或许，距离会让我产生更多的思绪；或许，只有远离家乡才能让我的灵魂更真实地靠近它。我成长时所经历的一切，人或事，物或景，无论当时带给我的是快乐还是忧伤，当我的笔端轻触它们的时候，我的灵魂深处就会止不住地战栗。我的书写不仅直抵自己的心肺，更是和家乡一次次久别后的重逢。

很多时候，有人问起我家乡的所在地，我只是简短地回答：在新疆。新疆是辽阔的，如果要具体到一个小小的单位，我的家乡应该是一个被称作新疆石河子农八师一四二团一营六连的地方，这个地方被统称为"兵团"。它是一个神奇的所在，有着自己特殊的身份和使命。这里汇集着来自国内多个省份的人，在二十世纪六十年代，他们被称作"支边青年"。不同的习俗和审美，也赋予了兵团不同的人情世故和自然景物。或许，我无法呈现它最初的模样，但经过文学艺术上的精心构思和取舍后，它一定是我心中最美的样子。

在文学史上，无论国内还是国外，那些获得过诸多奖项的鸿篇巨制中，或多或少总有着让人无法释怀的疼痛或残缺。正是这些疼痛或残缺，在敲打着读者们的灵魂，牵扯着评委们的肺腑。

我不否认，人生在世，每个人都无法逃脱尘世烟火中欲望的诱惑，每个人都纠缠于其中，我们对很多的事耿耿于怀，我们也绝不放弃努力。很庆幸，我的记忆有所选择，我的书写也是挑剔的。如今想来，我的童年生活是快乐的。那片广袤的土地虽贫瘠，却从未让我忍饥挨饿，只要足够勤劳，那是一片石头都能结出果实的地方。我的家虽清贫，却从不缺少温暖和爱，所以我写不了满是伤痕带着疼痛的文字，更无缘于那些残缺，就让我的家乡和亲人以最真实的面貌展现在这里吧。我知道，随着社会的不断进步，我家乡的一切也在不断地改变，面对这种改变，我无能为力，无论我内心多么不情愿，都只能接受。

关于小城宝鸡，随着生活的时日渐长，三十年来我越来越喜欢这里。突然有一天心里就冒出这样的念头：这里也是我的家乡，我的第二个家乡。这绝不是矫情，更不是虚伪，每当我行走在石鼓山前渭水河畔，每当我看见灯火辉煌处有一间小小的屋在等着自己疲惫的双脚进入，有一扇明亮的窗可以安放我孤寂的心灵，我的内心便激荡出满满的幸福和骄傲。只有把这里当作家乡的人，才会产生这种幸福和骄傲。虽然在这座小城里我没有发小，没有同学，也没有太多的亲人，但这一点都不影响我去热爱它。

很多时候，我的热爱都是隐忍的、隐秘的，这和我敏感而内敛的性格有关。但是，我希望在我的文字里，我的热爱是奔放的、明亮的；在我的书写中，我能逐渐认清自己，逐渐成为一个完美的个体。比起那些在生活中八面玲珑的人，我是笨拙的。很多时候我都认为，正是这种笨拙，让我总要比别人付出更多才能得到自己想要的东西。但我从不后悔，这种付出让我内心踏实并产生强烈的使命感，这样很好。

  曾有文友对我说过，和许多见风使舵的人相比，我有着不可理喻的执拗。我把这种执拗定位为原则和底线，很骄傲，我是这样的人，我将继续努力。

  是家乡和亲人赋予我这些秉性。无论我离开家乡多久，离亲人多远，我和她们永远心意相通。谨以此书献给我的家乡和亲人。

2021年5月21日清晨于宝鸡渭水河畔

目 录

001 序 春光无限

001 何处安身立命

019 大地上的沧桑

037 祖母亲亲

052 那年春夏

063 土地上的母亲

082 戈壁的黄昏

093 剧团生活

126 戈壁上奔跑的少年

132 我们的"落科"老师

136 阿利和花脸

142 往事被心收藏

158 东河 南河

163 和你一起感知万物

177 家乡的秋天

181 家乡的冬季

186 酒 事

191 一日三餐

- 197 老家
- 201 念念不忘
- 205 女人与花朵
- 210 旗袍
- 215 行走在路上
- 220 防空洞
- 226 城市里的灯火
- 233 忧伤的午后
- 238 一个人的行走
- 242 峡谷柔情
- 247 石窟里的心痛
- 251 嘉峪关之行
- 258 雪中故乡
- 262 回家
- 269 走过家乡
- 275 我的母亲
- 295 我的父亲
- 314 后记 山河依旧

何处安身立命

一

2017年1月28日，是农历的大年初一。下午两点，儿子拖着沉重的行李箱送我。这个日子出远门，于我而言，只能是回家看母亲。正是午休的时候，小区路上空旷无人。儿子边走边嘱咐我，落地之后发微信给他。我说太晚了，都半夜了，让他先睡。话音未落，传来一声炸响，只见大门外的空地上有一个七八岁的男孩正在放鞭炮。青灰色的烟雾像极了我记忆里家乡的炊烟，在空气中弥漫开后渐渐消散在冬日午后慵懒的阳光中。小区门楼两边挂着的灯笼红得格外显眼，让过年的气氛更加浓烈了。我长长舒了口气，默默对自己说："终于要回去了。"

结婚二十五年来，我从没有回新疆过过春节。不是我不想回，我无数次给母亲打电话说要回家过年，母亲无数次决绝地阻拦："太冷了，你别回来给老娘我找事儿了。"听了母亲这话，我就难过、生气,然后沉默,任电流截取我一小段不良情绪,传到几千里外母亲的耳朵里。母亲已到了对儿女的言行异常敏感的年纪,她马上察觉出了这话对我的伤害,就用假装轻松实则小心翼翼的语气打趣我:"老娘是怕你回来把耳朵冻掉了!"

我知道母亲疼我。她在父亲去世后来宝鸡待过一个冬天,知道宝鸡很少下雪,即使有雪,也很快融化,知道宝鸡很多树木一年四季绿叶长青,春夏秋冬地里都长着蔬菜。而母亲那里,我生长的地方,冬季只有难以想象的寒冷,天地间一片素白。

2004年之后,我再没给母亲说过回家过年的话。

2003年冬天,祖母去世了。2004年夏天,父亲也走了。抱我长大的三个人,在半年的时间里就少了两个,我不知自己回去后该如何面对曾经热闹如今却空寂寂的屋子。它一定冷清得让我难以想象,而我内心接受不了这种冷清。我总在想,母亲又是如何坚强到独自一人度过一个又一个寒冷长夜的?在父亲去世后的很长一段时间里,我的心没有沉浸在想念父亲之中,却被母亲所面临的孤单掏空。

我便邀请母亲来宝鸡,想给母亲换个环境,以免她触景生情。很多时候,人就是这样无奈而被动地逃离自己喜欢而熟悉的事物。母亲来宝鸡,她的内心是欢喜的,欢喜是因为我对她的在意。坐在客厅专门为母亲支起的那张床上,母亲告诉我,在祖母去世后的那个春天,父亲开始打土块垒院子。

"你爸纯粹是累死的,你爸一点都不听我的话,那么多土块,他一个人和泥、端模子,翻晒干再搬回家,又一块块垒成墙,我咋说都不听。"母亲的语气很激烈,甚至有些恨恨的。或许,母亲是在用假想的怨恨覆盖她对父亲深深的依恋和想念，这样，母亲心里就会好过一些。父亲查出癌症的前两天，还在给院墙抹草泥。胃疼起来，父亲弯下腰，一手死按着肚子，一手撑着自己刚刚抹平的墙。汗珠子落在墙根下的土地上，很快就被风刮起的尘土覆盖住。父亲抬起头，看着站在身旁的母亲说："我坚持不住了呀。"墙上的新泥被父亲摁出一个大大的坑，母亲咬咬牙说："坚持不住也得坚持，就剩半面墙了，你不干谁干？"

母亲千想万想都不曾想到，父亲真的得了大病。病病歪歪几十年，父亲的身体没有几天是舒坦的。母亲除了多干活，从没有在言语上心疼过父亲。在大字不识一个的母亲心里，最深的爱便是行动，她不会整那些虚伪没用的玩意儿。

66岁的父亲，似乎冥冥之中感到自己已时日不多。很多个傍晚，吃完晚饭，母亲还在灶台旁收拾，父亲就从屋里走出来，站在门前的空地上朝远处望。不知谁家的狗因路人的惊扰而狂吠，很快，狗叫声连成一片，在渐渐暖起来的夜空中盘旋。多一层院子就多一层保护。母亲喂的有鸡有猪，秋天，还有母亲从地里捡拾回来的庄稼均匀摊晒在门前。如果是早些年，母亲可以扛着满满一袋玉米顺着梯子三下两下爬到房顶。如今，这只能是母亲迫不得已放弃的一个被撂荒了的过去，此生，母亲都再也不能够了。

父亲拖着十几岁时在老家下井挖煤累坏了的身体，独自一人干起了沉重无比的泥巴活。母亲和父亲结婚后，无论是在外面还是在家里，坚忍好强的母亲都没让父亲干过任何重活。而这一次，母亲再也无法帮他了。

那年，已55岁的母亲因肾囊肿刚刚做过手术。每每想起这件事母亲总是悔恨交加，认为自己的病生得不是时候，是自己拖累了父亲，害死了父亲。

二

其实，父亲也曾在冬天来过宝鸡。在我结婚的第三个年头，父亲来信说："我和你妈秋收完，去宝鸡看你们。"父亲识字不多，儿子的小名叫"喔喔"，不知是父亲不会写那两个字，还是在他心里这个小毛头的名字就是如此的写法："我和你妈还没见过OO，想去看看。"那两个小小的圈，在我当时看来是如此可笑，而如今想起，它们多像是父亲的怀抱，满满都是初为姥爷的小心翼翼的呵护和疼爱。

我就盼着盼着，感觉日子一天一天过得好慢。真到了那一天，收到父亲的电报，说只有他一个人过来，我就很失望。儿子正上幼儿园，总是感冒、发烧、咳嗽，如果母亲也来，可以帮我做家务，还能帮我带孩子，而父亲什么都不会——想起自己当时的真实想法，即便是因生活所累，如今的我也羞愧得无地自容。

还有一个最大的问题，父亲来了怎么住？在婆母三室一厅76平方米的屋子里，住了大大小小七口人。夕阳透过阳台门的玻璃照进来，落在客厅的地面上，也照在摆满了杂物的电视柜上。我手捏电报，站在客厅愁容满面。屋外是空寂的冬日景色，楼后的花圃里大片的空地都闲置下来。再远处，是桥梁厂的广场，灰白色的水泥小路蜿蜒在绿色的草坪上。马路上车流如梭，每一只车轮都能找到自己行驶的方向。很快家人们都下班回来，两个孩子，喔喔和洋洋（我爱人大妹妹的儿子），在屋里追逐嬉闹，从这间屋跑到那间屋，每间屋里都装满了他们的欢笑，却没有一间屋可以在夜晚展平千里迢迢来看我的父亲那黑瘦衰老的身体。我默默做着晚饭，直到吃饭时都不知怎么开口和婆母说，直到不得不说——再有几小时父亲就到宝鸡了。

临睡前，我和婆母终于商量出了结果，确切地说，是婆母的主意。她让我把里屋的小沙发挪到客厅，把客厅的长沙发弄进里屋给父亲当床。这是最好的办法，我只能接受。那一刻，我内心是不情愿的，作为女儿，我也无法接受和父亲在夜晚如此近距离接触——那时的我是多么混蛋啊。

我和爱人去接站，凌晨四点，路上看不见一个人。爱人骑着自行车顺清姜大坡一阵风似的冲下去，我坐在后座上，风是凉的，"呼呼"直响，紧紧追随着我，我的心却是暖的，之前因父亲住宿而产生的为难情绪早已烟消云散。这毕竟是我结婚后家人第一次来看我，虽然来的并不是我期望的母亲。

父亲小心翼翼踩着火车门踏板下来，在看见他的那一刻，似乎三年的光阴飞逝而过，似乎只是一夜之间，父亲就老了黑了瘦了矮了，头发全白了，脸上的皱纹更是加深了许多。父亲手里紧紧拎着我熟悉的军绿色帆布包。包是母亲做的，很大，鼓鼓囊囊的，不知里面都装了些什么。我赶忙接过父亲手里的包，眼睛一热，眼泪忍不住落了下来。

我曾给父亲写信说，人来就行，路远什么都别带，我这儿啥都不缺，可父亲还是没听我的话。吃完晚饭，父亲进里屋，蹲下身打开放在沙发旁的包转头喊我，见我过来他并不起身，只是侧过身把左手举起来,握着两大把水蓝色的毛线:"这是给喔喔带的,你给他打毛衣穿。"父亲又掏出一块灰色的布料:"这是给你婆婆的,让她做身衣服。还有葡萄干,是你两个妹子的,每人一袋。"

我不知说什么好,重复着信里的话:"给你说什么都别带,路这么远,我这里啥都有啊。"父亲站起身,坐到沙发上缓了口气才说道:"怎么能空手来呢?不给你带东西,可还有孩子和你婆婆呢。"饭后的小睡让父亲稍缓过来,粗黑的面颊上隐约透着两坨红润。我知道,父亲带来的毛线和布料应该是家乡最好的东西了。我想象得到,在父亲动身前的某一天,他和母亲一定在简陋的营部商店里商量许久后才挑选下它们。后来,我用那些毛线学着给儿子织了一件背心。虽然,那是儿子的毛衣里唯一一件化纤织物,但它绝对配得上我日日夜夜里一针一线的编织。

或许,正应了那句"婚姻使女人成熟"的话,如今想起那时的自己,真是什么都不懂。那一晚,还是婆母早早提醒我说:"去给你爸打洗脚水,让你爸早点休息。"父亲洗脚的塑料盆,是婆母前一天买回来的。感谢我的婆母,是她这次温和的指点,让父亲享受到了我作为女儿在现实生活里唯一细微的孝心行动。后来,每当我想起自己曾给父亲打过一个月的洗脚水,对父亲的愧疚就会减轻许多。

父亲很少单独外出,我给父亲配了一把家门上的钥匙,用绳串起来,让他挂在脖子上,黑色的线绳在父亲白发的映衬下是那样的显眼。钥匙父亲只用过一次。他闲转到自由市场,那里有一个棋摊儿,都是和他年龄差不多的老头,父亲看他们下棋打发了一下午的时间。返回时，到了家门前，钥匙却打不开屋门。父亲弯着腰歪着头使劲开，开出了一身汗，直开到屋里的人听到动静打开门。开门的却是陌生人，瞪大的眼睛里满是怀疑，那人看着父亲唯唯诺诺地退出楼道——父亲记错了单元。

偶尔我也和父亲闲聊，聊的都是些家长里短，很快如烟火般就消散了。倒记得父亲曾说起过自己戒烟的事——是在我发现父亲又抽上了烟的时候。记忆里父亲是不抽烟的。父亲一抽烟，婆母就开始不停地咳嗽，小小的房间里满是烟雾，我坐也不是站也不是。婆母嗓子一直不好，我心里便有些埋怨父亲，当着婆母的面我又不好说什么。没人时，我便问父亲，"怎么又开始抽上烟了？"父亲笑笑，说自己并没有烟瘾，说自己是几抽几戒几复的老烟枪了，"年轻时，和畜牧队的小伙子们一起值夜班，夜长，就学着抽上了。结婚后戒了，你们出生了又抽。到八几年你们上学，经济紧张又戒，省下两年的烟钱买了个小收音机——之前你妈死活不给我买。"父亲说到这儿，语气中并没有埋怨母亲的意思，倒隐约有对母亲的思念。朝夕相伴的父母，因为我第一次有了久别。父亲的烟雾，第一次因为孤单，飘散在陌生的房间。

不到二十平方米的小屋，父亲就睡在门边。每天我下班回来，进进出出，父亲大多坐在沙发上，眼皮底下就是我们一家三口的床，床上除了被子枕头，还凌乱地放着儿子的衣物和玩具。再远处，透过窗户玻璃，可以看到一片被主人遗弃了的桃园，零零星星还有几棵桃树，枝丫上残存的叶片在风中孤寂地摇动。很多个凌晨，我醒来一睁眼，父亲大多又都是坐在沙发上，眼睛望向窗外。窗外黑蒙蒙的，其实什么都看不见。我不知道父亲是什么时候醒的，我也不知道父亲在长长的夜里到底睡了，还是没睡。

三

比起父亲在宝鸡睡的硬沙发，我再回新疆，又多了一个住处。

1997年7月，弟弟结婚，我们一家三口回去参加婚礼。正赶上学生放假，也是新疆旅游的旺季，去单位订票处等了几天依旧没买上卧铺票，只能坐硬座回去了。

买些什么回家呢？似乎买再多的东西，都不能弥补平日里因路途遥远而对亲人们的疏离。收拾了换洗的衣服，我们一家就欢喜地上路了。白天，我和爱人坐在座位上。四岁的儿子正处于调皮的年龄，满车厢乱跑，从车头到车尾，我一直紧盯着他。晚上，兴奋了一白天的儿子躺在座位上睡熟了，我站在旁边用身体挡着，以防他翻身时跌落；爱人站在过道。

坐在我对面的是一位维吾尔族男人，从爱人和他的闲聊中得知，他是新疆医学院的医生。他高大帅气，有着一双深邃的眼睛，和人对视时目光里似乎会漾起水波般的陷阱。天一黑，他就钻进座位下面躺下，就在我脚边，无论我怎么变换方位都能看到他展开的身体，年轻而激越，我的目光会不由自主地停留在他身上。

第一个晚上，我勉强撑得住；到了第二晚凌晨时分，车厢里鼾声四起，我拿出事先准备好的塑料布铺在地上，撑着座位慢慢坐下，把昏昏欲睡、沉如石块的头靠在儿子身上，很快就迷迷糊糊睡去。不知过了多久，我醒来，车窗外漆黑一片，只有火车的行驶声在寂静的夜里清晰可辨。爱人还站在我身旁。我起身转动了一下酸痛的脖子，拿来车窗边挂钩上的小包放在地上当枕头。当我躺下去舒展开自己身体的那一刻，我的内心是屈辱的，但实在太困了，困到我已顾不得体面，困到我战胜不了自己的身体。我闭上了双眼，很快进入了梦乡。

我梦见我和爱人下了车，我们牵着手一直朝前走，似乎最前方有什么在吸引着我们。最终，我们在一片花海里停下了脚步。风吹动着我的白色裙裾，花丛中，我像一只蝴蝶轻轻扇动着翅膀。不远处就是我家的老院子，我的心安定下来。爱人深情地望着我，我轻轻抬起头，四目相对的那一刻，我似乎被春天的雷电击打了一般，脑子里一片空白，整个身体疯狂地抽搐起来。我想逃脱，却又深陷其中无法自拔。爱人轻摇我的双臂，我定睛再看，竟是那位维吾尔族医生。

我从梦里醒来，发现自己的一条腿在熟睡中不自觉地搭在了那位维吾尔族医生的身上。即便是梦中无法控制的动作，也让我内心尴尬万分，想起梦里的情景我更是无地自容。

天已微微亮，我在睡眼蒙眬中羞愧地站起身来。将肉身展平的那张床是多么重要啊！而围着床的那四面墙，更是关乎人的尊严。难以想象，长期在缺乏安全感的情况下睡觉会产生怎样的不良反应。

在寂静的凌晨时分，我们终于下车。那位维吾尔族医生走在最前面，快进地道口的那一刻他回头张望，而我也正朝他望去，在人群里，我一下便捕捉到了他如两潭泉水般明亮而洁净的眼睛。很快，熙熙攘攘的游客如沙漠中的沙粒，三下两下便把他淹没了。

站在广场时，天已大亮。我抬起头望一眼湛蓝高远的天空，突然感到一阵眩晕，我把全身的力气都用在双脚上，拼命踩实脚下的土地，这是家乡的土地。太阳亮出一小片红晕，很快又变成一丝红线，开始慢慢探出自己圆圆的身躯。虽是夏日，空气中依然有些凉意。我打开包，翻出儿子的薄外套，儿子站在那里似乎还想睡，我拽起他僵硬的胳膊把衣服给他套上。在我系好最后那粒纽扣时，太阳一跃而出脱离了地平线，这时像是一个伟大的时刻到来，天地间的一切都被抹上了一层金黄。

汽车站和火车站只隔着一条马路，马路边摆放着各种早餐摊。白米稀饭的蒸汽从铁桶上冒起来，像一团磨砂的棉花糖，香糯的味道四处飘散，包围着每一位路过的人。好香啊，我被热腾腾的水汽吸引着。火车上的两天两夜，我们都不曾吃口热饭，胃里冰凉空寂，感觉自己像一截被霜打过又掏空籽粒的秋黄瓜，儿子还那么小，怎么受得了呢？

我停下脚步，给爱人打了招呼，便让摊主装一碗稀饭。摊主是个三十多岁的男人，猛一看像是维吾尔族人，蓄着阿凡提式的胡须。他问我："你是哪里人啊？""我是石河子一四二团的。"我的回答里有着无法言说的骄傲。

家乡是一枚定海神针，令游子心安。

弟弟的新房在昌吉与石河子之间的乐土驿镇上。下车后，我站在马路边不知该往哪里走。正是午饭时间，南面空旷的广场上不见一个人影，密密实实的房屋错落有致地在远处铺排。正踌蹴着，广场西边跑过来一个人，我一眼认出是母亲，便拼命朝她挥手。

回到家，弟弟正在钉客厅的风景画，他手上依旧忙着，目光却时不时追着满屋撒欢的喔喔。我很饿，问母亲有啥吃的，母亲说新屋还没开火，平时都瞎凑合。"等你弟忙完，咱们去吃大盘鸡。"知女莫如母，母亲的提议让我垂涎欲滴。大盘鸡全国各处都有，盘子也都很大，却没有家乡的味道。

我前前后后仔仔细细地看了弟弟的新房，盖的是平房，却是楼房的结构。进门后的过道很宽，母亲说要停放摩托车。我这才发现新房没有院子，心里便有些遗憾。没有院子的家，像一棵树没长叶子，似乎少了丰富多彩的内涵。

去吃大盘鸡的途中遇到一位五十多岁的男人，瘦瘦高高，驼着背，母亲老远看见他就疾步上前打招呼。那人眼窝深陷，浑浊的眼珠滴溜溜乱转，和我的目光一触就立马挪开，这让我内心感觉极不踏实。母亲邀他同去吃饭，他嘴上推辞，却和母亲边说边一起走向我们要去的饭店，这让我怀疑刚才的偶遇极有可能是专候。我心里就有些不痛快，倒不是我小气，毕竟这是我回家后的第一顿饭，我不希望有外人在。我从母亲和那人的对话中得知，弟弟新房的宅基地是借用他的，弟弟还未从团场正式调过来，没有划分宅基地的资格。这顿饭是在那人滔滔不绝的表功中结束的。直觉告诉我，此人非良善之辈。或许我一语成谶，没多久，那人因偷盗厂里的木材被贬到其他车间，没多久，因操作失误左手被卷进机器，只得残养在家。

吃完饭回来，母亲催我休息，我躺下却怎么也无法入睡。给弟弟盖房时，父母给自己也盖了一间，有二十几平方米，和弟弟的新房门挨门。"等我们老了，就过来住。"父亲说这话时，满脸洋溢着喜悦及骄傲。老到动不了了，有儿子陪在身旁，是多少父母的心愿。我为父母的老有所依感到欣慰，又为自己的远嫁生出一些无奈。为了自己更好地生活，远离父母总归是一件自私的事，可谁又能逃脱"人挪活，树挪死"的想法呢？守在父母身边，日子过得凄惨，会让父母更糟心。又想起吃饭时遇见的那个男人，弟弟盖的房，地基却是他的，便很为弟弟担忧。迷迷糊糊总算睡去，梦见有一个人站在门前，大声呵斥弟弟把房搬走，说地基是他的。那人凶极了，一双深陷的眼睛如鹰隼的双眸，一下就把我吓醒了。

第二天一大早，我便回了一四二团一营的家。祖母一个人在那里守着几间空旷的老屋子，守着一方院子的风声，守着一棵沙枣树的阴凉，守着我们回家时的那条小路，守着记忆里我们成长的笑声。

已忘记我推开家门时祖母正在忙啥，但我永远记着祖母看见我时惊喜的面容，记着我进屋后不到十分钟就吃到嘴里的荷包蛋，记着祖母望向我的目光还像小时候那样温暖。

四

父亲垒院墙的屋子，并不是我们最初的家。

弟弟结婚后的那个秋天，一个周六的清晨，我刚起床就接到父母打来的电话。父亲的声音里充满兴奋："今天搬家，搬去和你弟一起住，东西都收拾好了，一会儿车就来了。"得知这个消息我不知说什么好,心里有着说不出的担忧,也有父母没有提前和我商量的不悦。虽然我知道自己的想法很没道理——父母有权利选择自己喜欢的生活。

我是和婆母合住过的人,知道两三代人同挤在一个屋檐下会出现怎样的不适,但面对父亲的喜悦,我却说不出任何阻拦的话,即使说,也已经晚了。母亲还告诉我,弟媳怀孕了,需要人照顾。我知道,这是父母为此次搬家找到的最好的借口。挂完电话,我就理解了父母的喜悦。升级当了公婆的人,在花光辛辛苦苦一辈子积攒下的老底之后,将一个如花似玉的新人迎进门,任谁都会憧憬着新生活的到来,渴望儿子儿媳温恭孝顺,巴望孙子孙女绕膝欢乐。但生活却是残酷的,日积月累的烦琐事务一点一点地把当初期望的美好慢慢消磨掉。人都想把日子往好里过,可以后是个未知数。

被父母丢弃的那个家,是让我们姐弟三人长大的家。即使时隔多年再回去,闭上眼睛,我都能摸到门朝哪开风朝哪吹;闭上眼睛,我都能感知到哪里有坑哪里铺了砖,知道清晨第一缕晨曦落在哪一片房泥上,知道黄昏最后一丝余霞映在哪一截矮墙边。可是,就在这一天,父母怀着喜悦的心情,怀着对新生活的期望,把自己以前的生活连根拔起。

被父母丢弃的那个院子,是一家人齐心协力垒起来的。父亲挖土,母亲担水,我端泥,弟弟抹平。如果一块土块上曾落下一滴汗水,那么我们每人都占了四分之一;如果一块土块上能映见人影,那么我们每人的影像都会同时显现在上面。那一年,我只有15岁;那一年,因为端泥,我落下了病根:只要用力过猛,就会咳嗽不止。而生活中，让我用力过猛的时候是那样多，每咳一次，我就会想起被父亲卖掉的那个院子，想起我真正意义上的家，我的心便会如刀绞般疼痛。

在此后的日子里，我常常想起老屋，惦记着搬进新屋的父母和祖母。父亲常年有病，干不了重活；而母亲脾性直率，说起话来口无遮拦；祖母性格温婉，但已到了走路都需要人搀扶的年纪。每每想起他们，我多么希望养大自己的三位亲人能合为一体。这个完美的人，具有母亲的能干，兼有父亲的智慧，还带有祖母的柔顺。这样一个完美的人和弟弟一家生活在一起，会给弟弟少添多少麻烦啊。

我的担忧不无道理。1999年最后一天的黄昏，当所有人都怀着喜悦的心情迎接即将到来的新年时，母亲打来电话，用颤抖的声音告诉我，前一夜父亲吐血不止，医院诊断是胃出血，下了病危通知书。我的心瞬间冰凉，和妹妹商量着回家伺候父亲，却遭到母亲的阻拦，说她可以自己在医院照顾父亲。我和妹妹心里着急，却只能寄钱回去。而同一家医院的不同科室，住着我将要做心脏搭桥手术的小舅。弟弟结婚时，曾借小舅一些钱尚未还清。日夜耗心的操劳让母亲精疲力竭，半个月的时间，就让曾澎湃如能载动任何船只的河流般的母亲远离了健康——她得了"三高"症。

很多年后，母亲说起父亲这次生病依然悔恨不已。那晚临睡前，父亲的胃又痛起来。可药吃完了，黑灯瞎火的，药店又远，母亲看着躺在床上疼得呻吟不止的父亲，就跑去厨房给饭碗里倒上开水，拌入一大勺花椒粉让父亲喝。最初，父亲抵触这碗黑乎乎的汤剂。"花椒是止疼的，你喝下去就不疼了。"母亲对父亲说。母亲知道治牙疼的小偏方是塞一粒花椒,便如法炮制。或许父亲实在疼痛难忍,或许也觉得母亲的说法有些道理,总之父亲端起碗喝了下去。半小时后,父亲开始大口大口地吐血。

那个夜晚,一场前所未有的大雪汹涌而至。弟弟背着昏迷不醒的父亲去马路上拦车,身后的雪地上,父亲吐出的血宛如寒夜中凋零的片片梅花,让人心惊胆战,不敢直视。

父亲终于一天天好起来,等到要出院了,才发现住院费无法报销。父亲的户口还在兵团,看病须先由团部医院同意再转到市医院才能报销。在家养病的半年里,父亲经常透过窗户望向远山。没有院墙的遮挡,山看上去很清晰,却一天天在变小。天热起来,山上的雪融化了,渗进了土地。父亲的身体慢慢缓了过来,他清楚地意识到,必须返回兵团生活。

可是,原来的那个家已经没有了。三年前,父亲以四百元钱的价格,将它卖给了来新疆打工的一户甘肃人。

五

父亲不在了,那一天,是2004年的7月8日。

临睡时,电话铃声响起,是妹妹打来的。我的心一下揪紧了,立马预感到不好。妹妹压抑着哭声,哽咽着叫了我一声"姐",之后便失声痛哭。几小时前,妹妹曾打来电话,说父亲吐血不止。正是黄昏,我无法待在家里,出了门一直朝西走,走到了清姜河畔。残阳如血,正缓缓落向地平线,河水被映得血红,我怎么看都觉得心惊,便不敢站在桥上。心里一直渴盼着奇迹能在父亲身上发生,可等到的依旧是噩耗。

我的身体仿佛被抽空了，内心悔恨交加，为什么明知父亲的日子不多了自己却没早些回家呢？为什么不回去陪陪父亲呢？我坐在床边，低着头说不出一句话。爱人转身去收拾东西，然后拉着我出门去火车站。下了火车已是半夜，再打车去机场。站在机场航站楼前，天还黑着，亮了一夜的路灯依旧璀璨，而属于父亲的那盏生命之灯却油尽光灭。

坐在候机厅里，我才清醒地意识到我的父亲没有了。浑身像被抽了筋骨，没一丝力气，我把头轻轻靠在爱人肩上，眼泪一下流了出来。这世上，再无一人的肩膀可以无条件让我来靠；这世上，再无一人的心会如此惦记我了。

到一营时，已是下午四点多。我给妹妹打电话，让她来学校门口接我。父母新搬的家虽在我熟悉的连队，却隐藏在一个我陌生的角落，我已无法独自找到回家的路。

这个新家又小又暗，门低到我俯下身才能进去。屋子中间放着一个破旧的铁盆，燃烧殆尽的纸灰在我推开门时被风带起，有几片飘出盆外，轻轻跑过来围在我脚边。父亲，你是在用这种方式迎接我吗？父亲，你是在用这种方式亲近我吗？我瞬间泪流满面。母亲躺在床上，听见门响，探起身，我放下包跑过去，抱住母亲的头揽在我的胸口，却说不出一句话。

喝了热水，烧过几刀纸，我和妹妹打车去团部医院看父亲。推开冷冻柜的门，见父亲已化过妆，这是他在66年的生命里唯一一次面色如此红润。冷冻柜里的他身体短小，如同装在盒子里的婴孩。这冰冷的小小四壁，是父亲通往天堂的中转站。

母亲说，父亲住院期间还惦记着自己曾说过的话，惦记着要把祖母的骨灰带回老家和祖父合葬。我不知这是父亲对祖母的承诺,还是父亲自己的意愿。这已成为一个永久的谜,也成为永远都不可能实现的事情了。

父亲火化的当天,就进行了土葬,和自己的母亲一起埋在了乐土驿——弟弟如今生活的地方。那是一块陌生的土地,陌生到父亲领着小脚的祖母,需重新经历一遍四十年前从老家河南千里迢迢来新疆时的艰难;那也是一片遥远的土地,遥远到父亲和祖母再也无法把疼痛一生的身体,安放进有着悲苦记忆却从未停止过想念的故乡;那更是一片贫瘠的土地,埋在那里的人,全是不相干的陌生人,父亲领着一生和自己相依为命的母亲,需再次捡拾起重新开始生活的勇气——假如有来生之说。

压实最后一锹土,我放眼荒野,东一片蒿草,西一片乱石,盖不住脚下辽阔而寂寥的青灰色地表,远处的山倒像是近了些。希望这里离天堂也是近的,父亲和祖母走得就不会太辛苦。再看一眼脚边的两座新坟,心中父亲和祖母的影像依然是多年前的模样。有多少年,我都不曾回来看你们;有多少年,我都以为和你们相处的日子还长。此后,这小小的两堆黄土和黄土下两个小小的坑,便是你们安身立命的地方。

第二天,我和妹妹开始收拾东西。打开柜子,除了过年走亲戚时剩下的几瓶酒,再就是父亲生病住院期间亲友拎来的几盒保健品。母亲的床头放着一只老式计算器,只有巴掌大小,按键如米粒,我将它捧在手里,对母亲说我要留作纪念——那是父亲用坏了的一个计算器。

于母亲而言,父亲的离去开启了她需要依靠子女生活的模式。父亲也许不会想到，自己费死巴活给母亲盖下的院子，会因他的离去，在我们姐弟的极力劝说下，最终被母亲无奈地放弃。

此时，我坐在位于渭河边住宅区宽敞的家里，写完此篇最后几个字。深秋的夜空寂冷清，我听到渭河水流向远方的声音。水啊，你从哪里流来又流去哪里？我轻声问自己，问天地，问神灵，却没有谁能回答。人，降生于土地，却像水一样到处漂流，若干年后，尸骨和血液又返回泥土。土里安生，水中立命，一股水能冲走多少泥土？一捧土又埋藏着多少远方的期待？一切都如过眼云烟。水啊，水啊，你只是流经我的身边。

大地上的沧桑

高中毕业的那年秋天，怀揣着对未来生活的梦想，我没有丝毫犹豫就离开了家乡，离开我从出生一直居住到十八岁的老屋。我的心情是迫切的，脚步是急促的，我甚至连头都不曾回一下，便在一个晨雾缭绕的清晨，和父亲消失在未知的苍茫中。那一刻，我的老屋像一位贫瘠、丑陋又被我抛弃的老人，粗糙破败，带着萧瑟，于茫茫戈壁的晨曦之中被寂静包围。

几十年后，跟随岁月一起老去的我，早已被俗世里的烟火熏蒸得麻木迟钝，但每每夜深人静，我却越来越清晰地聆听到老屋在我内心深处发出的呢喃。我凝神静气，想要寻找自己曾留在老屋里的呼吸。这是一个追忆的过程，也是一个疗伤的过程，带给我无与伦比的幸福和安宁……

一切终将消失，老屋也是如此。对老屋的怀念，除了回忆，我没有别的方式。

一

2019年5月初的一天,我陪母亲回一四二团认证退休工资。把母亲安顿在二姑家,我没顾上吃晚饭便出去了。前一晚,我就在乐土驿和初中同学大霞约好,一到团部就联系她,让她开车带我回老屋。有20年的时间我没回老屋了,几年前,从别人口中得知,老屋已被拆除。那一刻,我像一个在人群里跌跌撞撞的独行者,心里明白,此后再无一处能安放我敏感而脆弱的灵魂。我难过了几年,不甘了几年,哪怕它真的变成一堆废墟,我也要再见它一面,和它叙叙旧,因为只有它,懂我那些揣了几十年仍不肯丢弃的记忆。

已是黄昏时分,浓重的晚霞涂满西天,地里的庄稼才长出几片叶子,视野很开阔。坐在副驾驶上的我沉默不语,大霞手握方向盘,眼睛直视前方。不一会儿,车子便顺着一营路口拐下去,大霞侧过头问我:"还记得这个路口吗?""怎能不记得,这是进出一营的必经之路。"我内心涌起波澜。几句话的工夫,车已行驶到七中学校大门前,大霞无丝毫犹豫就把车停下,在朦朦胧胧的夜色中,我俩趴在紧锁的铁栅栏门上向里观望。这里也是留给我俩许多回忆的地方,从小学到初中,我俩一直在这里就读。天很快黑下来,我并不着急,内心依旧觉得老屋一直都在,即使我回去再晚,它也一定会等着我。可我错了,当我们的车顺着七中学校西面的小路继续朝前开时,到处都是黑蒙蒙的一片,车子似乎在荒郊野地上行驶,最终,我们只得停下。

初中时的玩伴,虽多年未见却依旧是懂我的,为弥补我心中的遗憾，大霞打开大灯，努力朝前方照去。明亮的灯柱在半空中发出耀眼的光，可我什么都看不见。我下了车，努力睁大双眼，低矮的树木、杂乱的草丛、被翻挖后松软的土地……周围的一切都是那样的陌生。我的老屋就这样消失在茫茫的大地之上，彻底不见了。黑暗中，面对一片虚无，巨大的悲哀在我身体里轰鸣作响，我的脑海中清晰地出现了老屋的模样。

泥墙泥顶，木梁木檩，面南坐北，一排九间，前后共十八间，后排西边的三间就是我的老屋。这两排房子是六连成立畜牧队时统一盖的，专为畜牧队职工家居所用，其位置在连队西北方向约一公里的戈壁上。父亲是畜牧队元老，还没结婚就分到两间。父亲把离门近的那间一隔为二，半间是厨房也是过道，靠墙立着案板、水缸、碗柜，砌着冬天做饭及取暖用的炉子；里面半间最初放着一张小床，父亲偶尔从羊场回来了住，和母亲结婚后，他将小床换成了大床。里屋和东屋都没装门，只挂着布门帘，东屋的半边隔墙是厨房土炉子的火墙，墙下摆着八仙桌，最里面并排支着两张床。祖母睡单人床，我和妹妹睡双人床，两床之间仅一米宽。床头立着一个嫩绿色的床头柜，柜身画着一枝红梅，柜面上常年摆着玻璃瓶，偶尔倒上水插上花花草草。祖母床边是两把木制靠背椅，中间摆着写字台，上方挂着一面半身镜。东屋也做客厅用。

弟弟大一些时，和母亲住一起不方便，父亲便去连队把西头的那间屋也要了来。那间屋地面较低，之前的房主是一对新婚夫妇，结婚前把整个地面下挖一层，屋子高了，空间也就显大了。他们还糊了顶棚，刷了石灰墙面，地面铺了红砖，换了窗户，贴了窗花，这让整个屋子看上去有些不同凡响。

或许这就是爱情的力量。我至今还有印象，新郎姓冯，在家中排行老四。他娶媳妇时，父母已被前三个儿子折腾得一穷二白，实在无法经管他。好在冯老四长得白白净净，很有玉树临风的感觉，相亲时姑娘一眼便相中了他。姑娘的眼睛大而有神，总闪着温柔而羞涩的光，薄薄的嘴唇紧抿着。他们是冬季结的婚，过了蜜月春天就来了。天气好时，新娘子坐在门边给冯老四织毛衣，阳光顺着敞开的门照进屋。我站在自家门前远远地看，新娘子总给人一种特别的感觉，至于哪里特别，又说不明白。最终，我将其归结为这间装饰漂亮的新房隐藏着一种神奇的力量，让新娘子也变得神秘起来，我总想去屋里探个究竟。新娘子低头织着毛衣，我慢慢朝她围过去，站在门边朝屋里张望。粉色床单，大红被面，缝纫机上盖着白色开司米钩出的花朵盖布，典雅又高贵……冯老四他们住了一年多就搬走了，毕竟只有一间，做起饭来烟熏火燎很是伤人，而新娘子已有孕在身。

几乎没费任何周折，那间屋就归了我家。为进出方便，父亲堵住原来的门，在我家西墙上开了新门，还特意用砖在门下砌了两层台阶。父母搬进那间屋后，那里很快成为家人的主要活动场所。父母腾出的里屋让弟弟住，这种居住模式一直保持到我高中毕业离家。

二

因为是连队的排式住建房，所以所有权归连队。两排房子最初居住的八户人家都不带院子，到1986年左右，包产到户，各家才开始垒院墙。我家在西头，父亲在边上盖了一间夏天用的厨房，院子就圈得格外大，正屋对面还盖了两间杂物间，中间担了几根木头，上面堆放草料，下面是牲畜棚，圈羊拴牛，家里的毛驴也在这里过夜。这些牲畜在一个棚下，或许感知到同属一个主人，都是"自家人"，从未发生过打架斗殴的事。牲畜棚南面开着小门，里面挂着锁，出去就是猪圈。母亲每次喂猪，提着猪食桶都走小门，省不少力气。盖院墙、厨房、杂物间用的土块，都是父母领着我们姐弟三人自制的。泥巴活很累人，我们一家几口却乐此不疲。

老屋院子东墙前栽着一棵沙枣树，我记事时它已有碗口粗。这是畜牧队居住地唯一的一棵沙枣树，每年六月初，沙枣花开，整个畜牧队都飘着奇特的花香。半个月后，那些细细碎碎的黄花才随风摇落，引得鸟儿们时常叽叽喳喳落于树下。沙枣树灰白色的叶片也很细小，遮不下多少阴凉，祖母却爱坐在树下干活，择菜或洗衣，仿佛坐在那儿就是一种享受。到了秋天，树上串串沙枣开始成熟，我们姐弟一天要看好几趟，等黄豆粒般大小的青色果实慢慢发黑发亮直至透明，我们将其一串串摘下，以解嘴馋。

老屋房后还有一个菜园，园子里总有几行葱是绿的，除了冬季上冻，每到中午，祖母都会慢慢悠悠用铁锨挖两根葱回去炝锅。到了夏季，蔬菜慢慢成熟，辣椒、西红柿、豆角、茄子、南瓜、西葫芦，母亲每样都种着几株，够家里食用。祖母摘回去就马上下锅，一家人得以尝到蔬菜最原始的美味。园子里还有几架葡萄，结出的果实颗粒小，皮也厚，母亲说这是酿酒的品种，几年过去，却不见她挖掉换种别的。每到秋季，这酸甜的小葡萄足以令我们魂不守舍，一遍遍往菜园跑。放学回家，先把书包架在后园的半截土墙上，再推开木质小门钻到葡萄架下，挑选已发黑发亮的颗粒，用手一粒一粒轻轻揪下来，塞进嘴里稍解饥渴，这才进家门洗手吃饭。

菜园还种着一棵苹果树，每到春季开花，母亲总是折下一根枝条，像甩鞭子一样，轻轻抽打满树花枝进行人工授粉。不知是品种原因还是一棵树太独了，尽管母亲如此精心照料，每年结出的果子却又小又少，口感酸涩。一棵树长起来不容易，母亲一直留着苹果树，它在东屋窗前，仅每年看花也是值得的。

在菜园种花却是我的杰作。上高中时，有位女老师在自家院子种了一片格桑花，很是妖娆，我大为心动，便向她要了花种，第二年春天撒在后院窗下。到八月放假，格桑花开了红红粉粉的一大片。我已不满足仅仅趴在后窗上欣赏，于是带着书来到菜园，躺在房后的土地上，任由格桑花在身边轻轻摇曳，嗅着花香读着书，时常在蝴蝶和蜜蜂的萦绕间迷迷糊糊睡去，直到母亲的训斥声响起。毕竟，女孩子睡在潮湿的地上对身体不好。

我家院门朝西开，紧挨着一条小路，朝南走20分钟左右便是一营学校，朝北走几百米就是父亲工作的羊场。小路对面是连队浇地的水渠，天热时，天山上融化的雪水流下来，渠两边的杂草格外茂密，时常会有野蜂出入。路过的人偶尔会被马蜂蜇到，母亲便在水渠边栽了两排白杨树。树吸水，蹿得异常快，水渠两边的杂草便矮下去许多。几年后，杨树长起来，有时家里需用木料，母亲便让父亲锯上几棵，再补上新树苗。水渠边粗粗细细几十棵白杨，竟长成了一片树林。

三

家里最初的家具除了床以外，只有两个木箱和一个立柜。木箱一红一绿，都是父亲做的，又笨又重，大小一样，祖母和母亲各用一个。两个箱子都可以上锁，却从未锁过。祖母的木箱摆在她床头边的木架上，每到初夏，太阳不急不躁，祖母就会打开木箱，取出她为自己准备的老衣，拿到院子里晾晒。老衣在阳光下发着绸缎独有的光，底色是耀眼的靛青色，带着明黄色的传统图案。这样的老衣新疆肯定没有，我猜测是祖母从河南老家带来的。祖母来新疆时已快50岁，为自己准备这些也说得过去，内心也有让自己终老边疆的打算吧。在祖母的箱子里，我只记着有她的老衣，或许也只有老衣。一个整天围着锅台转的老人，一个27岁就开始守寡的女人，箱子里还能装什么宝贝呢？

母亲的箱子架在她房间的南窗下，装着家里的现金、户口本、粮油证、她和父亲的结婚证，以及家里的粮票、布票等凭证，还有几块"行门户"用的布料和被面，几乎家里所有重要和值钱的东西都在里面。母亲不识字，每次需用证时怕拿错，总是让我帮忙确认，所以，我对箱子里所装之物比母亲还熟悉，偶尔母亲不在，我也会打开箱子看里面是否有变化。作为家中长女，我从小便知道体恤母亲，她也格外倚重我，家里很多事都和我商量，我似乎也就有了一些特殊的"权力"。

杵在东屋墙角的大立柜有一人多高，来历不明，看上去像是旧货，却有着高贵的出身——上下四个柜门边竟雕着花，这在那个年代很少见。我从未问过家人柜子的来历，仿佛它一直就在家中立着，早已是家里的一部分，这也令它多了一层神秘色彩。家里有了好吃的，蛋糕或糖果之类，总是交由祖母，祖母便轻轻打开上层的雕花木门，将其放在最高一格。我们姐弟三人即使打开柜门，踮起脚尖伸长手都够不到，无形中这些美食就多了一层保护。但又怎能保护得住呢？我们心心念念惦记着，晚上躺在床上翻来覆去不睡，偷偷瞄柜子一眼，正巧被祖母看见，祖母便说："还不快睡，一会儿老猫来把你们抓走！"睡在我旁边的妹妹小眼珠子滴溜溜一转，问祖母："那老猫会不会把柜子里的蛋糕也抓走呀？"祖母笑着答："不会的，老猫已经吃过晚饭了，肚子饱饱的啦！"妹妹实在忍不住了，细声细气地说："老猫肚子饱饱的，可我肚子饿了，奶奶，我想吃蛋糕！""馋嘴猫！"祖母边说边起来穿鞋，打开柜门取出袋子，将蛋糕拿给我们："趴在床边吃，别油了被子！"此时的我们比小猫都乖，一手拽着被角，一手捏着蛋糕，哪里顾得上回答祖母呢。

我们渐渐长大，家里需要添置新家具了。那几年江浙一带的木匠来新疆揽活的特别多，父亲观摩了几家的成品家具后，决定让江苏的一对木匠师徒来家里打家具。木匠师傅30多岁，唇上留着两撇小胡子，眼睛黑溜溜的，看上去很精神。徒弟还不到20岁，满脸稚气。师徒俩的头发都是又黑又密，看上去就有几分相似，后来得知，他们是师徒也是叔侄。两人都很少讲话，偶尔说两句听着也像鸟语，但父亲有什么要求说给他们，他们都能懂，这就足够了。父亲特意腾出杂物间，搭了床给师徒俩睡，做活就在院子里。师徒俩用半天时间在院子里做出一张木工凳，然后开始打家具的第一步——刨板子。刨出的板花都是卷的，我和弟弟妹妹百思不得其解，在刨花堆里找出自认为最长的一个，拉直摊平比长度。锯板子时需师徒配合，一人一边扯着墨斗把墨线弹在木板上，锯出的板子才能平平直直。墨斗在我们眼里也很神奇，像黑色魔盒，师徒俩用完总是急忙把墨斗线摇起来，怕我们碰到后染一手黑。

打家具是个大工程，除了木材是父亲拉到加工厂提前切割成片的，其他都要木匠师傅一刨子一斧子地加工出来。这些木匠大多来自南方，似乎南方人更容易掌握一门手艺。他们吃住都在主家，为了让他们把活做精细，主家还要给师傅买烟抽，伙食也要好些。先选材、下料、刨光、开榫卯、组装成型，再安装五金件，最后打磨好就可以上漆了。刷一层清漆，再刷彩漆，漆出来的家具油光可鉴。那时还流行在家具上作画，父亲特意征求我的意见，我选了浅绿色底漆，让在柜门上各画一枝红梅。漆完，柜子摆在院子里，的确好看，引来连队不少人观看，也为师徒俩带来好几家后续活计。那一次，木匠师徒俩给我家打了五斗橱、高低柜、橱柜和两个床头柜。如今那家具还摆在母亲房里，看上去依旧很好。那时置办的东西，一件是一件，可以用很多年。

或许是先入为主的原因，对我家的家具，我记忆最深的还是祖母的床。祖母的床比一般床要高，每次祖母要踮着脚尖侧着身子才能坐到床上，她在床上坐着，两只脚还挨不到地面。我懂事后，总觉得祖母上下床不方便，不明白父亲为什么让祖母睡这张床。祖母缠过脚，晚上起夜真不方便。后来我懂了高枕无忧的意思，才明白父亲的意图。

到我长大，我也明白了自己为什么对祖母的床如此念念不忘。母亲生下我后没奶水，祖母便把我放在她的床上喂养。在这张床上，我努力抬起头打量这个陌生的世界，使出吃奶的劲翻了第一个身；在这张床上，我抬高身体学爬行，触摸并感知祖母干瘪的乳房被岁月毫不留情掠夺去最后的柔软；在这张床上，我第一次张开小嘴发出"奶"的音，让祖母惊喜地误以为我在喊她，其实我是要奶吃……

四

上初中后，每到周日，我最喜欢干的家务就是收拾屋子。为了让屋里有一股清新的气味，每次我都会在用于喷洒地面的水里挤少许牙膏，将其搅出泡沫后，洒在屋子的角角落落，待地面干湿适宜时，再拿起扫帚清扫。母亲看见，就嫌我费牙膏，说过我好几回，但都被我当作耳旁风。后来，四连的砖厂建起来，母亲赶着驴车拉回几车因有小瑕疵被砖厂丢弃的砖，让父亲铺在地上。砖地不易起灰，颜色也好看，可我依旧用牙膏水喷洒地面，我喜欢那种味道。地面一干净，家里看上去就整洁很多，再把桌面、窗台、摆件等擦拭一遍，就有了一尘不染的感觉，即使待在家里一整天我都不愿出门。收拾屋子的活以前都是祖母干，后来我一收拾，祖母就夸我勤快。我猜测，她夸赞的不单单是我的劳动本身，祖母一定也喜欢那种清新的味道。

每年腊月二十四扫尘日，母亲总要刷墙。她早早起来搬床挪柜，在一只大铁盆里倒上白石灰，用水调成黏稠状，再拿细毛滚子蘸上石灰水，把家里的墙面全部滚刷一遍。石灰水泛热，很快就干了，墙面变得粉白好看，还防虫避毒，更可去除污浊之气。

刷过墙，家里一片澄明，一下就有了新气象。

换顶棚比起刷墙要费事得多。经过几年的烟熏火燎，顶棚总是黑乎乎的，但只能几年换一次，因为攒够糊顶棚的报纸很不容易。先撕去旧顶棚，把散发着油墨香的新报纸一张张铺在棚架上，再用糨糊黏合。这是细法活，要两个人配合，父亲没有这样的耐心，我就给母亲打下手。母亲踩在木凳上铺报纸，我站在地上，一手拿报纸，一手端糨糊，我和母亲都仰着脖子、架着胳膊，糊完顶棚我俩腰酸背疼好几天。这是我十多岁时最讨厌干的事。

记忆里，我家院门几乎没锁过，只挂着一把小铁锁，真是防君子不防小人。再者，祖母基本在家，也无锁门的必要。大家生活水平相差无几，除了几袋粮食，家里也没啥可偷。最主要的是，大家都觉得偷东西是件很丢人的事。我家院门外就是路，经常有人进院讨水喝，祖母总是热情招待，除了倒一碗热水，遇到饭点，还会盛一碗饭或拿一个馍给人充饥。那时，不仅祖母这样，家家都如此，出了门谁没难处呢？帮人就是帮自己。

但我家每晚临睡前却要从里面插门，这都由父亲来完成，如果哪天他忘记，母亲就会提醒。插上门可以安安稳稳睡个好觉，这其实是一种心理暗示。院子里有羊有鸡有猪，但那时谁家没这些？从未听过谁家牲畜半夜被偷走的事。

也曾遇到坏人，那是我记忆中唯一的一次。某天下午我正午休，祖母让读初中借住在我家的表妹领进屋一个讨水喝的男人。那人30岁左右，长得彪悍威武。表妹倒了水放在写字台上正准备离开，那人突然伸手拽了一下表妹的辫子。表妹一下蒙了，心里明白是遇到坏人了，赶紧就往门外走——祖母正坐在院子里。躺在床上的我无意中看到这一幕，立马抬起头对着那人一顿臭骂："滚，滚出去，哪里的人跑到我家来撒野！"那天天阴，屋里暗，那人没看到屋里还有人，我突然用如此激烈的言语呵斥他，吓了他一大跳，连水都没顾上喝就逃走了。这样的人在那时很少见，也让我明白，做坏事的人到底心虚，一句话就吓得他逃之夭夭了。

母亲是家里睡得最晚起得最早的人，睡前她总要院里院外巡视一番，看看牛、羊、猪有无异常，菜地是否要锄草或浇水，以便做到心中有数，第二天早起该干啥干啥，一点都不耽误，把家里家外打理得井井有条，家中大小事情自然也由母亲做主。

那时的惯例是谁家房前屋后的地就属谁家，我家屋后有一块地，却被母亲借给邻居李叔叔给他大女儿红红盖了婚房。盖房不像借物，用过就还，说借，其实有去无回。母亲思忖再三，这毕竟是喜事，李家两间房夹在中间，地方的确小，如果不占我家的地，盖过房不仅没院子，窄窄的通道连行走都会磕磕绊绊。母亲心中虽有不舍，却通情达理，最终还是痛快答应了，但红红新婚之夜发生的事让母亲很后悔——

李叔叔家大女儿红红是领养的，后来他家又生了小女儿，李叔叔难免偏心，就想让红红招个上门女婿，自己老有所依，这也无可厚非。红红却不乐意，她心里早有人了，是个当兵的。因偶然的机会两个人认识，虽很少见面，只书信往来，却情浓意真。部队规定不许士兵在驻地周围和当地女孩谈恋爱，红红想等一年后男娃转业再告知父母，可李叔叔看上了一个从江苏来新疆弹棉花的手艺人，这人又矮又胖，在老家还结过婚。红红反抗，却拗不过父母。日子很快定下来，新房也盖好了，只是在新婚之夜，红红拒绝那个弹花匠靠近自己，两个人难免发生肢体冲突，哭泣声、推搡声和谩骂声在到处贴满喜字的婚房里响了一夜。

土墙隔音不好，母亲一下就明白在自己借出去的那块土地上发生了什么，心揪了一夜，觉得自己做错了事，不该借地给李家叔叔盖新房。但事已至此，拆房是不可能的，况且这是人家的家事，母亲也无法拿此说事。好在那些凄惨的声音此后再没响起，母亲的心里才好受一些。那间婚房，红红和那个又矮又胖的手艺人只住了不到一年，便搬出去了，后来一直空着，直到统一拆除。

五

母亲曾在老屋的西南角挖过一个兔窝，那时我只有8岁，并不明白母亲养兔子的意图。后来，我才慢慢理解了母亲养兔子的原因：在物资匮乏的年代，母亲为给正长身体的我们姐弟三人增加营养才养了兔子。比起在土地上辛劳三季才有的收获，兔子繁殖迅速。那两只兔子一公一母，最初被母亲养在父亲编织的一只柳条笼里。母亲每天从地里回来总不忘割一捆青草，带着露水的青草有一些重量，母亲背在背上，脚步却似乎更欢快了。母亲到家后并不急着吃饭，总是先喂兔子，偶尔还会轻声对兔子说："你们快快长，多长肉，多下崽！"我和弟弟妹妹也时常站在笼边，张着小嘴看兔子吃草。青草在兔子的三瓣嘴下迅速抖动，迅速消失。我们没想到，小小的兔子竟能吃下那么多青草，这和正长身体的我们多么相似啊。母亲的目光时常从兔子身上移到我们姐弟三人的身上，偶尔还会自言自语："地里长草，长不出肉，可兔子吃了草,就能长肉了。"那两只兔子像是生活给母亲画的两张大饼,飞呀飞,始终不肯落下来——兔子渐渐长大,却总不见下崽。母亲很疑惑,这是她初次养兔子,想法很简单,一公一母,长大后自然就会交配怀孕。为此,母亲请教了懂的人,说养在笼里的兔子接不上地气,就怀不上崽。母亲恍然大悟,她把兔笼挪开,开始在地上挖兔窝。兔窝深不足一米,有双人床大小,母亲只用了半天时间就挖好了。

我和弟弟妹妹还是经常站在那里看兔子吃草。兔子全身雪白,只有眼睛红得有些过分,我想不明白,这世上怎么会有红色的眼睛。

那两只接了地气的兔子,如母亲所想,很快生下兔崽,兔崽又生下兔崽,也如母亲所愿,一窝一窝,繁衍不息。除了吃草时发出轻微的咔嚓声,兔子似乎不再有其他声响,它们四肢紧蜷,贴近地面,缩着脖子,很少走动,像一个个椭圆的雪球,红红的眼睛里总泛着温顺的光。母亲想象中的大饼,被兔子越画越大,她以为到了秋天一定会有一支庞大的兔群出现。我和弟弟妹妹也这样想,我们站在兔窝前的时间越来越长。可是,谁都不曾想到,日益壮大的兔群,突然在一个漆黑的夜晚集体出逃。

原来,兔群在安静的假象掩护下,趁母亲不备早已挖好了逃离的通道。这条通道并不长,兔窝几米之外就是一个大坑,坑里杂草丛生,再远一些,是茫茫戈壁……

这是母亲从不曾想到的事。在那个黎明,太阳即将升起的时候,母亲坐在空荡荡的兔窝边号啕大哭。我们姐弟三人被母亲的哭声惊醒,悄悄从床上爬起,站在窗下朝外窥视。几乎是同时,我们发现母亲哭红的眼睛，和逃跑的兔子的眼睛是多么相似啊。

此后，我和弟弟妹妹都无法再亲近兔子，对温顺的动物也一直保持着高度警惕。而那个兔窝，母亲一直没填，留在空旷的地坪上，像生活留给母亲的一块伤疤……

比起母亲的兔窝，父亲的红薯窖就显得可靠多了，毕竟红薯没有长脚，不会跑掉。每年秋天家里收回的红薯都存放在祖母床下。父亲在那里用砖垒起一个沙池，地方紧巴，取放极不方便。父亲决定用一个夏天的零碎时间，在东院墙下挖出一个形如大肚子瓮的地窖，用来储存红薯。挖好后的圆形窖口直径一米有余，窖里却有一小间屋子大。母亲劝父亲，不用挖这么大，太辛苦了，可父亲不听。那时，父亲已50出头，我结婚了，弟弟在团部鱼池上班，妹妹去西安上学了。父亲觉得肩上的担子轻些了，自己仅存的一些愿望还可以去实现。河南老家的红薯让父亲和祖母念念不忘，父亲要培育出自己的红薯苗。

父亲的努力没有白费，当春天来临，窖里整整齐齐码放的红薯完好无损。父亲双目炯炯有神，像一位检阅士兵的将军，温柔的目光在每一个红薯上徘徊，仿佛看见它们在春天慢慢萌芽，又长成一片绿茵，这带给父亲更大的动力。

天气渐渐热起来，父亲开始在院外的菜园子边砌红薯棚。棚并不需要太高，父亲一块砖一刀泥慢慢砌着。水渠边的白杨树已泛青，少数叶片打着卷儿吐出了新绿。棚座砌好后，父亲把棚底的土翻了两遍，精耕细作，捡出草根和石块，铺上一层薄薄的牛粪细细耙过，这才把红薯苗栽到棚里。父亲在棚座上盖了薄膜保温，东西各留一个风口，利于棚内空气流通。当所有的工作结束，父亲浑身酸痛瘫坐在大棚旁，夕阳把天烧得像一块锦缎，父亲心里像装着一锅滚烫的开水，沸腾不止。

这一年，父亲育出的红薯苗又粗又壮，留够自家用的，剩下的还卖了几百元钱。这让父亲信心大增，秋天新红薯挖出来，父亲挑选出最好的，放进他那只像大瓮一样的红薯窖，只等来年春天，开始他第二波育苗工程。

可第二年，父亲一棵红薯苗都没养出来——父亲上错了肥料。父亲的想法很简单，羊粪火力大，肥力一定比牛粪更足。红薯却不这样认为，它们的根芽承受不住父亲过度的热情，全都被羊粪烧死了，那片地也被烧坏了，此后寸草不生。

院子里的红薯窖一直在，我婚后第一次领着儿子回家探亲，父亲做的第一件事，就是用一张柳条编织的篱笆把红薯窖盖得严严实实，像捂住大地上的一只眼睛，他怕自己只有两岁的外孙掉进红薯窖里。

六

最后一次回老屋，是在1998年的夏天，回去参加弟弟的婚礼。我们一家三口和妹妹下了火车，先去了弟弟在乐土驿镇上的新房。新房才盖起来，很多地方还要收拾，父母都在那儿。可我们只在新房住了一夜，那里什么都是陌生的，那一夜，我几乎未眠，家里原本六口人，五人都在新房，只有祖母还在老屋，那一夜，祖母衰老的身影如一座大山，压得我喘不过气来。第二天，我们便早早搭车回了老屋。

到家已是中午，我推开院门，院子里静悄悄的，祖母没有像以前那样听见门响便出来接我，我忍不住喊了一声"奶……"不见祖母答应，风似乎把我的喊声刮走了。我的心慌起来，急忙推门进屋。屋里很暗，我努力睁大眼睛，祖母不在，床铺得平平展展，我暗暗松了口气，转身出屋。

祖母能去哪里呢？我站在院里细想，老屋就这点地方。我突然想起厨房，推开门，果然见祖母坐在灶前，手拿柴火正往炉膛里送。火光照在祖母满是褶皱的脸上，灰白的头发已所剩无几，拢在脖颈处的发髻只剩拇指粗细，后背只有窄窄的一条。看见祖母的那一刻，我的心稍稍安定下来，憋在心底的那声"奶"不由自主地吐出来，可背对着我的祖母却无任何反应。我这才想起，祖母已耳背多年，她是听不见我喊她的。我伸出手，想去拽祖母的衣襟，像小时候那样，可我的指尖在即将触碰到祖母的那一刻停了下来。我不知祖母在老屋里独自一人生活了多久，我不知自己突然的触碰会不会吓到她……我收回手，慢慢退出厨房。

那天中午，我和爱人、儿子以及妹妹，坐在院子里的小木凳上，等着祖母发现我们，等着祖母发现我们归来的盛大惊喜……

或许，因为我的目光刚从城市的高楼大厦里出来，此次老屋带给我特别强烈的视觉冲突，它的低矮和破败超出我的想象。这样的感觉在我去石河子工作后第一次回家时就曾有过，但这一次要强烈得多，心里不免凄凉。我明白，弟弟结婚后，父母早晚会搬离这里，我将彻底失去老屋。

我的预感不是空穴来风，很快，我就发现老屋和我以往回来时所见不同。家里养的牲畜都不见了，院子里空荡荡的，到了黄昏，似乎连一只麻雀也不肯落下来，老屋一下失去了往日的生机。院外不远处的白杨树林名存实亡，只剩细细小小的几棵树，寂静无声地站在夕阳里；曾像小山一样的柴火垛几乎没有了，而后园子里的葡萄，因无人经管长满了红蜘蛛，几串还未成熟的果粒稀稀拉拉挂在架上；蔬菜种得倒全，却都卷着叶子，一看就知道已很久没浇过水了。我有些难过，父母的心思已不在老屋，但我很快就释怀了，日子都在向前走，谁都无法阻挡，也必须接受。

祖母的衰老显而易见，手里依旧拄着父亲为她削制的那根榆木拐杖，移动一步像行走了十万八千里，很是笨拙。祖母是在老屋居住最久的人，在几十年间，祖母很少离开老屋，活动范围就是院子周围的500米。每天早上，祖母早早起来给我们做饭，等我们去了学校，她又开始忙家务，收拾屋子、喂猪喂鸡、做饭洗衣……几乎每一天都在重复着前一天的事。我不知祖母内心会不会烦腻，可烦腻了又能怎样？拖着一双小脚，她哪里也去不了。就像这座老屋，落地生根，只能静静地等着我们回来。

正如我所猜测的那样，在第二年的秋天，父母就带着祖母离开了老屋。几年后，老屋在推土机的轰鸣中灰飞烟灭。一切都不复存在，一切又将于记忆中永生。

我想，每个人的内心深处都有一座老屋，这才是我们真正的家园。它聆听过我们童年时的每一声啼哭，它修正过我们少年时歪歪斜斜的脚印，它包容过我们长大后头也不回的背离，它承载着家人在世间的酸甜苦辣，它缓解了我们远在他乡的忧伤和牵挂。世上再繁华的住所，都无法代替老屋在我们心目中的位置。

而每一座老屋，都如人一般，最初充满活力，然后经历岁月的风雨和世事的沧桑，最终消失在茫茫的大地之上。

祖母亲亲

每每想起几年前参加的一场婚礼，我依旧有着满满的感动。在自己婚后近三十年里，我参加过很多场别人的婚礼，而那场婚礼，却是我内心认定的真正意义上的中国传统式婚礼，它有着一个其他婚礼所没有的环节：祖父母上台，接受新婚孙子孙媳的叩谢。

当一对满脸褶皱、风烛残年的老人，相互搀扶着颤颤巍巍顺着红毯走向结婚典礼的舞台中心，我无法想象这两位老人的心情该有多复杂。我想，他们一定会想起自己当年结婚时的场景，也一定会想起给儿子举办婚礼时的场景。他们内心的激动和喜悦不言而喻，在感叹自己福满寿高的同时，也一定会涌出"这个孙子没白抱大"的感慨。

那对老人让我一下想起了自己的祖母。那一年，祖母已离开人世十二年；那一年，距我结婚也有二十四年之久。我的祖母何尝享受过这样的待遇？祖母抱大我，我远嫁陕西，她没能参加我的婚礼，平时我也很少回去看她。

我的祖母名叫王梅花，在她去世多年后，和母亲的一次闲聊中，我才知道了祖母的名字。我从未想过祖母还有别的称呼，我一直叫她"奶"，但在此文中，我更想以"祖母"这样正式的称呼来书写我心中的"奶"。仿佛只有这样，才能彰显出她在我内心的分量，才能彰显出我的郑重其事。

很多时候，家人间感情的亲疏并不按血缘关系的远近来排列。和自己最亲的那个人，一定是为自己付出最多的人，也一定是和自己心意相通的人，我的祖母在我心里就是这样的人。我的祖母，和世上千千万万其他人的祖母没什么不同，甚至更普通，她不识字，也从未出去工作过。但是，只有她，给了我最初的温暖和爱；只有她，让我体会到这些温暖和爱是多么美好。

一

1916年农历的五月十六日，我的祖母出生在河南荥阳一个偏僻而穷困的小山村。对于祖母的前半生，我仅用这一句话便能概括。我长大后，从未听祖母说起过她的曾经，我不知是她不愿提起，还是因她寡言。

很多时候，我都忍不住想象祖母小时候的模样，爱笑，两只大大的眼睛像弯月，闪着清澈而灿烂的光，长发又黑又亮，梳成麻花辫垂在胸前或后背。身子瘦瘦小小，穿着洗得干干净净的红底蓝花粗布罩衫和深色裤子，看上去清爽利索。作为家中长女，她性格温厚，乖巧懂事，从小便帮大人干家务，做饭、洗衣服、收拾屋子、经管弟妹。当然，祖母也会忙里偷闲，在傍晚时分和村上的小伙伴们一起出去玩耍，跳房子、捉迷藏、抓石子。很多时候，什么都不干，就是在田野里疯跑。那时女孩子该有的快乐，祖母一样都不少。

这一切却因裹脚而有了改变。最初，祖母抵触那足有十尺长的裹脚布，但她的母亲态度异常坚决：必须裹，不裹谁会娶你？祖母只能接受自己母亲狠下心来的残酷折磨。白天，祖母痛得寸步难行；夜晚，双脚闷在被子里又痛又热，可最终祖母都忍了下来。在长达几年的忍耐中，祖母不仅出落得亭亭玉立，更养成了她柔韧的性格。很多个夜晚，祖母望着自己又细又尖的双脚，想象凭着这双标准的三寸金莲，自己一定会嫁一个勤劳体贴又高大帅气的如意郎君。

一切如祖母所愿，我的祖父正是这样的人。祖父对祖母一见钟情，很快便把祖母娶进家门。只是，生活从不按人的意愿发展。最初的不幸是从孩子们的离世开始的，祖父祖母共生育四个男孩，却只养大我父亲一个，其余三个，也就是我的伯伯们，在不同的年纪都夭折了。最大的已长到七岁多，过年时，或许是受了风，或许是放炮受了惊，高烧不退，苦命的祖母用尽一切方法都没能保住我这个伯伯的命。

厄运再次降临：祖父在祖母二十七岁那年，得了搭背疮。那时医疗条件有限，虽有祖母精心照料，每晚先挤脓后敷药，祖父身上的伤还是越来越大，渐渐从后背烂至前胸，整个人瘦成一把骨头。在最后的日子里，他躺在炕上，望着年轻的妻、幼小的儿，眼泪像夏季雨天澎湃的河流奔涌不止。虽有千般不舍万般不愿，他最终还是撒手人寰，留下祖母和我的父亲相依为命。

一双小脚，几分坡地，孤儿寡母难以过活。聪慧的祖母凭着自己过硬的纺纱技术，开始给人纺棉线。几年后，竟有了五块银圆的积蓄。可这五块银圆，却让祖母和父亲戴上了"富农"帽子，让这个单薄的家庭有了更多的苦难。

万般无奈下，在二十世纪六十年代，已四十多岁的祖母颠着一双小脚，跟随自己的儿子辗转三千多公里路程，投奔不久前从河南老家到新疆石河子兵团落户的妹妹，之后也落户此地。那时的新疆，是所有人眼中的不毛之地，迈出这一步需下很大决心。

祖母和父亲当然不是为响应国家号召支援边疆建设的，纯粹是迫不得已。祖母和父亲在村上受尽欺凌，父亲十几岁就被村上派到县里煤矿下井挖煤，繁重的体力活让父亲苦不堪言。那时粮食紧张，煤矿上人多，吃饭像抢饭，父亲年纪小，体力差，经常挤不到饭桶前，很多时候吃不饱饭，没多久，父亲就得了严重的胃病。这对于原本身体就羸弱的父亲来说，无异于雪上加霜。

我的祖母看着父亲遭受身心上的双重折磨，内心的疼痛可想而知。父亲已快到结婚年龄，可谁家的女儿愿意嫁进这个单薄又多难的家庭呢？"树挪死，人挪活"，祖母开始了远离家乡的生活。故土难离，祖母一定会有不舍，但祖母内心更坚定的想法是，儿子在哪儿，家就在哪儿！

自此，祖母在偏远而荒凉的新疆戈壁滩中生活了四十多年。这期间，除回过一次河南老家，祖母去过最远的地方，就是几十公里外自己弟弟家；去过最多的地方，是站在自家院门外就能望见的妹妹家。祖母忙忙碌碌四十多年，几乎从未休息过，直到2004年去世，享年八十八岁。

二

母亲生我的那一天,虽已是阳历的三月初,在新疆,却还是下雪天,纷纷扬扬的大雪一下就是一整天。院子里的那棵沙枣树最先感知到这场大雪在春寒料峭的夜晚不知不觉从天而降,在风的肆意吹动下,经过沙枣树青灰色的枝条,翻过低矮的柴棚,掠过一望无际的田野,一路向西,迅速占领整个戈壁。

祖母从沉睡中醒来,还未起身,仅凭空气中的寂静,就感知到昨夜有一场雪落下,祖母不知这场雪何时会停。她从我父亲口中得知母亲生了个女娃子,高兴得不得了,不顾父亲劝阻,拄着拐杖跌跌撞撞走了很远的路去医院看我。不知祖母在路上滑倒过多少次,到医院时,祖母满身都是雪。

我出生时只有三斤多重,小得让人感觉养不活。祖母在医院看到猫仔般大小的我时,眼睛眯成了一条缝,嘴巴张得大大的,不敢呵一口气,生怕自己身上的凉气会冻着我。祖母站在屋角好一会儿,才用粗糙的双手轻轻托起我。我紧紧贴着祖母的手掌,就像她手心里的宝,一声不哭,小脑袋不会转动,可粉红的小舌头却异常灵活,时不时伸出来舔着自己粉红的小嘴唇。或许就是这一刻,上苍在祖母心田种下了她对我的爱。母亲出院那天,祖母以让母亲好好休息为由,把我放在了自己的床上。给我起名时,祖母更是独霸大权,不接受我父母的任何建议,大字不识一个的她,叫我"秀月"。

母亲生下我没奶水,祖母望着躺在床上嗷嗷待哺的我一筹莫展。她打听到五公里外一户人家的母羊刚生了小羊,从那天起,她就每天早早起床,去那户人家给我打羊奶。三月的新疆雪还很厚,清晨又是一天寒气最重的时候,天还未亮,祖母就拄着拐杖,背着盛羊奶的水壶,迎着小刀子似的寒风跌跌撞撞地行走在路上。

打回羊奶,祖母自己并不急着吃早饭,而是先去灶房给我烧奶喝。这时的我躺在床上,听觉异常灵敏,祖母"咚咚咚"急促的脚步声,对于此时的我而言,就是天籁之音。我嘴里"叽里呱啦"喊叫着,使出全身的力气,想要挣脱被捆扎在小棉被里的四肢。祖母在灶房听到我的哭喊,望着奶瓶里还烫得不能入口的羊奶,急急忙忙找出一只小盆盛半盆凉水,把奶瓶放在盆里晾上。祖母坐在床边,眼睛眯成一条缝,嘴里说道:"别急,小妮子,马上就能吃了。"同时快速解开我的小棉被,看我有没有尿湿尿布,之后,轻轻拉拉我的胳膊,展展我乱蹬乱动的小腿,三下两下又把我捆扎在小棉被里。

很快,我就没了刚出生时满脸皱纹的丑模样,我被祖母喂养得又白又胖,嘴角边两个大酒窝,笑起来能装下两粒小葡萄。百天时,祖母特意请照相师傅来家里给我拍照。照片上的我,脸像满月,两只眼睛又大又黑又亮,怎么看怎么稀罕人,以至于照相师傅拍完照抱着我逗了好久才离开。

我所有的这些改变,皆来自祖母对我的精心喂养。父亲在母亲出院后就回了畜牧队,母亲坐月子期间特别虚弱,年龄也只有二十一岁,很多事情都考虑不到,家中一切事务都由祖母支撑。祖母颠着她的小脚,从里屋到外屋,从外屋到院子,从院子又到厨房,忙完手上的活又回到屋里,看躺在床上的我有没有哭闹。

我也异常乖巧,似乎小小的我就已知道心疼祖母了。晚上,祖母搂着我睡,我在她的腋窝下拱来拱去,拱累了才缓缓入睡。

我渐渐长大,祖母慢慢变老。

三

随着年龄的增长,祖母的耳朵越来越背。老话说"耳背人声高",祖母却从未大声和人说过话。即使心中有了委屈,祖母也是人前保持沉默,人后偷偷落泪,从不说一句伤人的话。

我上初一的那年寒假,因一件如今已记不起的小事和祖母赌气,三天不吃饭想把自己活活饿死。这三天,我躺在床上一动不动,祖母有忙不完的家务,好像并未在意我幼稚的抗议。到了第三天,祖母晚饭吃到一半,看了一眼躺在床上奄奄一息的我,碗还在嘴边,泪水却无声无息地流了下来,接着是怎么也控制不住的哽咽。

当祖母发现围坐在桌边的家人已察觉到她哭泣之后,索性放下碗号啕大哭起来。母亲当然明白祖母哭泣的原因,对着我一阵训骂。我从床上慢慢爬起来,但绝不是屈服于母亲,而是心疼祖母,是她用眼泪彻底软化了我倔强的心。我下床低头穿鞋,一阵眩晕让我差点栽倒。祖母顾不上擦泪,快步走到床前扶我坐稳,之后"噔噔"一溜小跑去了灶房,盛了满满一碗饭递到我面前。那一刻,泪水顺着我的脸颊流下来,除了乖乖端碗吃饭,我别无选择。

很多时候,面对辱骂和暴力,我们总会毫不犹豫地选择反抗,面对亲人的泪水顿生怜惜之心。在祖母的泪水里,有委屈和疼痛，更多的是爱和柔情。

　　我母亲是直脾气，性子急，嗓门大，婆媳一起过日子，没有矛盾反倒不正常。但母亲和祖母说话时却总是轻声细语，母亲知道，受了委屈的祖母不会反抗，总是用眼泪和沉默包容一切，正是祖母这一点，赢得了母亲更多的敬重与心疼。

　　每年祖母生日那天，我家总是异常热闹，姨奶家和舅爷家的姑姑叔叔们，大大小小十几口，都会来我家给祖母祝寿。地里再忙母亲都不下地，在家准备一大桌饭菜招待他们。那一天，祖母会早早起来打扫屋子，清理院内院外，把角角落落都收拾得干干净净，之后，换上平时不舍得穿的衣服，神态安详地坐在院里的沙枣树下，等候大家的到来。那一天，是一年三百六十五天里祖母唯一不下厨房的一天。被晚辈们围坐在家中的祖母，全身由内而外洋溢着幸福，似乎自己平时付出的一切，在那一天都得到了补偿。

　　虽隔着一层，但祖母视姑姑叔叔们为己出。姨奶家和我家住得近，她孩子稠密，共生了八个，我未出生时，祖母经常过去帮忙照看。我三姑从小口齿伶俐，爱说爱笑，更得我祖母疼爱，她几乎就是在我家长大的。还有四姑，她经常来我家，和祖母的感情也很深厚。

　　谁都不曾想到刚刚三十出头的三姑会意外离世，这是暮年的祖母第一次面对晚辈先她而去。我们瞒着祖母，毕竟那一年她已七十六岁高龄。舅爷从山上下来，四姑和六姑也从嘉峪关回来，他们突然出现在我家，沉默和悲伤写在脸上，家里的气氛异常凝重。祖母预感到出了事，却问不出个啥。安葬完三姑的那天下午,舅爷与四姑、六姑一起来和祖母道别。当祖母看到独独缺少我三姑时,心里便明白了一切。当着亲人们的面,祖母坐在家里大哭了一场。夕阳透过窗户玻璃照在祖母身上,平日里梳得光光的发髻在那一天很凌乱,两缕白发散落在祖母脸上,被她的泪水打湿。那一刻,祖母似乎苍老了许多。我们都不说话,任由祖母哭,哭到后来她没了声息,只是身体在轻微颤动。舅爷起身把祖母轻轻抱起放在床上,祖母在舅爷怀里一动不动,瘦瘦小小的身子像个孩子。第二天,祖母早早起来,眼睛肿成一条缝,却依然去厨房为即将返家的舅爷做早饭。祖母熬了一大锅甜汤,这是家乡饭,祖母打了好几个鸡蛋,满锅飘着蛋花。那一年,舅爷也已七十出头,随叔叔在几十公里外生活。

祖母异常害怕家人们生病。我十岁那年,大腿上长了一个硬硬的毒疮。那毒疮从米粒大小迅速发展到鸡蛋大小,疼痛让我白天无法走路,夜晚无法入睡。或许,祖母想起要了祖父性命的搭背疮,坚决要求父亲送我去医院。那是我第一次生病住院,医生检查后建议手术。术前,祖母和我形影不离,早上给我梳头陪我打针,中午给我买饭陪我散步,晚上给我洗脚陪我睡觉。做手术的那天,母亲也来到医院。我被推进手术室时,紧紧拽着祖母的手不愿松开,像是生死离别。事后母亲告诉我,坐在手术室外的祖母,从我进手术室的那一刻就开始流泪,任谁劝都没用,直到我从手术室出来。

其实,祖母去世前也生了病,可是祖母并未被送到医院,我更未在祖母最需要我时陪在她身边,哪怕伺候她一天。每每想起这些,我便悔恨得要死。

四

祖母在家中行走时摔倒，从此，再也没能站起来。三个月后，祖母永远离开了我们。那一年是2004年，春节将至，到处都洋溢着新年的气息，而我却永远没有祖母了。

对于祖母摔倒的原因，几年后母亲告诉我，那时祖母已糊涂了，硬说找不到压在褥子底下的零花钱，母亲出门上厕所，她便去客厅的柜子里翻找，慌乱中不慎跌倒。而当时在家伺候母亲手术的妹妹，则说祖母是去取冰柜里的零食，因柜门太紧，用力过猛才不小心摔倒的。

无论哪种原因，从母亲和妹妹的叙述中我都能感到当时祖母的行为令人不齿，为此，我心里异常难过，很长时间，我都不愿相信，我的祖母怎么可能是那样的人呢？祖母一辈子没说过谎话，没做过错事。直到多年后，我也品尝到衰老的滋味，才在心里慢慢说服了自己，谁都无法预测，衰老后的自己会是怎样的状态。

妹妹还告诉我，摔倒后的祖母一定也感到羞愧，她坐在客厅地上，很久起不来，却不喊人，心里明白自己摔坏了，直到从疼痛中渐渐清醒，可以慢慢挪动身体，才缓缓爬到沙发上，直到外出办事的父亲回来，她才被搀进自己的小屋。那一夜，祖母发起了高烧，疼痛让她呻吟不止，父亲要连夜带祖母去卫生所检查，可祖母无论如何都不去。天亮后，父亲的态度强硬起来，不再征求祖母的意见，强行要把她抱上门外的出租车，可祖母紧紧拽着自己的床头怎么都不撒手。

祖母之所以坚决不去医院，是心疼自己的儿子。那一年，祖母八十七岁，父亲也六十五岁了。祖母不忍心让父亲来回奔波，父亲只好去营部的卫生所，请医生来家里为祖母诊治。祖母髋骨骨裂，因高龄，医生建议在家养伤。给祖母开了消炎药和退烧药，医生很快就离开了。

一周后，祖母退了烧。外表柔弱的祖母如果一直躺在那里养伤，应该慢慢就会好起来，可一辈子都不愿麻烦别人的祖母，怕自己此后再也无法站立，她急着下床，任谁劝都不听。白天有人看护，祖母乖乖躺在床上，夜晚家人睡熟后，祖母就悄悄摸下床。只是，那双奔波了一生的小脚再也承受不住她身体的重量了，祖母摔倒在地。就这样，祖母一次次摔倒，又一次次爬起，直到再也无法从床上抬起自己的身体。祖母摔得满身淤青，再也不能行走的恐惧彻底把她打败。

祖母去世后，母亲告诉我，祖母几年前就已经有些糊涂，时常会把放在门后扫地的扫帚拿来刷碗刷锅，经常翻箱倒柜说有人拿了她值钱的宝贝，会用父亲的洗脸毛巾来擦桌子，还会把桌上的食物藏在被子里，有一次，竟把洗衣粉当盐放进菜里。母亲劝祖母很多次不要再干家务了，可是，忙碌了一生的祖母根本停不下来。在她心里，只要这双小脚还走得动，就一定不能让人伺候，哪怕伺候自己的是自己养大的人。

由于整日躺在床上，祖母的神志更加不清。她整晚不睡，整晚折腾。一辈子从未骂过人的祖母，在离世前的一个月里，看到什么骂什么，骂天骂地，骂东骂西，骂人骂鸡，似乎世上所有的事物都亏欠了她。我知道，祖母是在用这种方式来和我们告别，让我们忘记她曾经的好，让我们在她离世后不要太想念她。因为祖母知道，想念亲人，心会很痛。

至今，我都无法想象祖母是怎样咽下最后一口气的；至今，我都不敢问自己，祖母在离开人世的那一刻，有没有想念远在两千多公里外的我！祖母去世第二天就被火化了。父亲打电话告诉我这事时，我异常难过，离去的人至少要停放三天，可祖母没有。我的内心激烈地挣扎着，话到嘴边却无法说出埋怨父母的话。在自己婚后的二十年里，除了春节寄些钱回去，再没有为家人做过任何事，我有什么资格去埋怨我的父母呢？父亲身体一直不好，母亲又刚刚做完手术，他们的身心早已千疮百孔。

祖母走后不到半年的时间里，父亲也走了。或许，是祖母太孤单，让父亲去陪她了；或许，是父亲想念自己的母亲，想去陪她了。父亲的坟就依偎在祖母的坟边。

过完父亲的"断七"，我邀母亲来宝鸡散心。某天夜晚，坐在我家客厅临时支起的床上，母亲从怀里掏出一支银制的簪子，尾部虽已缺失了一截，在灯光下，它依旧泛着耀眼的光芒，我一眼认出这是每个清晨被祖母别在头上从未离开过她的簪子。

望着祖母留在这世上唯一的遗物，我忍不住号啕大哭。祖母，我多想成为你头上的这支簪子，可以和你的肌肤相亲，可以对你不离不弃，可以把温暖给你。可最终，在你永远离开这个世界时，我却不在。

那一刻，我把祖母的簪子紧紧搂在怀里，如同搂着我的祖母亲亲。

五

很多次，我在睡梦中回到家乡，回到了那个长着沙枣树的小院。我推开院门，走进房间，靠在祖母床前。月光像雪一样白，顺着窗照进来。祖母迷迷糊糊睡着，似在梦中，微张双唇，反反复复说着一句话："我想起来，我想回家！"

我听懂了祖母的意思，想叫她起床，却发现自己无法呼喊，想给祖母穿鞋，双手却沉重得无法抬起。我想要带祖母回去，回到有她童年记忆的地方，回到有她甜蜜爱情的地方，回到她二十七岁时因病而亡的丈夫的坟边去，回到那个几千里之外名叫"楚家庄"的小山村去。可是，我只能想一想，却无法用任何行动去完成心愿。为此，我难过得要命，只能悄悄出屋来到院中，让漫天的月色消解我心中的疼痛。

我时常猜测，当初祖母是如何从河南来到新疆的，三千多公里的距离，虽是坐车，可上车下车，需用双脚行走的路程也很多。我想象祖母被一只手牵着走在路上的情景，那只手，是她奔赴远方时所有力量的来源。祖母，走投无路的祖母，除了跟随自己唯一的儿子来漠北，还有什么更好的地方可去？

祖母一生几乎没有生过病，她有个多病的儿子，自己就不敢生病。"多想走进去啊！"面对明亮气派的医院大楼和走廊里穿着白大褂急匆匆行走的医护人员，梦中的祖母扶着自己有裂缝的髋骨发出这样的感慨。多想在医院有一张属于自己的病床，每天早上，主治医生会到床前询问病情，然后开药，有着明亮大眼睛的护士会来给自己打针，在医院接受治疗自己很快就会康复。可梦中的祖母只是站在医院门前，想象了一下自己那张并不存在的病床，轻轻叹了口气就离开了。

祖母也曾被生活在乌鲁木齐的外甥女领着逛过一次商场，那是祖母此生唯一的一次。可是，祖母刚进商场，便不愿逛下去了。那么多人，来来往往，祖母挂着拐杖，怕自己被撞倒，怕自己缓慢的速度影响外甥女逛街的心情，更怕自己看上了什么东西外甥女会花钱买下。祖母便对外甥女说："你们去逛吧，我在一楼等着。"祖母在一楼休息区的椅子上坐了一下午，看逛商场的人进进出出，祖母的目光紧紧跟随着那些人，直到外甥女逛完出来，祖母才颠着小脚兴冲冲地跟着她回家。

我还梦见祖母坐在院子里，看我回来想起身，却发现自己的腿坐麻了。祖母伸出手拍打几下，终于挂着拐杖站起来走出院门，我也跟出去。祖母的脚那么小，背回的柴垛却那么大，祖母烧柴做饭，翻动着锅里的菜，铲起一块对我说："月儿啊，你替我尝尝熟不熟？"我抬起头，两只大眼睛望着祖母空洞的嘴巴说："奶奶，你的牙呢？是被自己吃掉了吗？"祖母哈哈大笑，对我说："奶奶老了，奶奶没牙了，把好吃的都给我月儿吃。"

梦中，祖母一定无数次回过河南老家吧。看见久念的亲人，祖母会告诉他们新疆有多远，戈壁多荒凉，自己回来一趟走得有多辛苦。走在家乡黄土路上的祖母，心里一定是欢喜的，那里有一孔破旧的窑洞，曾承载过她贫苦的童年；那里有一条瘦弱的河流，曾见证过她美好的爱情；那里有一片荒芜的土地，放纵她向远方逃离。

而我，也是一名逃离者，离开家乡后，再也没真正回到过祖母的身边,哪怕是她在最后的日子声声呼唤我名字的时候。我在远方,远方只有梦,梦又是那样的虚无。很多年后,当我感知到自己对亲人的思念正随年龄一点一点加重时,祖母,我的祖母,我在寒冷的夜里,在几千里之外的他乡,感受着你身体上曾有过的疼痛和麻木,感受着你心灵上曾有过的煎熬和伤害,感受着和你一样对异乡的陌生感和排斥,我是多么的无奈。

祖母,梦能带你去的地方,我从未带你去过。祖母,如果你地下有知,那么,请你夜夜来我梦中。祖母,在梦里我可以带你去任何我们想去的地方。

祖母,你恨过我吗?我知道你不恨。可是,我恨我自己。

那年春夏

一

野地里的风光,像怀春少女的心思,隐秘中带着纯真,美好中带着深邃。当一只蝴蝶从我身边飞过,在这春光明媚的时刻,我感知到自己体内终将划亮的那团火焰,正随蝴蝶扇动的翅膀慢慢升腾,而后飞到高处。

这个过程带给我的,除了惊喜,还有迷醉。我呆立在那儿好一会儿,脑子里一片空白,直到我看见了那片苦豆子草。最初,我有些怀疑它的真实性,它远在天边又近在眼前,它独一无二,像沙漠中的海市蜃楼,广阔到我不确定到底是我的双眼真的捕捉到了它,还是它只是我心灵深处的一种期望。这是一个清晨,等待了一个冬天的苦豆子草全部发了芽,嫩绿的叶片下铺满了青灰色的绒毛。风过之后,这些春天的力量似乎激越得想要呼喊起来。

我站在屋后，伸长自己正在拔节的脖颈，眺望着野地里似乎一夜之间就出现的绿海。这一年，我上初二，个子蹿起来，即使小心地弓着身去柴房取东西，低低的柴房门还是会碰到我，我还不大适应自己在短时间内一下长这么高。

母亲每回看我揉着自己被碰红的脑门，就笑："你这死丫头，到底还要长多高呀！"母亲虽满脸嫌弃，但内心实则骄傲无比。我也洋洋得意，看着自己的两条大长腿心花怒放，我对母亲说："李小翠指不定有多羡慕我呢。"

母亲见过我同学李小翠，她又矮又胖，一年四季总是穿着黑色长裤，而我在天热时就会大摇大摆地穿裙子。这把李小翠气得够呛，她在心里拼命压制着那些火气。最初，我并不知道李小翠为什么生气，当她忍不住把一些冷嘲热讽丢给我的时候，我感觉有些莫名其妙。很快我就明白，女孩子之间那些细密的心事如同蜜蜂尾部的针刺，不仅伤害别人，也伤害自己。但我还是整天和李小翠待在一起。

不知从什么时候起，男娃娃们"变声"时奇怪的嗓音，让我觉得他们像密林里突然出现的新物种。当初那些熟悉而稚嫩的清澈眼神，似乎一夜之间多了许多陌生的东西。我喜欢里面的内容，但又缺乏直视的勇气，我只能让自己的目光下移，而他们隆起的喉结，又更明显地向我展示了他们与以往的不同，这引起我内心更大的慌乱和羞怯。我心跳加速，不是飞也似的逃开，就是故作镇静，假装什么都没看见，把他们当成隐身人。

在学校，老师似乎根本没有察觉到我们正发育的身体里隐藏着的骚动，分座位时依旧是男女混坐。上课时，我们都乖乖坐在座位上，下了课，却是男女生各围成一堆，空气中似乎弥漫着两股气息，它们相互排斥又相互交织。偶尔女生们叽叽喳喳说一些鸡毛蒜皮的事，似乎只为引起男生们的注目，窃窃私语时偷瞄一眼男生们，生怕那些只有女生才应该知道的事传到他们的耳朵里。更多的时候，男生们不说一句话，就那样安静地待着，眼睛里是虚无缥缈的光，心早已不知跑去了哪里。

二

　　天渐渐热起来，吃完午饭，家人们都在午休，我却忍不住独自偷偷跑出去，似乎仅仅只是为了让自己有别于他人。屋后不远处就是一片茂密的沙枣林，正是花开的时候，沙枣花诱人而奇特的芳香就像一个古老的传说，飘出去很远很远。除了那里，我似乎无处可去。我的脚步是缓慢的，小心翼翼避开枝丫上青褐色的针刺，无须借助任何工具，我就能触摸到那些细细密密的黄花。我轻轻折一枝，枝条柔软得像我正悄悄发育的身体。我出了一身汗，似乎有大滴的汗珠顺着胸口流下去，又有一些热气蒸腾而上。我不由自主低下头去，嗅到了自己微微的体香。这是以前从未有过的味道，我深吸一口气，迷醉其中。我只折了手腕粗细的两小把沙枣花，日头有些偏西了，便急急忙忙往家走。父母早已下地去了，我去厨房找出两个玻璃罐头瓶，清洗干净装上水，把沙枣花枝插进去低下头轻嗅。希望这些无根的花朵，因自己的厚待，花期能长一些。

　　我将两个玻璃瓶一瓶放在家里，一瓶端去学校。一路上，我走得小心翼翼。午后的太阳暖暖的，路两旁的榆树叶子早已长出来，一些晚开的榆钱还在落，风卷过来，那些绿色的片状物一下就飞走了，直到我的目光再也无法看见它们。我有些失落，好在胸前的沙枣花还在，我的心踏实起来。

突然，一阵细微的声音传到我的耳畔。我停住脚步，睁大双眼循声四望，仔细辨听到底是什么声音在这午后空寂的时光中让我迷惑。我竟然看到不远处的榆树林里躺着一个人，他紧闭双眼，微张着嘴，头下枕着军绿色的书包，一只胳膊高高抬过头顶，咧开的外套下露出深蓝色的背心。那是我的同班同学张建军。

我站在那里，想起几天前同学们私传的关于张建军的家事：他的母亲其实是他亲姑姑，姑姑结婚几年未育，支边来新疆时，就向自己哥哥要了他来养。姑姑视张建军为亲生，很疼爱他，后来自己生了女儿，对他依旧很好。张建军在课间休息时，总爱大喊大叫，把教室门后的扫帚当马骑，风驰电掣般从我们教室骑到别的教室，他的身后总是尘烟四起。同学们看他过来都极速躲闪，有时还是会被他撞到。直到半月前，有多嘴的人告诉他真相，他一下变得安静起来。

初夏残存的最后一点榆钱轻轻从树上落下，有一些落在张建军头上，还有两片飘在他的鼻翼，他似乎感知到了，不自觉地抬起胳膊用手揉揉鼻子，侧过身紧紧贴住树干又继续睡去。此时的他很安静，我放轻脚步，怕惊扰到他。原来的那个家于此时的他而言，或许已成客栈。走出好远，我停下回望身后。不远处，一位母亲领着女儿缓缓走来，我仔细看，并不认识。女娃五六岁的样子，穿着红色罩衫，像一团火焰一蹦一跳围在母亲身边，快乐似乎溢满她的每个脚印。

我顺着学校北边的小门进入校园。离上课时间还早，同学们都还未到校。我看不见一个人，只有操场边旗杆上的国旗在风中轻轻飘动，我环视着静静的校园，穿过操场来到教室。

这个中午之后，似乎一切都不同了。只要张建军出现，我的目光就会不由自主地朝他望过去。很多时候，他懒懒地趴在座位上，不再满教室疯跑，不再撞了人还满不在乎，他看向同学的目光里多了小心翼翼和快速的躲闪，这样的他让我心生怜悯。一天夜里，我竟然梦到了张建军，梦中，我成了他的母亲，在给他蒸馍吃。

三

一个读高二的女生，穿着一件新衬衫来学校上课，似乎没几天，因这件衬衫，她成了学校人尽皆知的名人。白衬衫并不新奇，可布料又薄又透，十六岁女生瓷色的皮肤隐约可见，有着细细肩带的粉色内衣配有蕾丝花边，小巧精致的罩杯轻轻托着她微微隆起的胸，几乎所有人的目光都被她吸引。这才是女孩子应有的胸衣，我默默对自己说。穿在衬衫底下肥大的背心让我产生了深深的自卑感，此后，无论行走还是静坐，我都低头含胸。

"看她穿的啥呀？"课间上厕所的路上，李小翠撇撇嘴，望着不远处那个女生的背影不屑地对我说。不用看，我都知道李小翠的目光中写满了嫉妒，我太了解她这些小心思了。我不说话，只是看着前面那个袅袅婷婷的背影，仿佛看到黑暗中的一片白月光。"她走路的样子真好看。"我大声回答李小翠。

几天后，我骑着自行车去团部。天旱得厉害，道路两旁的庄稼都卷着叶子，以保护体内最后的水分来维持生命。这是我长这么大第一次独自去团部，我不想和任何人结伴，我不想让任何人知道我内心的秘密，我也不知自己哪儿来的勇气。圆圆的坟堆就在马路边，路过的时候我的眼睛不敢朝马路两边看，双脚拼命蹬着，希望快一点离开那里。身后的风时不时尖啸一声，吓得我脊背冰凉。直到望见团部最边上那排平房时，我才暗暗松了一口气。

我把自行车锁在商店窗下，伸手掀开门帘进去。店里只有一个中年妇女百无聊赖地站在柜台后，看到我的那一刻，她眼睛里露出欣喜的光。我开始寻找，一下便看到了自己想要的东西，无论是样子还是颜色，它都太显眼了，就挂在进门左手边货架的最上方。我的目光久久被它吸引，粉色罩杯，细细的肩带配着白色蕾丝花边，还有薄薄的海绵夹层，让它看上去柔软又朦胧。

我不知怎样开口询问，直到那个女人看穿我的心思。她走过来，笑着轻声问我："丫头，你是要买胸罩吗？"我几乎没有任何迟疑，飞快地朝她点点头。女人弯腰从货架下取出一个大大的塑料袋，解开，朝我前胸看了一眼，然后挑出一副，两手拿着胸罩环在我腋下隔着衣服为我试大小。那一刻，一种奇妙的感觉从我胸口升腾起来，我低着头，又闻到了自己身上那股淡淡的体香。

回到家，我就关上门迫不及待地试戴。我飞快地脱去上衣，异常熟练地让两只胳膊从肩带处迅速穿过去，让它贴紧我的皮肤。这样的动作曾在我心里演练过千百次，一切都如行云流水般顺畅。瞬间，我感觉到自己的身体如触电般酥痒，全身的血液似乎加速了流动。我突然很想心疼一下自己，却找不到更好的方式。此时的我，轻轻蜷起双臂，沉浸在舒适的感觉之中，仿佛我已和往日有所不同，我挺起了胸。

四

半个月前，母亲去团部办事，顺便给我扯回一块裤料子。那料子是米色的涤纶料，丝丝缕缕的经纬织得细密而挺括，颜色也正流行。看见这块布料的第一眼，我便喜欢上了它。我想象着它被裁剪缝制后穿在自己身上的样子，心里突然很愉悦。我哼着歌，轻轻把布料放进水中揉搓，丝丝滑滑的感觉像极了流光溢彩的珍珠。我感知到它的与众不同，平展又厚重，不像母亲以前买的那些软塌起皱的棉布料，它一定不会让我失望的。

因为忙，母亲一直没给我做，布料被放在五斗柜里。我每天下午放学回家的第一件事，便是拿出布料铺展在床上，左折右叠摆出裤子的形状，再从床上拎起来，将布料紧紧贴在我又细又长的腿上。我缓缓走到屋子中间，看向写字台上方——那里挂着一面镜子，我穿着新裤子的身影在镜子里呈现。多美啊，我感叹着，目光久久无法从镜子上挪开，我不由自主地转了一下身，想全方位看到自己美丽的模样。可是，我看到的是自己腿上那条又旧又破的裤子，屁股上的两块灰补丁像光洁的皮肤上被鞭打后留下的疤痕，是那样显眼。

我清醒过来，心里沮丧极了。这块布料只是一块布料，还未做成裤子；这块布料就是"皇帝的新装"，干吗要骗自己呢？我一下把裤料拿开，心里难过起来。母亲什么时候才能闲下来？什么时候它才能成为一条真正的裤子穿在我腿上？我在心里问自己。可是，一想到它在母亲手里变成又肥又大的裤子，我便异常失望，母亲的手艺已配不上这块布料了，虽然之前我所有的衣服都是母亲裁剪缝制的。

我提出让母亲拿到营部的裁缝店里去做，只要五块钱的工费，母亲却嫌贵。私下里，我还有钱存着，却不舍得拿出来用，那是我前一年秋季摘红花得的。这种活只有女孩子才能干，而我总是摘得最多的那一个。其他女孩子在摘的时候只是一只手伸出去，另一只手却紧紧收在自己的胸口，好像要防止那些针扎似的疼痛干扰她们的心房。她们总是太爱惜自己了，一个太爱惜自己的人，怎么能够所向披靡呢？一个秋季的所有零碎时间，我的十个手指都在伸向那些带刺的花盘。左手收回来的时候，右手必须伸出去，我在心里暗暗告诫自己。我的指尖满是裂口，我也就比她们多了一只手的裂口，比她们多了一只手的疼痛，我并不以为苦，我无所畏惧。

在我的印象里，红花只有花朵是可用的，能活血化瘀。整整一个冬季，我都在疗伤，看着自己指尖的伤口我总在想，这些具有药用价值的红花，对自己伤口的愈合是否有作用？我只是想想而已。去年的秋天，当第一片树叶落下的时候，我就把晒干的红花一片不留全部卖给了收购的人。

"你不知道老娘挣个钱有多难！"放学后，我躲在屋里，以不去拔甜菜叶子相要挟，想让她去裁缝店给我做裤子。母亲正在院外的自留地里忙，远远看我回来却半天没动静，便跑回家对着我劈头盖脸一顿训骂："老娘给你扯了裤料子，老娘是罪人。"母亲站在那里大喊大叫，低矮的屋顶似乎要被母亲掀起一个大窟窿。我一声不吭，低着头，面无表情地哗啦哗啦翻着书，却没看清一个字。"以前我给你做的裤子，你穿上不是好好的吗？"母亲的声音里有着难以抑制的失落。她越说越难过，我忍不住朝母亲望去，刚从地里回来的她，嘴唇干裂，凌乱的头发贴在满是汗渍的脸上。一个下午，母亲一定一口水也没喝过。我的目光小心翼翼，和母亲对视的刹那，心上像被刺了一刀……所有的坚持瞬间倒塌，我的泪水夺眶而出。母亲的眼泪也在顷刻间落下，这是我第一次看见母亲流泪。我站起身，乖乖夹起尿素袋子灰溜溜地朝甜菜地里走去。

最终，还是母亲妥协了。第二天傍晚，母亲早早从地里回来，匆匆吃完饭，领我去了营部旁边的那家裁缝店。已经出了门，母亲又返身回屋。透过门缝，我看见母亲拿起窗台上的木梳，对着挂在墙上的镜子梳头发。镜子背面已掉了些涂层，虽稍显斑驳，但还是能看清母亲的脸，年轻而丰润。

多年以后，我还能够想起母亲这次流泪。母亲的泪水不是"哗哗"地流淌，而是像生活的苦难让人无法设防，不经意间它们就流了出来。母亲用她的泪水，把我内心深处初见端倪的虚荣冲刷殆尽。

五

与生俱来地，我对每一个午后的时光情有独钟。那是一段忧郁的时光，可以安放自己任何的情绪；那是一段孤独的时光，没有人会无缘无故来打扰自己；那也是一段暧昧的时光，空气中似乎隐藏着许多未知的秘密。

祖母在院里沙枣树下铡猪草的声音传进屋，那声音像是刚刚在午睡时的梦里出现过，遥远又清晰。百无聊赖中，我拿起纸笔，坐在床边胡写乱画。渐渐地，纸上出现了一个少女的模样，她有着一双梦幻般的大眼睛，热烈又纯粹；长长的头发被风吹起，凌乱地飘在身后；细细的腰肢像是春天刚苏醒的柳枝，柔软而有韧性；修长的腿如山谷间奔跑的麋鹿，充满着跨越一切的力量。我的心跳加速，仿佛窥到了自己身体的秘密。

我久久凝视着这张画，就像看着镜中的自己，陶醉又迷恋。屋里安静极了，时间不知不觉过去，阳光从窗顶移至窗边，照着屋里铺了红砖的地面。我突然清醒，意识到母亲很快就会回来。我担心起来，这不是一幅好画，如果被母亲看到，她一定会骂我。我在心里对自己说，必须把它藏起来。

此后的每一天，我都惦记着它。它像一杯穿肠的毒药，更像一片迷人的月光；它像一颗定时的炸弹，也是人间最美的四月天。终于，我忍不住了，在屋里只剩我一人时，我翻开当初藏画的地方。可是，床板上空空如也，它已经不在那里了。我脑子里"轰"的一下，有好一会儿，我弯着腰，依旧保持着寻找的姿势。是谁收走了它？我问自己。我不知道是谁，我只能自问自答。

那张画到底去了哪里？如果它出现在众人面前，会不会被人认出是我画的？此后，我像偷了别人东西没被发现的贼，时刻担惊受怕。我忘不掉它，家里无人时，我又重新画了一幅。还是那支笔，还是同样的纸，却怎么也画不出最初那幅画的美好。三下两下，我把新画团起来扔掉，最终用一根火柴点燃了它。随着袅袅上升的青烟，它变为一团似有似无的灰烬。我似乎抛弃了什么，又像迎接了什么。

夜是静谧的，包罗万象。我还盖着厚厚的棉被，一年四季，它都在夜晚包裹着我身体的秘密。某一天，我流血了，黑暗中我都能感知到血液流动时的灼热，浓重而热烈。这些血，阻断了我一向很好的睡眠。我知道是怎么回事，我一点都不害怕。我默默爬起身，抬高身体，不再像平时那样下床。我从床下纸箱中摸出干净的短裤换上，又重新回到床上，睁大眼睛望着黑乎乎的顶棚，身体稍一移动，便有热乎乎的血涌出，我再也不敢乱动，全身僵硬到无法入睡。很快，新换的短裤也被打湿了。我知道怎样应对这些血，却束手无策。因为卫生纸在母亲的床下，母亲睡在隔壁房间。我不想惊动任何人，就这样静静躺着，忍着，一直挨到天亮。

我侧耳细听，先是母亲起床的声音，然后父亲也起来了。他们推门出去，沉重的脚步声在清晨是如此清晰。我飞快地穿好外衣，迅速越过厨房走进父母房间，弯腰拉出母亲床下的纸箱，开始应对夜晚发生的一切，笨拙而镇静。

此时，天已大亮。我抬起头，透过母亲房间的窗户玻璃，我看见后院里的格桑花开得正艳。有一只蝴蝶正扇动着美丽的翅膀飞向远方，在晨曦中，那画面是那样动人心魄。

土地上的母亲

土地给了我生命,这句话母亲说过无数次。当我真正理解了此话的深刻含义时,母亲已无法在土地里种出任何有生命的东西。从母亲长长的叹息声中,我体会到她对衰老的无奈和对土地深深的热爱。在母亲心里,土地是父母,庄稼是儿女,而她,就是那个延续土地生命的人。

一

那里杂草丛生,但母亲不怕。那时,母亲还不到30岁,有的是力气。她用半个月时间,仅凭一把铁锹,就让足足有一个篮球场大的深坑,成为独属于她的第一块土地。

初春的风带着少许暖意吹过大片的戈壁,来到母亲面前。母亲脱去棉衣,只穿着水红色线衣,挥舞铁锹先铲去大坑里经过一个冬季依旧伫立着的枯枝败叶,这耗费了母亲一天的时间。黄昏时,母亲燃起了火堆,草木腐败的气息顺着袅袅烟雾升到天空。

母亲蹲在火堆旁，低头看自己手上磨出的血泡，她没有感到疼痛，却被身体里一股巨大的喜悦所淹没，这是她有生以来第一次产生这种感觉。这里荒芜多年，每一株枝蔓下都隐藏着纷乱的根系。母亲相信，能长草的地方就能长庄稼。母亲有信心通过自己的努力，让埋进这里的每一粒种子发芽、成长、收获。

人哄人，地不哄人。大字不识一个的母亲，明白这浅显又深刻的道理。不就是搭几天时间，费一些力气吗？时间多得是，力气睡一觉就会重新长出来。第二天，母亲又来到那个大坑前。去年夏季她便勘察好了，坑里的草格外茂密，这里一定是一块宝地，母亲在心里盘算一个冬季了。母亲开始挖地，她拎起铁锨一脚踩下去，整个锨头便没入土里，双手一上一下紧握锨把，用身体的力量把满满一锨土翻了起来。黝黑细腻的土散发着野性的味道，母亲弯下腰，捡出草根和石块。阳光下，母亲的脸闪闪发亮，她捧起一把土喃喃自语，早晚你们会乖乖听我的话……

母亲想拥有一块土地的想法已经很久了。这之前，母亲一直跟着家属队种地。三十亩地，二十几个小媳妇，就像玩儿一样，嘻嘻哈哈一起下地，一起收工，收获的庄稼平分。连队只为给这些小媳妇们找个事儿干，她们有的还在奶孩子，有的要经管家中老人，干活就心不在焉，偷懒耍滑是常有的事。对此，母亲看在眼里却不能阻止，她时常想，如果有一块儿属于自己的地该多好。

地虽是大家的，可母亲只要看见哪儿少了一棵苗就急，仿佛心里空出一块地方，在大家休息时，她就攥着一株间出的苗找回去补种上。母亲不知这株栽下去的苗能否成活，至少她要给这块土地以希望。母亲是吃过苦、挨过饿的人,看不得土地被浪费、被轻视。多一株苗就多一把粮食,就能多养活一条命。

半个月后,连队所有路过这个大坑的人都看出了母亲的意图。母亲已按地势把大坑平整为五小块,东西南北坑壁上各一块,像四片倾斜的花瓣,围着坑底最大最平整的那一块。母亲站在自己用脚细细踩实的田埂上,注视着面前的劳动成果,像一位久经沙场的将军检阅自己的部队一样。偶尔有路过的人问,这里没水,怎么种庄稼?母亲气定神闲地笑着答,走一步看一步,先种上再说,说不定今年雨水多。

那一刻的母亲是笃定的,什么困难都难不住她。母亲早想好了,在坑底撒上韭菜籽。不久,一行行绿茸茸的韭菜便冒出头,长到一拃高,母亲把它们全部铲掉,几天后,重新长出的韭菜粗壮很多,充满生命的力量。母亲对这块地的判断准确无误,这坑下仿佛有一眼泉,滋养着种在这里的每一粒种子。坑壁那四小块地,母亲种上了各种蔬菜。无水浇地的困扰丝毫未影响到母亲播种的决心,母亲每天醒来的第一件事,便是去菜地查看菜苗的长势,再套上驴车去东河拉水。巨大的水桶在驴车中颠簸,于寂静的清晨发出"砰砰"的声响。这响声,那些还在睡梦中的人是听不到的。

当母亲赶着装有满满一车蔬菜的驴车四处叫卖时,连队的人才反应过来,纷纷拿出铁锨去开垦属于自己的土地。那时,母亲已从团部百货大楼买回一根几十米长的水管,一头接在家里的水龙头上,一头通向自己的菜地。

那年夏天的很多个清晨,天不亮我就被母亲喊起来,迷迷糊糊地跟着她来到菜地帮忙。菜地里的母亲神情异常专注，眼里只有她的土豆、红薯、辣椒、西红柿。沉浸在巨大喜悦中的她，感觉不到自己的辛苦，也想象不出正长身体的我对睡眠的渴望。出于长女的乖顺，我跟着母亲学会了地里所有的活，熟知铲子、锄头、铁锨、镰刀等各种农具的用途。那一年，八岁的弟弟和六岁的妹妹也时常在清晨的睡梦中被母亲喊去菜地帮忙。干得最多的活是铲韭菜。韭菜仿佛被母亲施了魔法，怎么铲都铲不干净，一茬接着一茬拼命生长。我们姐弟三人手中各拿一把铲刀，低着头，手上忙碌着，不说一句话，心里都憋着怨气，不看正捆扎韭菜的母亲一眼。清晨的韭菜地露水很重，我们的鞋子、袜子和裤管都被打湿，贴在原本温热的皮肤上，凉冰冰的。没有谁喜欢这种感觉，但母亲却不以为意。我们无法理解母亲对土地的那种超乎寻常的热爱。

二

母亲的命是从土里捡回来的。

初夏的风，瘦如一把窄窄的刀，它轻轻穿过甘肃武威黄羊镇一个遥远而偏僻的小山村，在一间破土房前稍作停留。土房里的土坑上，躺着我的母亲。那一年，她还不到12岁。经历了两三年的干旱、蝗灾等自然灾害，人的生命脆弱如黑夜里的零星烛火，一阵风就能吹灭。半个月前，春天里的青黄不接让母亲的父母——我的外公外婆，先后死在自家的土炕上。外婆临走前或许感知自己将不久于人世，求生的巨大欲望让她抬起瘦骨嶙峋的身子，举起手指着桌上的一个旧坛子，有气无力地对母亲说：

"妮，把坛子给娘抱过来……"因长期营养不良，母亲看上去比实际年龄要小很多。土窑烧制的坛子呈现出泥土的光泽，在外婆眼里它却是身家性命，因为里面装着天转暖后将种于土地上的南瓜种子。外婆紧紧攥着母亲的手交代："妮，再饿，都不能吃种子，一定记着，天热了，把它们种到地里去……"外婆的话断断续续，母亲感知着自己怀里的那只手渐渐失温，却没有一滴眼泪，母亲的身体是干瘪的，她已不能流泪。那时，18岁的大舅经人介绍，在镇上一家饭店帮工，对于读过几年私塾的大舅，这无疑是屈辱的。但为了能在饭店收集客人吃剩下的馍，攒几天送回家给弟妹吃，他不得不做此选择。照管小舅的任务只能由母亲完成，虽然那时的母亲也还是个孩子。

母亲记着外婆的话，那个装种子的坛子，被母亲一直放在高处，以免被懵懂的小舅误吃。不幸的是，没多久，每天四处觅食的母亲染上了天花。几天后，怕母亲将病传染给族人，本家叔叔将昏昏沉沉的母亲抬出家门扔在村外的野地里，任其生死。

母亲迷迷糊糊躺了几天，在断断续续的思绪里，母亲恨命运不公让自己染病，也怨不久前离世的爹娘不带自己走，才使她遭如此大罪。唯一陪伴在母亲身边的是小舅，除了跟着母亲，小舅又能去哪里？因长期饥饿，小舅的身子薄得像一片纸，头大得出奇，双眼深陷于眼眶，四处张望的目光里全是对饥饿的惊恐。小舅无法理解，自己的姐姐为什么会躺在野地里。

天慢慢热起来。或许是母亲自身的免疫力救她一命，或许是一场大雨让母亲的身体重新复苏，她逐渐好起来，一直陪伴在母亲身边的小舅也没有任何异常。

最初的饥饿感早已随时间的推移而变得麻木，出于求生本能，母亲和小舅在村外的野地里开始了觅食的生活。他们吃到的第一种食物是土豆，一场大雨把覆盖在土豆上的泥土冲走了，土豆露出地面，母亲认出了土豆。那一刻，她像刚被特赦的死刑犯，内心被巨大的惊喜胀满。母亲突然想到了外婆，一定是她给自己的儿女送吃的来了。母亲仰起混合着雨水、泪水的脸庞，高高捧起土豆朝遥远的天边拜了一拜，之后，再无丝毫犹豫，把被雨水冲刷干净的土豆送到了自己和小舅的嘴边。

深邃而辽阔的土地，像一座神奇的巨大宝库。当第一缕麦香从田野飘散开来，母亲感知到身体里有一种新的力量在生长。母亲知道，自己活过来了，亦明白，自己的命是土地给的，这一生，自己都无法再离开土地，土地不仅救活了自己的肉身，也将是自己灵魂的安放之地，更是自己漫长生命旅程的精神支柱。

我长大后，母亲曾多次回忆起她那次吃土豆的情景。母亲咂巴着嘴，眼睛眯成一条缝，仿佛还在品味那只土豆留在她唇齿间的滋味。在新疆生活了几十年，母亲依旧沿用甘肃老家的叫法，还把土豆称作"洋芋"。作为女儿，我明白母亲的心思，这不仅仅是她对家乡一种食物称呼上的坚守，更表达了她对土地的情感。土豆作为连接者，几十年来，将土地和母亲紧紧拴在一起。心里揣着土豆的母亲，心里也一定装着土地。离开土地，谁都无法生存。

那一年，母亲没有兑现对外婆的承诺，她无法将那些南瓜子种在地里，但她领悟到了外婆给她的希望——活着的希望，总结成一句话，就是在土地里。这句话，给了母亲生的希望。痊愈的母亲并没有回到自己四壁空空已无任何亲人和温暖的家里，整整一个夏季，母亲领着小自己四岁的弟弟，在野地里度过了他们一生中最自由也最难熬的日子。

很多年后，当我想起自己在菜园劳作的那些清晨，内心对母亲的感激之情油然而生，正是那些辛苦让我懂得土地的分量。后来，我读到诗人雅姆的一句话："如果脸上有泥的人从对面走来，要脱帽致敬先让他们过去。"这句话，像是说给土地的，更像是说给母亲的。

谁的命不是土地给的呢？

三

为了土地，母亲一生都在付出，并乐此不疲。

1966年8月，已在新疆玛纳斯落户的大舅，回甘肃接母亲和小舅。比起在黄土高原上靠天吃饭，新疆的日子到底好过些，一览无余的戈壁虽荒凉，却辽阔深远，只要舍得下力气，就饿不了肚子。

母亲曾多次向我描述她从甘肃到新疆时的情景，因"富农"成分，他们兄妹三人被队上监管。大舅回到家却不敢露面，他带回了粮食，虽不多，却足以引起队上人因饥饿而产生邪念。在那些连绵不绝的邪念里，谁都不知会发生怎样的罪恶。大舅白天藏在阴冷潮湿的菜窖里，夜深人静时才敢爬上来透个气。最初，母亲有些犹豫，毕竟故土难离，但大舅的一句话，立刻让母亲动了心。新疆地多，想种啥种啥。这句话，让母亲的脑海里呈现出这样的情景：自己变成了一只蝴蝶，张开翅膀，想飞到哪里就飞到哪里，不管飞到哪里，都是一望无际的麦田。望着一粒粒沉甸甸的麦穗，母亲自言自语："这得收多少麦呀，这够吃多少年呀。"母亲饿怕了，眼里只有吃的，只要能吃饱肚子，哪里不是活人呢？在一个夜晚，兄妹三人偷偷离开充斥着饥饿和伤心的土房，用一夜的时间走到黄羊镇上，搭车去兰州，再坐火车到新疆。

在老家生活的16年，成为母亲生命里解不开的疙瘩。贫穷和饥饿带来的耻辱，给母亲留下深深的伤害，也带给母亲永久的记忆。挖野菜，扒树皮，村人歧视的目光，以及族人躲避的身影……这些场景像母亲赴新疆途中的站点，它们近在咫尺又遥远如烟。我的母亲，那时还年少的母亲，体会着生而为人的不易，感知着人性里的不堪。很多次，她都在记忆深处翻寻故乡，她熟知家中院里的片瓦残墙，熟知村落里的犄角旮旯。哪里有一棵树，树上有一个鸟窝，她曾爬上去给弟弟掏过几只鸟蛋；哪里有一片草，草中卧着石头，她曾在捡柴返回时坐着歇息……每一个细节都像苍穹里闪烁的星辰，带给母亲短暂的温暖，也带给母亲长久的辛酸。母亲姓张，张姓是村上的大户，村里大半都是张姓族人，可在外公外婆去世后的那几年，母亲和小舅就像大海中的一叶孤舟，随风雨任意飘摇。母亲从未怨过族人，在自顾不暇的荒年，谁的碗里都空空如也。

来年春天，母亲领着小舅，把外婆用生命换来的南瓜种子埋在了地里。当嫩绿的幼苗从土里钻出两片毛茸茸的叶子时，母亲便开始小心翼翼地学着除草、浇水、施肥。这一年，南瓜结得格外繁密。母亲深刻体会到，想吃饱肚子，只能靠土地。为了土地，母亲可以放弃所有。

来新疆的母亲，最初随大舅落户在昌吉州玛纳斯县，属农村户口，是一封信改变了母亲的命运。信是在生产建设兵团落户不久的五舅写来的。母亲从大舅口中得知，五舅每月都会领到工资。同样都是种地，待遇却不同，母亲的心思活泛起来：有地种就饿不了肚子，有钱花那就是锦上添花，这样的日子才是好日子。从甘肃到新疆，几天的路途，遇到许多人和事，这时的母亲已不再是老家农村那个没见过世面的小姑娘了。

对于一个16岁的女孩子来说，寄人篱下不是长久之计，最好的出路就是嫁人，母亲一直没碰到合适人选。走出家乡的母亲也走出了胆量，她和大舅商量，要去兵团找五舅。虽然五舅在血缘上和她要远一些，是她的堂兄，但也是知根知底的人。大舅知道自己妹妹的脾气，只要认定的事很难改变，便答应了她。

没钱买车票，怀揣五舅的地址，靠自己的两只脚，母亲走了两天才走到石河子。比起地方土地的局限，兵团的条田博大而辽阔。还未找到五舅，母亲就下定决心，一定要把自己的根扎在兵团。

经五舅托人介绍，母亲认识了我的父亲，很快，就和父亲走进了婚姻的殿堂。高中毕业的那年夏天，我和母亲在地里割草，闲聊中问及她当初怎么会看上病恹恹的父亲，母亲挥舞着手中锋利的镰刀，一大片野草瞬间倒地，她云淡风轻地对我说："我是冲着地来的，女人嫁谁都一样，最终都要靠自己，还得自己在地里刨食。"我愕然，母亲的话深深刺痛了我。那时读过几本书的我，对生活有着不切实际的想法，认为真正的好日子绝不在土里。我讨厌日出而作日落而息的农人生活，厌恶身上劳作一天后土汗混合的酸臭气味，我为随时脱离土地做着准备。

那年夏天，风异常炽烈，它吹拂在整日弓腰趴在地里干活的我和母亲身上。我眼中的日头都是咸的，母亲却并不以为苦。

四

母亲的那块坑地，带给她无与伦比的成就感。那时，"万元户"一词刚刚兴起就让所有人内心向往，只有日子过得富裕且有万元存款的人家，才能坦然地接受这个称呼。明里暗里，在很多场合，连队的人都在猜测和询问母亲是不是"万元户"，语气里弥漫着浓浓的醋意。听到这话，思维简单的母亲第一反应是咧开嘴哈哈大笑。常年在外劳作，母亲皮肤黝黑，牙齿却又白又齐——虽然因为忙，母亲很少刷牙。母亲的笑容对比强烈，一黑一白，带给大家异常强烈的视觉冲击。面对这样的问话，母亲不否认也不肯定。等没人时母亲便自言自语："光看我挣钱，没看老娘我费了多大的力气。"满脸写着不屑和骄傲。

母亲最初种的那片韭菜地，几乎成了大家的样板地。此后几年里，每到春季就有卡车停在我家菜园边的马路上，引得连队的人注目和嫉妒。那时，卡车还是稀罕物，在兵团很少见。十几岁的我猜不出母亲怎样联系到那些卡车的，我也不知一卡车韭菜究竟能卖多少钱，母亲为此付出过多少辛劳。对于这些，只有地里的韭菜知道，只有母亲自己知道。

雪未化完，母亲就来到韭菜地。母亲没文化，却懂得土地的习性。母亲铲掉去年残留的干枯老叶，用耙子把地细细梳理一遍，将发酵过的农家肥掺上细沙，薄薄地铺在地里，再盖上厚塑料布。每逢好天气,母亲都会掀开塑料布晒地加温。当别人家地里还一片荒芜,母亲的韭菜已齐刷刷冒出头。有人偷偷学母亲拔草、施肥、浇水,可地里长出的东西总比母亲的稍逊一筹。母亲对种地有着不同寻常的天分,她是能把住地脉的人。母亲常说,地跟人一样有感情,不光要施肥,还要施爱,它才会好好长庄稼。

母亲尝到了土地的甜头,等她腾出手来,发现近处已无地可开,母亲又把目光投向茫茫戈壁。戈壁上,石头多得像天上的星星,一粒种子种在石头上,永远不可能发芽,还有盐碱,也是影响种子成长的天敌,没有人尝试过在戈壁开辟一块地。仅靠最初的那把铁锹,母亲是不可能开出自己想要的土地了。

倔强的母亲不信自己连一块地都征服不了,她开始在那片戈壁上捡石头。清晨出发前,母亲会带上两个馍一壶水,干半天活,中午坐在地头吃馍喝水,再用一块石头作枕头,四仰八叉地躺在土地上休息一会儿。天空很蓝也很辽阔,这些都装在母亲的眼睛里。

第二年春天,当戈壁上的芨芨草刚发出新芽,母亲就雇来大型农具车开渠、耕地、播种,一个月后,长出的玉米苗像排兵布阵的战士,几乎一窝不少,母亲悬着的心放了下来。紧接着下了一场雨,玉米苗长长的叶片像柔软的舞者,在风中舒展着自己的四肢。母亲之所以选择种玉米,是因为玉米费工少,好管理,撒种就能出苗,除草、施肥、浇水,待玉米秆蹿起来,几乎不再需要管理,等结了穗,再透透浇一次水,就等着收获了。

到了秋天,母亲雇人雇车掰回家的玉米棒,一垛一垛架在院子里。母亲心里的小算盘打得噼里啪啦响，玉米卖不上价，猪肉价格高，玉米用来养猪才能发挥它的最大价值。很多个黄昏，母亲站在猪圈前，看着圈里那几头摇着尾巴怡然自得抢食吃的猪，对父亲说："看看，这世上最好的东西是啥？不仅人离不开，动物也离不开。"母亲的语气里有些得意，我和父亲都明白，母亲所指绝不是猪肉和玉米。土地，早已深入母亲的灵魂和她融合在了一起。

种了两年玉米，第三年，母亲在那块地里种上了麦子。秋天，母亲站在地头冲着收割机司机大喊："把麦秆全部翻到地里。"隆隆的机器声把母亲的这句话传播得到处都是。埋进土里的麦秆，经过一个冬天的发酵，是上好的肥料。母亲疼爱土地，像疼爱自己的子女。

五

1986年，改革开放的春风吹拂着大西北的戈壁滩，兵团也开始实行分产到户。连队正式职工每人分到20亩地，作为父亲的家属，母亲拥有了此生最多的土地。那时的母亲，还不到40岁，正是一个女人最能干的年龄。

土地亩数虽一样，地却有远近，质有优劣。怎么分，成了大家关注的焦点。最终为显公平，连队采取抓阄的办法。

家里在谁去抓阄这个问题上产生了分歧，父亲让母亲去，他怕失手落母亲埋怨；母亲让父亲去，毕竟地是父亲的，女人抛头露面有些不妥。抓阄的前一晚，父母才商定由父亲去抓阄。

父亲抓到了24号地，那地离家稍远，土质却很好。母亲提前就得到了消息,等父亲慢慢腾腾到家,她已把满满一驴车的土肥卸到了24号地里。母亲围着这20亩地转了两圈,离开前站在地头喃喃自语:"我也有地了,爹,娘,你们看到了吗?你们还活着该有多好……"母亲泪流满面,以前她开出的地都是野地,名不正言不顺,今后,这里将真正成为她的王国,她可以在这片土地上任意驰骋,想种啥就种啥。

母亲像一位运筹帷幄的将军,这块地就是她的战场。母亲认真查看地情,哪里有坑容易积水,哪里有坡浇水困难,她都了如指掌。沙土地适合种土豆和红薯,黏土地适合种玉米和棉花,水渠边适合种菜,地中间适合种瓜。仅仅半天时间,母亲就对这块地进行了科学合理的划分和安排。

每天天不亮,母亲就起来做饭,吃完就扛着农具去地里,像一只高速运转的陀螺,一刻也不停歇。庄稼慢慢长起来,地里似乎有干不完的活儿,母亲身上也像有使不完的劲,每天带着一身土一身泥回家,从不叫累喊苦。

地里的活没有母亲拿不下的,但她最怵浇地。在新疆,浇地很少用井水,毕竟在戈壁上打出一口井花费大且极其困难,让清澈的井水哗哗流进地里也的确让人心疼。新疆夏季雨少,冬季雪多。庄稼长起来时,天也热了,用天山上融化的雪水浇地是最好的选择。连队人多地多,浇水要排队,人能等,庄稼却等不得。看着被太阳晒蔫的庄稼,母亲心急如焚,她找到连队,提出要晚上浇地。

漆黑的夜里,母亲穿着高筒雨靴,走起路来扑哧扑哧,她肩上扛着铁锨,手里拿着电筒四处巡查。地里哪处涝了,就用铁锨堵住水口，以免那里的庄稼被泡死；哪处干着，母亲就想办法引水上去。20亩地，母亲一个晚上要来回巡视几趟，争取让每一株苗都喝上水。有时，正赶上母亲身体不舒服，那两只雨鞋很多时候作用并不大。晚上不睡，又在地里走一夜，母亲的身体受到了很大的伤害。父亲虽心疼母亲，但他身体弱，主要还得靠母亲。特殊时期受了凉，母亲得了严重的妇科病，却舍不下时间去看病，到冬季农闲时才去抓中药调理。在我记忆里，很长一段时间的夜晚，母亲都在熬活血化瘀的汤药喝。

等庄稼成熟需要人看护时，母亲便让父亲在地边搭了窝棚，盘了炉子，她和父亲吃住都在地里，白天和地里的庄稼一起呼吸，夜晚一起入眠。

六

母亲热爱土地，也热爱和土地相关的所有事物。

包产到户后，为方便拉人拉物，家里买回一头小毛驴。每天清晨，父亲就会套上驴车，和母亲一左一右坐在车上，于毛驴"哒哒"的蹄声中向地里行进。到了地里，母亲做的第一件事，就是拿起镰刀给毛驴割草，等毛驴吃饱，母亲又催父亲牵着毛驴去打滚。为防止毛驴被石头或草根硌伤皮肤，母亲特意让父亲在窝棚边整出一块打滚场。打滚场约20平方米，被父亲清扫得干干净净，再铺上一层细沙。放暑假，我们经常去地里，有幸目睹毛驴打滚时的情景，用惊心动魄来形容一点都不为过。老话说的"蠢驴"其实不对，至少我家的那头小毛驴很聪明，只要父亲把它牵到打滚场，松开手中缰绳，不用父亲吆喝，驴前腿一跪，身子侧弯,再使劲一翻就四蹄朝天了。小毛驴翻滚几个来回,土地于尘土飞扬中给驴挠了痒痒,驴便忍不住惬意地大声叫唤,长声短调,低吟高啸,有种凶猛动物回归原始本能的感觉。母亲在地里听到动静总会抬起头,面带满足的微笑,朝打滚场张望。在母亲心里,驴滚舒坦了才有劲拉车。让驴打滚,是对它的一种奖赏,更是一种疼爱。

母亲疼爱有生命的毛驴,也爱护无生命的农具。母亲总说,农具是自己多出来的两只手。每天从地里回来,吃完晚饭收拾好灶台,母亲就开始收拾农具。为防淋雨生锈,农具都被母亲架在杂物间墙壁上搭起的木架上。铁锨、镰刀、铲子、锄头、钉耙,母亲熟悉它们就像熟悉自己的手指。每次去取农具,母亲都会先站在杂物间,用目光检视一番,再把第二天地里需要用的农具拿下来,头把松动的打上木橛,用钝的重新磨利。

磨农具的活,在别人家都是由男人承担,我家却是母亲。母亲接半盆水放在院中,拿出磨刀石,把淋了水的农具刃紧贴在磨刀石上来回推送。当水渐渐呈现铁灰色,母亲便知农具已磨好,洗去农具上的铁灰,母亲伸出大拇指轻轻放在刀刃上试锋。这时的母亲神情专注,呼吸沉静,仿佛世上只有自己和农具存在,农具是她最要好的朋友,她们正互诉衷肠。

母亲对最初开菜园的那把铁锨情有独钟,那是母亲拥有的第一把农具,她格外看重。在母亲眼里,铁锨是所有农具里最有包容性的,使用率也最高。这把铁锨在母亲手中左右挥舞,上抡下劈,被赋予了多种能力,松土用它,挖渠用它,点种还可以用它,甚至铲韭菜也能用它。它像母亲手里的"金箍棒",十八般武艺样样精通。下地前后，它时常被母亲扛在肩上，沐浴阳光，吹拂夏风，几乎春夏秋三季，它都和母亲形影不离。冬季农闲，它没有像别人家的铁锨那样被随意立在门后或院中经受风吹雨淋，而是被母亲架在杂物间的墙壁上。母亲说，平时铁锨付出最多，一定要让它躺平好好休息一冬。母亲给这把铁锨赋予了一个亲切的称呼：锨。母亲说"锨"时，音节很短，语调很轻，仿佛在呼唤自己的女儿。

随着母亲种的地越来越多，她添置的农具也越来越多，但母亲却从未丢失过任何一件。记得有一次，母亲正拿着铲子在地里间苗，连队送化肥的车到了，母亲急急忙忙丢下手里的活，卸完化肥却怎么也记不起铲子放哪了。母亲直怨自己记性不好，父亲安慰母亲，一把铲子不值啥钱，明天再去买一把。可母亲到处找，仿佛这把铲子是块金疙瘩，她把化肥堆挪了一遍，直到找着才作罢。

如今，被母亲使用过的农具依旧挂在墙上，只是换了地方。母亲离开兵团时，弟弟说："家里没地了，农具就别带了，送人吧。"母亲沉下脸来："老娘我用了一辈子的东西，走哪带哪，谁也不送。"

母亲心里还有想法，冥冥之中觉得这些农具早晚还会被自己使用。她坚信，无论身在何处，她身体里纵横交错的血管都将保持着和土地的密切联系。

七

我们终于理解了母亲对土地超乎寻常的热爱，这是母亲的宿命和责任,母亲的一生都在追随土地,有土地,母亲的心里才踏实。

2004年的夏天,我的父亲去世了。没有了父亲的母亲,在我们姐弟三人的极力劝说下,来到昌吉州乐土驿镇,跟弟弟一家生活。

一天,我给母亲打电话,打了几个都没人接,这是以前从未有过的事,我心里便有些着急。母亲在乐土驿几乎不认识别的人,很少外出。母亲有"三高"症,她一个人在家,不会出什么意外吧?我赶忙打弟弟手机,弟弟骑车赶回家,母亲却不在家里,他急忙打电话问玛纳斯的大舅小舅,都说没见。

母亲能去哪呢?弟弟骑车在镇上找了一大圈,依旧不见母亲的踪影。我和妹妹在宝鸡如坐针毡,却无任何办法,只能等消息。黄昏时,终于接到弟弟的电话,母亲的声音传过来,她一改父亲去世后的消沉情绪,欢快地对我说:"我去公园种草皮了,好久没下地了……"我松了一口气,心里却埋怨母亲,她没有感知到我们因她失踪而产生的担忧。母亲喋喋不休,从她的诉说里我得知,早上她去买菜,在菜场边的劳务市场看到镇上园林处的人正挑人去公园种草皮,她便站在那里观望。多年土地上的摸爬滚打,让已55岁的母亲看上去依旧很结实,园林处的人挑中了母亲,母亲二话不说就跟他们去了公园。绿茵茵的草皮通过母亲的手和土地紧密连接,母亲因此而感到熟悉和踏实。一天的劳作没有让母亲感到丝毫的苦和累,却让母亲明白,要从失去父亲的悲伤中走出,要从一个人在家抱着分针听秒针的孤寂中走出,唯有再回到地里去。

无论我们如何阻拦，在第二年春天，母亲还是回到兵团，开始了她的打工生涯。春天播种间苗，夏天除草施肥，秋天摘酒花拾棉花，母亲什么都干。地里的母亲，似乎忘记自己已是快60岁的老人，仿佛迎来了她生命的第二个春天。怕母亲累着，也怕她闲着，我打电话和母亲商量，让她换一个轻松的事干，比如陪护老人或经管小孩，电话那边的母亲态度异常坚决："不去，我就在地里，地不会给我脸色看。"在母亲心里，经过多年和土地的耳鬓厮磨，土地已是她相濡以沫的亲人，给她以陪伴和温暖。

母亲62岁那年，秋收完，大病一场。躺在病床上的她，在长久的沉默寡言里开始接受自己衰老的事实。远在千里之外的我，从电话里传来的长吁短叹中，感知着母亲的不甘。在随后漫长而寒冷的冬季，母亲坐在屋里，把目光长久地投向窗外。外面很多时候都在下雪，纷纷扬扬飘落的雪花覆盖着大地，母亲的眼里只有白茫茫一片。看不见土地，母亲开始萎靡不振。

为哄母亲开心，弟弟决定把后院堆煤的地方腾出来让她种菜。虽只有几分地，却让母亲欢喜异常。天刚热，母亲就开始收拾后院，把烧剩的煤一筐一筐挪到院墙边。那把被母亲带过来的铁锨又有了用武之地，很快，在母亲的精心侍弄下，菜苗长起来，绿莹莹的，后院一派生机。

2019年之前，家里这几分菜地都由母亲经管。这一年春天，我内退回家，母亲因腰椎骨质增生几乎无法下地行走，母亲却依旧惦记着她的菜地。栽种菜苗的那天清晨，母亲早早起床，让我扶她去后院，母亲坐在葡萄架下的椅子上，指导我和弟弟挖坑、栽苗、浇水。刚下过一场雨，后院葡萄枝上嫩绿的叶片已经长出，在阳光下焕发着新的能量。

望着衰老又被疾病缠身的母亲，我心里突然很难过，母亲穿着水红色线衣开垦第一块坑地时的情景又出现在我面前，那时的母亲和现在简直判若两人。如果人的生命能像土地一样长久，该有多好。

那一天，很久没出屋的母亲兴致勃勃，我懂得母亲的开心，她也一定回忆起了年轻时的自己。在母亲的笑容里，包含着小小的菜地后继有人的欣慰，更多的是在自己手中没有一块土地荒芜的骄傲。

戈壁的黄昏

40年过去，我依旧怀念家乡戈壁的黄昏，仿佛拥有这段时光我就拥有了整个世界。

一

一场春雨过后，戈壁边成片成片的蒲公英仿佛被施了魔法，不经意间就从枯枝败叶里钻出来，细细嫩嫩的锯齿状叶片在夕阳下发出油绿的光。天空中斑斓的云彩像镶了金色的花边，淡雅中蕴含着妖娆。偶尔有不知名的鸟儿发出清脆的鸣叫，从风中掠过，向水渠边的白杨树林飞去。一丛丛红柳还是去年秋天的景象，蓬松的枝条灰暗中带着枯黄，仿佛还未接收到春天的讯息。被枯草埋没的野地正进行一场盛大的萌动，残骸慢慢被时光分解，所有消失一冬的植物都将获得重生。古老幽深的戈壁博大无边，浩瀚的苍穹在大地上投射出星星点点的希望。

这是我在放学途中看到的景象，我被大自然吸引、感动和震撼，我的脚步越来越慢，接收到的信息却越来越多，仿佛整个戈壁都是我的。敏感而激越的我，为万物的生长暗自鼓劲和欢呼，一股蓬勃的力量开始在我身体里流动。我的额头上慢慢浸出细小的汗珠，感知到棉衣棉裤贴在皮肤上的潮湿及不适，我解开衣扣。春天的风像一把巨大的扇子，轻轻把大地上的勃发之气吹得到处都是。看着即将沉落的夕阳，我加快脚步朝家中走去。

祖母正坐在院里的沙枣树下铡猪草，刀刃起落之间，一截截青草掉在铡刀下的尿素袋上，断口处慢慢泛出绿色汁液。我放下书包，端起桌上祖母特意为我晾泡的蒲公英水，咕嘟咕嘟，半杯下肚。

蒲公英是前一年春天祖母专为我采挖的，晾干后装在一个布袋子里，放在火墙顶上，冬天不燥，夏天不潮，一天泡一株，我可以喝整整一年。每天中午我放学前，祖母都会取出一株放进一个大搪瓷杯里，用滚烫的开水冲泡。此刻的水，是蒲公英的另一处土地，它开始苏醒，吸收水分，慢慢舒展叶片，释放出所有营养，仿佛生命得到了再次升华。我背着书包归家，总有一杯泛着青绿不凉不热的蒲公英水在等着我。

从小喝羊奶长大的我，身上毒火异常大，总爱生些小毛病，不是身上长疖子，就是嗓子起痰，或是流鼻血，我流起鼻血总是把祖母吓得不轻。突然滴落在作业本上的血格外鲜艳，如同花朵一般，让正趴在桌前写作业的我惊慌失措，除了喊祖母，我不知自己还能做什么。听到喊声，祖母放下手中活计，进屋看到一动不动低头站在那里任鼻血肆意流淌的我，转身飞快地去舀了些凉水倒在毛巾上，扶我躺下，拧干毛巾搭在我脑门上。看着脸色苍白的我，祖母愁容满面，等我渐渐恢复血色，彻底止了血从床上坐起来，祖母总是叹口气说："唉，你这妮子，一点也不让人省心！"

祖母知道蒲公英可以清火祛毒，此后的春天，当戈壁上的风变得柔软，祖母便开始留心这种毫不起眼的植物。当蒲公英的中心位置长出一个个小花苞，祖母便开始了采挖。白天的戈壁毫无遮挡，闷热如蒸笼，到黄昏热气消退些，祖母便挽着柳条筐拎着一把铁铲，慢慢向目的地进发。脚下几乎没有路，细碎而坚硬的石块在祖母的尖尖布鞋下悄无声息。辽阔的戈壁看似荒凉，实则丰饶，像是一个巨大的宝库，隐藏着许许多多不为人知的秘密。

祖母一眼便能从杂草丛中辨认出蒲公英，她慢慢蹲下身子，一只手拢住叶片，另一只手拿起铁铲插进土里，轻轻一撬，整株蒲公英便在祖母的手中了，她轻轻抖落掉根部的泥土，将蒲公英扔进筐里，一株，两株……蒲公英像小山一样堆起来。戈壁上到处是扎手的植物，祖母的手经常被刺伤，她似乎毫无知觉。鲜红的血和我流出的鼻血何其相似，在蒲公英绿色叶片的映衬下，仿佛是盛开的花朵。

第二天，祖母坐在院中，摘去蒲公英发黄的老叶，将它们摁进水桶挑到水井旁。祖母趴在井沿上，清亮亮的水面映出祖母的身影，她把桶顺着井壁慢慢放下去，轻摇手中吊绳，一下一下吊出一桶桶冰凉清澈的水将蒲公英洗净。祖母一遍遍重复着这样的劳作，直到把蒲公英的根根叶叶清洗得干干净净。

黄昏后，一株株蒲公英被祖母挂在院中的细铁丝上慢慢晾干，每一株都会以祖母特有的方式亲近我。

二

那一刻，夕阳缓缓落入地平线，余晖照耀下的苍穹显现出一种极致的美。戈壁上的一切生灵都被这道光芒包裹或覆盖，我也身在其中，这让我内心升腾起一种悲壮之感。

每到夏季热起来，忙完家务，写完作业，我都要到院子后面的戈壁上去，仿佛有一只神奇的手在推着我走。我的双脚落在窄窄的土路上，无论轻重，都会溅起灰尘。这些灰尘沾在我的裤脚上，贴在我的皮肤上，直到成为我生命里的一部分。

戈壁空旷而孤寂，我越走越深，脚下的土地坚硬而复杂，渐渐没有路。我经过被晒得滚烫的石块、动物干硬的粪便及模糊的足迹、粗壮的芨芨草蓬、细长柔润的红柳枝条、茂密的沙枣树林，小小的身子在戈壁上特别显眼。天渐渐暗下来，我站在那里仔细聆听，举目四望，直到看见一大团烟尘慢慢向自己涌来，那一定是父亲。我不再行走，站在那里等他。我知道自己逆光而立的身影在戈壁上异常显眼。很快，欢快的鞭哨声响起，一下，两下……在空旷的戈壁上异常嘹亮——是父亲在向我打招呼。羊群如一大团流动的云朵，离我越来越近，我朝戈壁边沿移了移，给羊群腾挪出更大的位置，父亲也慢慢向我这边走来。

父亲一手握着羊鞭，另一只手托着一团灰黑色的东西，我不用猜，就知道那是一只刺猬。刺猬因受到惊吓团成一个球，一动也不敢动，乖乖待在父亲满是老茧的手掌上。

或许因为小时候饥一顿饱一顿，母亲的胃落下了病根，时常泛酸水。父亲听说将刺猬用泥包起来在炉膛里烤过，吃下可以治母亲的胃病。每天出去放羊时，父亲便开始留意。戈壁辽阔如天空，要遇到一只昼伏夜出的刺猬并不是一件容易的事，很多时候，父亲都会远离羊群，走更远的路去找寻。

遇到浓密的灌木丛，父亲会举起手中的羊鞭轻轻抽打几下。戈壁雨少，植物枝叶上落满了灰尘，被抽打后，那灰尘像白色烟雾般腾起片刻又缓慢落下。经常会有黑褐色的四角蛇从灌木丛中逃出，细小的爪在晒得温热的碎石上翻爬，很快消失在另一片灌木丛里。等一切消停下来，父亲凑近灌木丛，侧耳仔细聆听，听到连续而短促的呼哧声时，便知道有情况。父亲用羊鞭轻轻挑开灌木丛浓密的枝条，再拨去枯黄的草叶，总能发现自己想要的猎物，此时的刺猬都处在睡眠状态，父亲轻而易举就能把它们从灌木丛里掏出来。

我迎着父亲走去，目光盯着他手里的刺猬，父亲看到我关注的神情，便摊开手掌轻轻摇晃。刺猬开始在父亲宽大的手掌上滚动，此时的父亲像一位杂技演员，在那团圆圆的刺球即将掉落之时，瞬间将它牢牢抓住。之后，父亲把刺猬拴在羊鞭上，让我像提灯笼一样提着，我跟着父亲慢慢往回走。

祖母已做好晚饭，案板上大而暄腾的馍冒着热气，我忍不住拿起一个，边吃边掀锅盖，锅里是菜汤，绿色的菠菜和黄白相间的蛋花引起我的食欲，我忍了又忍，拿着馍出去。

父亲进了院子开始处理刺猬，然后把它放进炉膛烤。

母亲从地里回来，祖母已在院里摆好饭桌，我把馍盛在铁盘子里端出来，再去厨房舀菜汤。母亲洗过手，站在院门外大声喊着弟弟妹妹的名字："军，回家吃饭了！芳，回家吃饭了！"母亲高亢的喊声带着少许疲惫，在戈壁的黄昏传出去很远很远……弟弟妹妹很快停止疯玩归家。

刺猬烤熟了。当父亲敲去泥壳的那一刻，一股久违的肉香从小小的饭桌上升腾而起，在院子上空弥漫开来。当母亲从父亲手中接过冒着热气只剩拳头大小的刺猬时，我和弟弟妹妹低头喝着碗里的菜汤，却把目光偷偷移向母亲手中的美味。

母亲把刺猬肉一块一块剔下来放在面前的盘子里，她剔得很仔细，不放过骨缝连接处丝丝缕缕的碎肉。之后，母亲伸出油亮的手，把肉抓进祖母碗里一些，再抓进父亲碗里一些，又抓进我和弟弟妹妹碗里一些，盘子里只剩下一点点的碎肉和刺猬骨架，这时母亲才端起碗开始吃饭……

三

秋日的黄昏异常凄美，耀眼的落日照在院墙上，投射下的影子庞大又辉煌，带着这个季节的厚重和深远。天空中没有一丝云彩，似乎也无风。孤零零的院子仿佛是一个神奇的存在，不动声色地就成为戈壁的一部分。

听到院门哐里哐当被撞得直响，我便知是母亲回来了，赶忙放下手中的作业，推门出去接她。母亲的影子映在地上，像一座山，她推着自行车，前梁上架着一个尿素袋，后座上捆扎着一个大麻袋，两个袋子里都装得鼓鼓囊囊，各用一根细铁丝来回穿着封口，我一看便知这两个袋子里都是玉米棒子。母亲身子前倾，几乎趴在车头上，两手紧紧攥着车把，脚下踩实地面，膝盖弯曲，她要使出全身的力气，自行车的前轮才能把院门顶开。母亲把车推到东院墙边，我赶忙过去扶住车把。母亲后退两步，站在那儿喘了几口粗气后才绕到车座旁，低头解捆扎麻袋的绳子。大大的麻袋挡住了我的视线，虽然看不到母亲的手，但我知道，这双手粗糙到不能再粗糙，这双手一整天都在玉米秆上摸索、探寻，被薄如刀锋的玉米叶划来划去。不装满那两只大袋子，母亲绝不收手。

这些玉米棒子都是母亲在连队地里捡拾的。连队有几十块地，为了便于区分，每一块都被赋予一个数字，1号地、2号地、3号地……每块地都呈长方形，被大家统称为"条田"。地大得出奇，站在这一头望不到那一头。每到秋季庄稼成熟，连队便组织职工秋收，统一收过后地便被连队放弃，地里总有"漏网之鱼"等着人再去收一遍。整整一个秋季，母亲都骑着自行车夹着袋子，辗转于连队的每块地之间，去捡拾那些被遗落在地里的庄稼。

母亲一趟一趟出去，再一趟一趟返回，奔波一整天，驮回一袋一袋庄稼。玉米棒子倒在院子的东墙下，甜菜堆在杂物间前的空地上。稍小些的农作物，如花生、油葵、黄豆、绿豆……怕被院子里的鸡叼食，母亲会顺着立在墙根的木梯爬上房顶，把它们倒在房顶上。母亲蹲下身，用手抚摸在夕阳下散发着油亮光泽的颗粒，再把它们摊平，母亲摊得中规中矩，横平竖直，每一种农作物之间都留出两指宽的缝隙，以免它们混在一起。母亲忙完，天也黑了，很多时候母亲并不急着从房顶上下来，她站在屋脊上朝远处看，戈壁黑茫茫一片，却有无数星辰在母亲和戈壁上方闪烁。

如果哪一天母亲在黄昏前急急忙忙赶回家，那必定有一场大雨即将来临。祖母不再忙着做晚饭，我和妹妹会丢下正写的作业，弟弟也从外面跑回来，都在院子里和母亲一起忙活。每个人都万分焦急，动作异常麻利，在和暴雨抢时间。头顶是黑压压的云，有时还伴着大风，风吹乱了每个人的衣服和头发，也刮起地上的尘土，狼烟滚滚，即将到来的雨更像是一种掠夺和摧毁。收回的庄稼若被淋湿，需要很多天才能晾干，必须在落雨前把它们一一安置好。家里人已养成习惯，在这种时候若谁不动手帮忙，必定招来母亲一顿呵斥。

在院子的最高处，把摊晒开来的玉米棒子一层层砌墙般码成一个长方形的粮仓后，几双手此起彼伏，金黄色的玉米棒子在半空中快速画出一个个优美的弧线，落在仓里时发出沉闷的声响，母亲时不时跨进仓去，用耙子把中间堆如小山的玉米棒子往两边赶，不知谁手上失了准头，一个硕大的玉米棒子砸在母亲后背上又滚落在仓中，可母亲似乎毫无感觉……

雨很快来了，噼里啪啦的雨点砸在院子里，溅起一片灰尘，地面很快便成了泥场。此时，一家人已围坐在厨房的小饭桌旁吃晚饭。母亲一手端碗一手拿馍，时不时回头望一眼杂物间里收回的农作物，再看看门外的雨，神色笃定。

雨声越来越大，却和我们无关，家里每个人脸上都洋溢着气定神闲之色。这是一个别样的黄昏，紧张又美好；这也是一个平淡的黄昏，它和戈壁秋季里的其他日子没什么不同。

四

大雪过后，天空格外湛蓝，几根未被压折的苇草从雪地里探出头来，再次承受寒冷的撕扯和考验，夕阳下显现出独有的悲怆。风像一把刀，挟持着星星点点的雪粒掠过院子、树林、田野，向连队的方向游移。

放了寒假，我整天在外面疯跑，白茫茫的雪缩小了我的视野，很多时候，我都以为自己的目光无法抵达更远的地方。这给了我一种错觉，以为自己荒废了已经过去的春夏秋三季。这种感觉让我失望，我开始讨厌这无处不在的白。玩伴们都在堆雪人，而我选择站在一边观望，双手伸进祖母缝制的灰色棉手套里，看他们把铺在野地上厚厚的雪三下两下推在一起拍出大致形状，再把从家里偷出的胡萝卜轻轻摁在雪人脸上。而雪人似乎拒绝这千篇一律的鼻子，它借助风力不动声色地扭动脖颈，那个沉重的鼻子便掉在地上，发出"砰"的声响。

那根受了委屈的胡萝卜，让我想起祖母放在炉膛上的红薯，一种自己怎么也闻不够的香味便在我脑海里弥漫开来，瞬间勾起我的饥饿感，我不由自主地把双手按在胸前。隔着厚厚的棉衣和手套，我感知到自己高高隆起的肋骨，我的肠胃里空空如也。少许液体不受控制地从我口腔里泛出，我舔了舔干裂的嘴唇拼命咽回口水，开始往家走。

我推门进屋，比起戈壁上空气里独有的清新，家里的气味要复杂得多。厨房灶上的大铁锅里熬着苞谷糁稀饭，细小的颗粒在锅中翻滚，蒸腾起淡淡气雾，房间角角落落充斥着香香甜甜的味道。经过简单加工，粗陋的苞谷显现出神奇魔力。祖母坐在灶前添火，手拿一把小铁铲，在她铲起煤桶里的碎煤块填进炉膛的那一刻，火焰一下大了起来，噼里啪啦的声音在锅底响起。母亲正站在酸菜缸前捞酸菜，酸菜特有的气味冲进我的鼻腔。母亲拿着筷子挑出缸里长长的豇豆，夹出两根红辣椒，盖上缸盖，再用一块厚厚的塑料布蒙上，以免太多的空气进入缸内。

我进了里屋打开电视，小小的屏幕上雪花点点，几乎看不见画面。我有些不甘心，出了屋，把院墙边立着的电视杆旋转了半圈，进屋后看见屏幕上依旧是雪花点点，失望的情绪迅速把我包围。炉火上的红薯散发着诱人的香味，我走过去拿起一块，撕去焦黄的外皮后填进嘴里。沙面的红薯瞬间顺着我的喉管进入胃部，我感知到它们在我身体里的温热。

父亲从连队回来，他带来了好消息，说晚上营部放电影。我们姐弟三人得知后异常兴奋，在冬季，这样的机会并不多。往常都是父亲领着我们去看，母亲怕耽误时间，依旧在家里做她怎么也做不完的针线活。祖母小脚，路又滑，只能留在家中。可这个消息依旧让祖母开心，我们开心祖母就开心。

冬季的黄昏是短暂的。吃过晚饭，母亲没有像往常那样洗锅刷碗，而是去了杂物间。我跟在母亲身后，知道她是去给我们找看电影时的吃食了。母亲路过院中大大的雪堆，推开杂物间的门转头问我："炒油葵、苞谷还是黄豆？"我没有犹豫便回答母亲要炒油葵——带皮的食物多一道食用工序，不至于让我们过量食用而引起胃胀。

杂物间只留有一个小窗，夕阳将落未落，把剩余的一点光打在玻璃窗上。母亲对各种东西的位置了如指掌，她走近一个立着的尿素袋，摸索着解开扎带，铁碗碰到油葵颗粒时发出的声响在逐渐暗下来的夜色中传进我的耳膜。

油葵倒进锅里被迅速翻炒,香味很快弥漫开来。有人在门外喊:"走喽,看电影喽!"祖母把晾在桌上的油葵装进一只塑料袋交给父亲,我们姐弟三人跟着父亲朝连队的大礼堂走去……

身后的小院越来越小,院里的灯光在辽阔而空旷的戈壁上依旧温暖明亮。

剧团生活

那一年我12岁,离开亲人的我像一只孤单的雏鹰,独自在灰蒙蒙的天空中飞翔。迷茫着,渴望着,寻找着,疼痛着,而后渐渐长大。

一

奶奶难过极了,先是坐在床上哀叹了好一会儿,之后颠着小脚去了外屋。她站在窗下,伸长满是褶皱的脖颈朝外看了又看。院中那棵沙枣树上,几只麻雀叽叽喳喳在枝丫上来回跳跃,又一窝蜂似的飞远了。奶奶闭上双眼,长长地叹了口气。天开始暗下来,不远处的雪地里,白杨树灰白色的树身泛着奇特的光,树影被拉得又瘦又长。没有什么能阻挡时间的流逝。奶奶转过身,轻轻摘下挂在火墙上的围裙开始做饭。

母亲提着一只旧铁桶朝院外走去,桶周弥漫着灰蒙蒙的热气。当母亲把搅拌着少许干草粉的熟苞谷糁子倒进食槽时,那头待宰的猪像往常一样，急促地把嘴巴伸进食槽，贪婪地吞咽着食物，喉咙中发出含糊不清的哼唧声，并用细细尖尖的尾巴"啪啪啪"地拍打着自己的臀部，以释放享受美食带来的快乐。

平日对自己母亲言听计从的父亲，这次的态度异常坚决，丝毫不理会奶奶出屋时留给他的埋怨的眼神。杨叔离开后，父亲就一直坐在写字台右边的椅子上，眯着双眼，把整个后背紧紧贴在椅背上，仿佛在依靠着某种力量的支撑。父亲似乎睡着了，把这个姿势一直保持到吃晚饭。

1982年的冬天，已12岁的我，内心敏感脆弱却又假装强大，总是紧抿着厚厚的嘴唇，把看似深沉的目光投向远方，以匹配已蹿起来和成人一样高的个头。某天下午，阳光透过玻璃窗照进屋，整个房间亮堂起来。窗格因糊了报纸，落在地上的影子瘦弱无力。刚放寒假的我，正有一笔没一笔地写作业，突然听见外屋门响，我扭头一看，父亲掀开门帘领着一个人进来。

我赶忙站起来打招呼，进来的人我认识，是我同学杨小伟的父亲。杨叔年纪和我父亲差不多，他眉骨稍稍凸起，眼睛里总是发出精明的光，因为能说会道，认识他的人都叫他"杨八哥"。父亲和杨叔一左一右坐在写字台旁的椅子上聊天，我依旧坐在火墙边的八仙桌前写作业。杨叔说话声很大，语速也快，像一架正在不停扫射的机关枪。我偶尔侧过头去，看杨叔的嘴唇一张一合，嘴角的白沫随着吐出的话语也越堆越多。

"妮儿，"父亲喊我一声，我抬起头，父亲接着说，"你喜不喜欢唱戏？你去学唱豫剧吧。"我有些摸不着头脑，用疑惑的目光望着父亲，之前我并没有用心听他们说话。

"老楚哥，把妮儿交给我，你就放心吧。"杨叔没有理会我的疑惑，而是把精明的目光投向父亲。

很快我便明白了事情的来龙去脉。在北疆石河子地区有很多支边过来的河南人，那时兵团的娱乐方式非常少，他们对乡音的眷恋似乎就更浓烈，豫剧团便应运而生。农闲时，各连队都会请豫剧团来为职工们演出。杨叔河南老家的一位远房亲戚，曾是某豫剧团的台柱子，他前些日子来新疆成立了一个豫剧团，正在招学员。杨叔无意中和父亲说起，深爱家乡豫剧平时又能唱几段的父亲，便动了让我去剧团学唱豫剧的念头。

我心里一阵窃喜，学不学豫剧对我来说无所谓，近两个月的寒假时间实在太长了，能离开家去感受不同的生活却是我渴望的。这个让我能走出家门的机会，像天上掉下来的馅饼，一下就把我砸晕了。我望着父亲，他真想让我去剧团学唱戏吗？他放心我一个人离家吗？奶奶和母亲会同意吗？父亲会不会是一时冲动？这些问题一个接一个在我脑海里闪现，但很快，我便把这些疑问抛到了脑后，对还虚无缥缈的剧团生活开始了憧憬，以至于杨叔离开时我还在恍惚之中。

夜，安静极了。那些白天因圈养而心怀不满时常叫唤几声的牲畜，此刻消停下来。窗外的雪，不知什么时候开始悄悄降落。奶奶早早睡下了，在厚厚的棉被里，她瘦小的身体像一片枯萎的落叶。我知道奶奶并没有睡着，她双眼紧闭眼皮却在颤动。家里凝重的氛围压得我喘不过气，我走出房间来到院子。天空灰蒙蒙的，我渴望找到一处更明亮的地方。推开院门，视野一下开阔起来。我深深吸了口气，享受着清新的空气。远处点点灯光只有两三处，却和雪色交相辉映，如神光一般在一望无际的天穹边显现。我径直朝灯光走去，到处都铺满了厚而松软的雪，看不到路，我的双脚深陷雪中，一股沁人的凉瞬间直达全身，我忍不住打了个寒战，却没有停止脚步，走啊走，一直走出去很远。

醒来，天已大亮，躺在床上回味睡梦中自己走过的那些路，似乎没有尽头，却又充满了新鲜和刺激。抬起头，看见阳光落在院外的沙枣树上，光秃秃的枝干被照得一片金黄，这是一个美好的早晨。

吃过早饭，母亲收拾完厨房，去杂物间找出一床新网套铺在她的大床上，开始缝被子，父亲跑前跑后给母亲打下手。午饭后，父亲没有像往常那样坐在椅子上打盹，而是出了门，天黑透才回来。父亲似乎喝了酒，走得趔趔趄趄，嘴里大声唱着：

　　小仓娃我离了登封小县，
　　一路上受尽了饥饿熬煎。
　　二解差好比那牛头马面，
　　他和我一说话就把那脸翻。
　　……

原本凄凉婉转的曲调被父亲唱得十分激昂，或许，父亲是在用这种方式怀念三千公里外的家乡。父亲满身酒气，家里的狗在跑近他的瞬间又迅速远离。

第二天，我和父亲早早就离开了家。沉重的院门在我们身后发出"哐当"一声巨响，在这个清晨传出去很远很远。快到南河时，我不由自主地转头回望，看见一个小小的身影站在院门前，努力挺直早已被生活压弯了的腰朝前望。白茫茫的天地间，奶奶像是撒在雪地里的一粒黑芝麻，那样显眼又如此微不足道。我越走越远，奶奶的身影也越来越小，我忍不住喊了一声"奶"，眼泪瞬间落下。

二

父亲骑车带着我，从长长的条田边一直朝东去。路，是下雪后走的人多了踩出的路，又窄又滑，父亲时常扶不稳车把，我的脚偶尔也会碰到路边厚而蓬松的雪。太阳升起来照在雪地上，一些耀眼的光便像钻石般闪烁在天地间。

一只野兔突然从一篷枯黄却依旧厚密的芨芨草丛中蹿出来，我最先看到的是它红色的眼睛，悠闲而调皮，它看我一眼，并不害怕。

"爸，兔子！"我脱口而出。

父亲没有回头，也没有望一下不远处的兔子，继续一心一意赶路，我有些失望。突降的大雪覆盖住的一片落叶被风翻出，泛着润黄，飘出去很远，被兔子追赶着。这只兔子出来是为觅食，还是为嬉戏，或者仅仅为伸展一下久蜷于窝内的四肢？我胡思乱想着，除了灰色的树，四周白茫茫一片，我和父亲就这样走进了一连连部的大院。

说是院子，并没有院门。三排平房围出一块空地，人只能从西边进出，东边的平房也是土砖砌墙，却比南北那两排平房高大气派得多，像是连部的大礼堂。院子里有两棵榆树，树中间拉着一根粗铁丝，铁丝上挂着几件深色衣物，衣角下端垂着硬邦邦的冰凌，几乎要挨到地面。凛冽的风从我和父亲身边呼呼刮过。

"在这儿呢!"是杨叔的声音。北面一间屋子厚厚的棉门帘被掀开,杨叔伸出头来。我和父亲朝他走去,推门进屋。房间里很暗,烤红薯的香味扑面而来。我站住,定睛一看才看清一张土炕占据了房间大半的地方,炕前盘着一个火炉,炉上放着烧水壶,壶嘴里冒出蓬勃的水蒸气。门对面的墙上开着一扇小窗,灰蒙蒙的光透进来。

屋里除了杨叔还有一位四十多岁的男人,两个人都坐在炕沿上。我站在父亲身后,目光却被炉门里的红薯所吸引。杨叔指了指那个男人对父亲说:"这是豫剧团的张团长。"张团长满是褶皱的脸上泛出笑意,他下了炕,把一双厚实的手伸向父亲,用地道的河南腔说:"老哥,听杨哥说你也是河南来的,河南哪儿的?"

父亲在听到乡音的那一刻立马放松了紧张的心情:"我是河南荥阳的,离郑州很近。"父亲又指了指身边的杨叔:"离杨哥的老家登封也不远。"张团长却没有再接父亲的话,他上上下下打量着站在那儿的我,像是自言自语,又像是对屋里所有的人说:"这妮儿个子不小了,去唱青衣吧!"

父亲没有多做停留,也没有丝毫犹豫,在交给张团长四百元钱的学费之后,便和杨叔一起离开了。

张团长带我去了礼堂,和冷清的连部大院相比,礼堂里热火朝天,豫剧团的老师们正带着学员排练。让我没有想到的是,我竟看到一个熟悉的身影,是我同学李彩霞的姐姐李彩云,我去李彩霞家玩时曾见过她。心里不由得欢喜起来,在这里遇到认识的人,我有点意外,似乎感觉有了依靠,虽然我和李彩云只见过一次。我朝她走过去,刚走两步,又迟疑地站住。李彩云也看到了我，冲我笑笑，算是打了招呼。

张团长对着舞台上一个正讲话的四十岁左右的女人招了招手，那个女人停止说话朝我们走来。她没有走舞台两侧的阶梯，而是从半人多高的舞台上直接跳了下来。"这是新来的，你再带一个。"张团长说话的语气不容反驳，那个女人看了张团长一眼，轻轻吐出一个"好"字。事后我得知，她是张团长的老婆。张团长离开后，那个女人看我一眼，冲我笑笑，又回头望一眼舞台上正排练的人，思索片刻才对我说："你先练习走台步吧，这是基本功。"说完，她便架起了自己的两只胳膊，开始给我做示范。

不知是因为天气寒冷，还是陌生环境带来的不适，我感觉自己的身体僵硬得像个木偶，我努力端起胳膊迈出腿跟着那个女人做起来，很快便学得像模像样，那个女人夸赞我几句就回到舞台上排练去了。李彩云过来和我打招呼："你怎么也来了？"我停下练习，不知如何回答她。"我们都已经学完了，马上就要去连队演出了。"李彩云看我一脸茫然，不再说话，她扳起我的胳膊，仔细给我讲解要领，纠正我错误的动作，大大的眼睛里满是亲切的光。

在这个连声音都能冻住的季节，我第一次远离家人，在陌生的环境接触到陌生的人和事，好在有李彩云做伴，内心才不至于太过凄凉。这一天，于我而言是崭新的。三十多年过去，我依然清晰地记着当时的情景。

吃过晚饭，李彩云帮我铺床。洗漱后，躺在热乎乎的土炕上，我的心里温暖了许多。李彩云的被褥就在我边上，可临睡前，我突然发现她并不在屋里。

三

李彩云回来时已经很晚了，同屋的姐妹都已睡熟，她们似乎习惯了李彩云的外出，为她留着门。昏黄的灯光下，炉火失去了白天生龙活虎的气势，曾经通红的煤块渐渐变得灰暗，偶尔有几声狼叫透过厚厚的土墙传进屋里。冬季密实的雪覆盖了一切，可寻觅到的食物越来越少，我想象着那些狼站在不远处的雪地里仰头长啸或俯身低嗅，更多的时候，它们把贪婪的目光投向有微弱灯光的地方。

我正担心李彩云时，她轻轻推门进来，身上裹挟着屋外的寒气。听见她插门闩，我转动了一下原来平躺着的身体，伸出胳膊，脸冲着门。李彩云脸颊绯红，微闭双眼，身体紧贴着门一动不动。我不明白她为什么会这样，忍不住轻轻喊了她一声。她睁开眼睛，看是我，羞涩地笑了笑，蹑手蹑脚走到炉子旁，拎起水壶朝盆里倒水。她洗脸洗脚的速度很快，洗好之后拉灭灯，三下两下脱去衣服钻进被窝。

"你怎么还没睡呢？"李彩云掖好被子悄声问我。我往她身边靠了靠，低声说："我在等你呢，你去哪儿啦？"我的语气里稍有些埋怨，我知道这样不对，却忍不住。"我去我姨家了。"李彩云似乎没有注意到我的埋怨，接着说："不是亲姨，是我妈老家一个村上的姐妹，和我妈一起来的新疆，就在一连，出了院子，朝东走两排房子就到了。"李彩云说得很详细。我有些不明白，为什么她临走前没给我打声招呼呢？随后又想，自己又不是她什么人，凭什么她非得告诉我行踪呢？

"下周咱们就要去连队演出了。"李彩云似乎很期待这件事,她的声音里透着兴奋。听了她这话,我不知该高兴还是难过,才来剧团没几天就要去连队演出,我什么都没学会呢。不知该怎样给李彩云说这些,我沉默下来。见我不接话,李彩云便说:"睡吧,已经很晚了。"她翻过身去,很快就发出了轻微的鼾声,我却怎么也睡不着。第一次躺在陌生的大炕上,这种感觉很奇特。我开始胡思乱想,家人们此刻都在干什么?奶奶每晚睡得早,她肯定上床了。我的床和奶奶的床挨着,晚上睡下,我经常调皮地伸长胳膊,用指尖去摸奶奶的床沿。奶奶看到如今空荡荡的床铺会想我吗?她知道我正在想她吗?母亲总有干不完的家务活,或许这时她还在灯下纳鞋底。而父亲,此刻一定还坐在写字台边的椅子上打盹。想到这里,我难过起来,心里空荡荡的。黑暗中,我不由自主地探起身,拽过盖在被子上的棉衣紧紧搂在怀里。很快,我感觉到了温暖,软乎乎的棉衣像极了奶奶的怀抱。不知过了多久,我进入了梦中——

奶奶颠着小脚从厨房出来,手里端着半盆水,颤颤巍巍走到院中的沙枣树旁浇水。水很快渗进土地,树枝上尖尖的嫩芽在春风中慢慢舒展开来。奶奶坐在树荫下哼着歌,为我拆洗穿了一冬的棉衣,那一定是一首关于家乡的歌。在遥远的小山村,有一所房子,有一座院子,一直都在奶奶的记忆里深藏。突然刮来一阵大风,奶奶转眼间不知去向,只剩我孤零零地站在院子里。我拼命喊却怎么也喊不出声……

我做了一晚上的梦,醒来时天已大亮,洗漱完,我和李彩云去吃早饭。在简陋的厨房,我碰见了昨天教我练台步的那个女人，看见她的那一刻我冲她笑笑，含在嘴里的"师傅"两个字最终还是没有吐出口。十点钟，我和李彩云去了大礼堂，我站在舞台一侧看大家继续排练，感觉自己就像玉米地里长出的一棵多余的高粱。师傅似乎把我忘记了，此后，一直到我离开剧团，她再没教过我新东西。

几天后的一个下午，排练结束，张团长兴奋地告诉大家，已接受四营邀请，从明天开始，剧团正式下连队演出。"明早车就来接咱们。"张团长有些激动，双手叉腰，用骄傲的目光望着大家，"吃完早饭，咱们就出发。"听了张团长的话，大家都很兴奋，叽叽喳喳说个没完。

第二天清晨，大家早早起来收拾东西，屋里到处弥漫着紧张而兴奋的气息。突然传来敲门声，这么早会是谁呢？正使出全身力气要把被褥捆扎在一起的我，只是心里一闪念，又低头忙自己的。李彩云叫我，我扭过头，竟然看见父亲站在屋外。"听你张叔说，今天你们要去演出了，我过来看看。"屋里乱糟糟的，父亲就站在门边，我赶忙让父亲进屋。他把手里的一个蓝布包递给我后不再说话，三下两下把我的被褥捆扎好便匆匆离开了。

我们出发了，在冬日晴朗的早晨，在凛冽的寒风中。坐在用帆布围起的车厢里，我打开父亲给我的蓝布包，里面装着一大包油炸麻叶。我的眼泪一下流出来，我最爱吃这个，一定是奶奶整晚没睡，紧赶慢赶专为我炸的。我扭过头，不想让大家看到我的眼泪。车厢两侧各开有两个小窗，我把脸贴近离自己最近的那个窗口。

太阳升起来，远处原野里零零星星的白杨树像一幅水墨画，被晕染在白茫茫的雪地里，更远处是朦朦胧胧的天山山脉，山顶的积雪在阳光下发出白色的光。放眼望去，整个天地间似乎只有蓝白两色。

我回过头，发现坐在自己身边的李彩云正和人小声说话。这人年纪看上去比李彩云要小，他坐在大戏箱上，身体紧贴箱体，似乎害怕占用过多的地方。他不是剧团的人，我打量起他，他也抬头看我，大大的眼睛在和我对视的刹那又转向别处。不知为什么，我的心好像被什么东西扯动了，我赶忙低下头。早上急急忙忙收拾东西，慌里慌张上车，根本没注意到一个陌生人会在我们其中。

这个男娃娃是谁呢？为什么会和我们一起坐在车里？

四

多年以后，每当想起那个清晨，我依旧认为它是美好的。剧团生活结束后，我再见到李彩云是九年之后。当时，母亲正在自留地里修整土地，李彩云骑着自行车经过。她穿着肥大的黑灰格子罩衫，头上包着又厚又大的红头巾，这让她的脸只剩窄窄的一块，两条醒目的刀疤如风干后的蜈蚣，在李彩云依旧年轻的脸上显得十分狰狞。母亲还是认出了李彩云，便喊了她一声。李彩云有些茫然地抬起头，循着声音看是我母亲，就从自行车上下来。母亲停下手里的活，拎着钉耙向李彩云走去。我无法猜测母亲当时的心理，她仅仅是因为我在家而叫住了李彩云，还是为满足自己的好奇心，想让李彩云亲口讲述那件发生在她身上轰动整个一四二团的血腥事件。

那也是一个清晨，太阳缓缓升起，已有了初春的小暖。我刚起床，洗完脸正准备吃饭。那时，我已在石河子第二毛纺织厂上班，挡车工"四班三运转"的作息时间，总是让我习惯睡够了才起。

李彩云进屋，她带进来的空气中有某些新鲜的东西，我说不出那是什么，但我能感知到它们的存在。就像时光，我们不能真真切切看到它离开，却能感知到它正一点一点离去。望着坐在自己身边的李彩云，我不知说什么好，心里泛起许许多多的苦涩和悲凉。母亲曾告诉过我发生在她身上的那件事，当时我很震惊，没想到她和刘星会发展成那样。

进屋后，李彩云卸去头巾，用黑色皮筋扎在脑后的头发露出来，依旧乌黑油亮，昭示着她旺盛的生命力并未因一场血光之灾而有所减弱。

母亲去外屋橱柜里拿进来一只粗瓷碗放在桌上，拎起暖瓶往碗里倒水。透过慢慢升腾起来的水蒸气，李彩云的脸看上去有些朦朦胧胧，那两道伤疤似乎不见了，我眼前呈现出的是她九年前那张干净而羞涩的脸。

1982年的深冬，一辆军用卡车载着一个小小的剧团，带着它的戏具戏服，带着它的小生花旦，带着那些古老而传唱至今的剧目，行驶在漠北茫茫的雪路上。

"这是刘星，"李彩云用肩膀碰我一下，接着说道，"是我姨家的儿子，就是我一连的那个姨，我告诉过你的。"我忍不住又望了一眼刘星。在这并不明亮的空间里，刘星的两只眼睛像星星一样发出耀眼的光芒。我冲刘星笑笑，算是打了招呼。"刘星放假在家，也没别的事，就和张团长说了，跟着咱们剧团一起出来。"李彩云扭过头朝驾驶室里看了一眼，那里坐着张团长夫妇。"张团长说，让刘星帮咱们拉大幕。"李彩云见刘星面露羞涩，便不再说话。坐在刘星旁边的陈建设看着刘星瘦削的脸庞，关心的话语脱口而出："刘星，别怕，有我呢。"此话一出，刘星的脸更红了。陈建设家也在一连，他和刘星是从小玩到大的好朋友。陈建设来剧团学花脸，皆是因为他在老家唱过几天戏的母亲。

路面积着厚厚的冰，汽车开得小心翼翼。剧团学员大多是一营的孩子，汽车驶近一营，有人起身围在窗口往外看。我禁不住胡思乱想，过完年开学，老师和同学们不见我报名，会惦记我吗？我还能和他们一起坐在教室里听课吗？想到这里，我心里一阵难过。

汽车并未放慢速度，离一营越来越远，望着渐渐稀疏的房屋，大家都有些失望。很快到了团部路口，车子竟开了进去，路边的房屋越来越多，渐渐连成片，厚厚的积雪覆盖在房顶上，风野蛮地刮过，卷起少许雪粒，这些雪粒在行人面前留下一道耀眼的光，便"呼"的一下飞远了。

司机把车停在路边一片宽阔的空地上，我们还在疑惑，张团长掀开篷布，把头伸进来冲大家说："时间还早，都去团部玩一会儿吧，但不能单独行动，必须结伴来回。"张团长说完，我们愣了片刻，之后忙不迭地跳下车。空气中弥漫着淡淡的酒味，在寒冷中有着让人说不出的迷醉，我们的车停在新安酒厂左边的空地上，我感到所有的人都深深吸了口气。大家兴高采烈的样子引起路人的关注，他们放慢脚步，仔细打量着我们。

这是我第一次来团部，当我站在百货大楼门前时，并没有急着进去。已是正午时分，阳光顺着楼顶照下来，或许因角度关系，"百货大楼"四个字暗淡无光，和我想象的有很大区别。

五

我没想到会在百货大楼里碰见平娃的母亲。

刘星和陈建设一边一个，拼命拽开百货大楼厚重的棉门帘，我和李彩云进去后他俩才挤进来。棉门帘落下时发出沉闷的声响，我们都不由自主地停住脚步，回望被门帘扫起的灰尘。但很快，我们便被百货大楼里的情景所吸引。

比起营部的小商店，百货大楼要大很多。呈"U"字形排列的柜台，比一般写字台要高，木框架做工粗糙，表面只用刨子简单刨过，未经打磨就刷上了土黄色的漆，暗沉的漆丝丝缕缕渗进木纹，便有了做旧的感觉，玻璃柜面因拿货取货已被磨损得伤痕累累。三位售货员都是女性，年纪都不大，皮肤白皙，一看就和连队常年下地的女人不同。她们在柜台后忙碌着，快过年了，来百货大楼里买东西的人真不少。

我的目光被其中一位售货员的波浪形卷发所吸引，她看上去像个洋娃娃。她的头发是怎么弄卷的呢？我的思绪正在云游，身边的李彩云突然轻轻拽了拽我："那边有人喊你。"我顺着她示意的方向看过去，屋子中央的炉火边有几个人正在烤火，一个熟悉的身影站在那里，是平娃的母亲，是她在叫我。我急忙过去喊了一声"阿姨"。她家离我家很近，她和我母亲是甘肃老乡，俩人就比别的人亲近一些。她经常来我家，有时是做了好吃的来送一碗，更多的时候是来和母亲闲聊。"秀月，你怎么在这里？"平娃的母亲毫不掩饰看到我后的惊讶，说完这话，她又把探寻的目光移到我身后。我不知从何说起，便站在那里沉默。"你妈和我一起来团部了。""我妈人呢？"听她这样说，我赶忙问。"你妈去邮局取包裹了，让我先来买东西，在这里等她。"平娃的母亲紧接着又说道："估计你妈快来了，有一阵子了。"

母亲一定是取柿饼了。每年冬季，父亲河南老家的亲戚都会寄柿饼来。我对平娃的母亲说："阿姨，我去找我妈。"说完，便朝李彩云她们走去："你们逛吧，我妈来团部了，我去邮局找她。""好吧，那我们在这里等你，你快些回来。"李彩云说完，便和大家一起朝柜台走去。几个烤火的人停止闲聊，打量起我，我心里有些着急，冲平娃的母亲笑了笑便朝门外走去。

张团长和我师傅一前一后进来，他见我一个人往外走，叫住我："你一个人去哪里？"张团长疑惑地朝李彩云她们望了一眼。"我妈来团部了，在邮局呢。我去找她，一会儿就回来。"我赶忙回答张团长。"那你别跑远了，咱们很快就出发了。"张团长的表情很严肃，我低声回答："我知道。"便急匆匆转身出去。

出了百货大楼，看见不远处邮局绿色的大门，我忍不住加快脚步小跑起来，心"咚咚咚"跳得厉害。我想早些看到母亲，虽只离家一周，却如同过了一个长长的冬季。

突然身后有人喊我，是张团长的声音，他紧接着又喊了一声："别跑了，往车跟前走。"我的头一下蒙了，不由自主放慢脚步，是继续去邮局找母亲还是返身回去？我答应着张团长，感觉他的喊声里有一只无形的手拉住了我，我只能默默转身回去。大家都站在百货大楼门前等我，有人买了东西，购物的快乐似乎传递给了所有的人，大家嘻嘻哈哈都很开心，没人注意到我低落的情绪。

车子继续朝北开去，我的心情糟透了。张团长在百货大楼里买了糖，每人发了两块，大家都兴高采烈，似乎提前过了年。我把糖攥在手里，没有一点想吃的欲望。

到四营时已是下午两点多，汽车像累坏了的老牛，"轰隆"一声停在四营营部的院子里。有人出来和张团长打招呼，然后安排大家食宿。午饭吃的是大烩菜，吃完我们都美美睡了一觉，以缓解路途的劳累。我和师傅以及李彩云住一个房间，起床后，我们的脸都红扑扑的，似乎春天提前到达。房间里的炉火很旺，发出"呼呼"的声音，像春天的风经过。雪早已停下，一群麻雀在窗外光秃秃的白杨树枝上"叽叽喳喳"叫着，起起落落，欢快而满足。

这是剧团的第一场演出，我们已期待很久了。大家跟着张团长先去看演出场地，就在营部的大礼堂里，离我们住的房间很近。四营的大礼堂和我们排练时的一营礼堂如出一辙，推开大门就能看见红砖和水泥砌成的舞台，抹得很平整，两层幕布，一层黑色一层紫红色，从屋顶一直落到舞台上，四个玻璃大窗让礼堂里很亮堂。

下午六点多，大家开始化妆。师傅洗完脸坐在窗前，先用凡士林把整个脸涂抹一遍，再用肉色油彩打底，她用手指轻轻拍打着自己的脸，不一会儿，整张脸看上去便又白又亮，她凑近镜子仔细端详一番后，把手上残存的油彩抹在脖颈处，定妆扫红后，她像换了一个人，脸色看起来粉润自然。我一直在旁边看着她，能感觉到她心里的柔软和期待，这柔软来自她对戏曲的热爱，期待则因即将在舞台上展现自己，我心里突然就和师傅亲近了许多。冬日里的阳光顺着窗子照进来，这个黄昏真好。

我望着眼前有条不紊忙碌着的师傅，她一下一下描眉画唇，不一会儿就有了惊艳的美。是什么让一个女人片刻间就有了翻天覆地的变化？我羡慕起师傅，不知自己何时才能上台演出，那时一定也画一个像她一样的美妆。

师傅终于站起身换戏服，之后，她把身子靠在床头，贴片子，戴发髻，戴水纱，戴头面，最后戴耳边花。一切收拾停当，师傅长长舒了一口气，目光淡然，面色平静，把黑黑的眉梢高高挑起，睁大眼睛，凑近镜面，仔仔细细又打量了一下自己的妆容，脸颊上恰到好处的粉红，似两朵新开的荷花。天黑下来，在黯淡的背景下，师傅明亮的身影犹如梦境般美好。

我们跟在师傅身后朝剧场走去，她身披绿色军大衣，里面的白色戏服被映衬得格外清亮出彩，她脚步轻快，精巧的绣花鞋像顺水流动着的两片花瓣。今天演出的剧目是《卷席筒》，师傅饰演仓娃的嫂嫂。

礼堂里挤满了人，戏还未正式开场，我站在幕后，望着台下黑压压的人群，无法估算出到底有多少人来看戏。这些人坐在自带的小板凳上，伸长脖颈往舞台上望，相互打听演出的剧目。更多的人站在后边，挤着笑着，似乎这样看戏才过瘾。在这里，乡戏就是天籁之音，连着家乡的根，连着关于家乡的所有记忆，无论这些记忆是苦涩的还是美好的，都让千里之外的游子们如饮甘霖。

张团长神色凝重地坐在后台的长条凳上，他也化好了妆，他和我师傅及另一对夫妻——张团长的表弟及弟媳，是剧团里的主要演员。乐队成员是他们同村的人，有七八人，还有我们这十几个学员，此刻大家全都在这里，有演出任务的，化好妆坐在凳子上等候出场；没演出的都闲站着，偶尔跑出去透过幕布望向台下的观众，之后又很快返回后台。

李彩云化的妆比我师傅化的要简单得多，只用白色油彩涂一下脸，画眉涂唇，将头发高高扎起。李彩云饰演剧中四个衙役中的一个，升堂时手举写着"肃静"的牌子，边走边吆喝"威武……升堂……"上场，然后站在大堂一侧，等县官审完案子再吆喝着"威武……退堂……"下场，彩排时我都看过。

偶尔有几个胆大的孩子来到后台，他们并不走近，只是用手拽着幕布探出头来，稚嫩的脸上黑黑的眸子里散发着好奇的目光，似乎后台有一只神奇的魔盒。

空气中弥漫着一种复杂的气息，我站在后台一侧，努力把自己疲惫的身子缩在棉衣里，这一切都和我无关，这让我异常难过。我感知到剧团里的每个人心中压抑着的喜悦，这是剧团第一场演出，大家的兴奋和期待可想而知。

　　小仓娃我离了登封小县，
　　一路上受尽饥饿熬煎。
　　二解差好比那牛头马面，
　　他和我一说话就把那脸翻。
　　……

戏开演了，张团长饰演的仓娃一出场，整个礼堂顿时鸦雀无声，一双双热切的目光望向舞台，打量着舞台上可能出现的一切。后来我才知道，剧团里演出的都是在传统剧目的框架下按剧团实际情况修改过的戏，删去了一些无关痛痒的情节，这既减少了上场的演员，又突出了主题。

望着台下黑压压的观众，我突然想起父亲。张团长唱的这段，我曾听父亲唱过无数次，比起张团长，父亲的嗓音是沙哑的，却有着更足的韵味。或许，父亲把对家乡的爱都放在唱腔里了吧。如果父亲此时在台下，他又会怎样呢？

演出很成功，谢幕时，团里所有的演员都走到台上，台下的气氛异常热烈，观众站起身来拼命鼓掌，用热切的目光望着我们，并不急着离场。有几个胆大的男孩还跑到台上，其中一个一把揪下县官的胡须，惹得全场哈哈大笑。

六

直觉告诉我，李彩云有心事。演出结束，夜已深了，来看戏的人很快消失得无影无踪。四营为剧团准备了吃的，每人两个油饼犒劳大家。台上没出错，剧团上上下下都很开心，大家举着油饼边走边吃，边说边笑回到住的地方。李彩云的油饼是我帮她领的，她完成演出任务下了舞台直接就离开了。望着她的背影，我不明白她为什么不看演出，真有些莫名其妙。我想叫住她，又惦记着台上的演出，便问身边站着的刘星："李彩云这是怎么了？"刘星低着头半天不说话，好一会儿才有气无力地回答我："她没怎么，估计是累了吧。"便把目光望向别处。

我回房间，简单洗漱后上了床。师傅还在卸妆，她用湿毛巾蘸着皂水对着镜子仔细擦拭着自己的脸颊。我躺下,望着黑黢黢的屋顶却无法入睡。我和李彩云床挨床,我上来,她没一点动静,或许她真睡了,或许她只是在沉默。她不说我便不问,即使说,我也不能为她分担什么。我的眼皮渐渐沉重起来……

醒来时,天已大亮。有人敲门,正在洗漱的李彩云朝外走去,她并没有让门外的人进来,出去后还随手带上了门。我隐约听见她和另一个人说话,是刘星,却听不清他俩说些啥。李彩云很快进屋,门外的脚步声也远了。她望我一眼,看我醒了便凑上来悄声说:"刘星想领咱们出去打野兔呢。"语气里有掩饰不住的兴奋。我小心翼翼下床,师傅还睡着,怕吵醒她,也怕她阻拦我们出去。

李彩云拿起炉钩打开炉门,昨晚临睡前加的煤已燃尽。她侧着头,让自己的脸离炉门远些,将炉钩伸进炉子使劲捅了几下,炉灰冒起来,她起身挑起炉盖,连炉钩一起放在地上,走到门边去取燃煤的玉米芯。火慢慢着起来,李彩云把昨晚的剩油饼放在炉盖上,香气很快弥漫开来。

我和李彩云一人举着一个油饼出门,刘星和陈建设就在门外不远处等我们。陈建设戴着棉手套,拎着一把铁锹。我们出了营部往东走,没走出多远,一望无际被雪覆盖的荒地里,一条深沟如巨龙一般出现在我们面前。刘星在前,陈建设断后,我们手拉手顺着沟边的斜坡往下走。厚厚的雪松软洁白,没有人迹,却有不少动物的痕迹。我们慢慢下到沟底,陈建设指着一些细细碎碎的爪印兴奋地说,"这就是了,绝对错不了,咱们往那边走。"他拿着铁锹一路跟过去,却发现爪印突然消失了。沟里的雪很深,我不知道厚厚的雪下都隐藏着什么，这引起我内心的恐惧，我紧紧跟着陈建设，他踩过的地方我才敢下脚。

越怕什么越来什么，果然出了事儿。"你们快过来呀，帮帮我。"刘星在远处喊，声音急促而慌张。我和陈建设急忙跑过去，见李彩云掉在一个大雪坑里，只露出脑袋和胳膊，满头满脸都是雪，刘星站在坑边，手里拿着一根木棒，伸长胳膊，拼命朝李彩云递过去，却怎么也够不着。坑很深，估计是以前有人逮狼时挖的陷阱。李彩云见我们过来，难为情地说："走得太急，没发现这个大雪坑。""都怪我，没给你踩好路。"刘星低着头说，汗水顺着他的鬓角流下来。

"没事，我拿铁锹一下就把你拽上来了。"陈建设边说边走到雪坑旁，伸长胳膊把铁锹把递给李彩云。看李彩云的手够到了铁锹把，我心里一阵惊喜，李彩云似乎也松了一口气。刘星和陈建设开始拼命往上拉李彩云，可不知是雪太滑还是坑太深，无论他俩怎么使劲，李彩云就是上不来，险些把他俩也滑到坑里去。陈建设想了想，收回铁锹开始在脚下挖起来。他是想挖个坑，站在坑里脚就不会打滑了。可让他没想到的是，地冻得太硬实了，铁锹根本挖不动。

刘星此时如一只敏捷的兔子，一个箭步就跳到了雪坑里。我和陈建设被他的举动吓了一跳，他站在坑里，看我和陈建设还愣着不动，咧开大嘴冲我们说："还愣着干吗？开始吧。"之后，他转到李彩云身后，用身体抵着李彩云的背，陈建设见状急忙把铁锹伸下去，上拉下推，李彩云很快就爬出了雪坑。

躺在厚厚的雪地里，我们很久都未起身。还是李彩云最先坐起来，她揉揉冻僵的双脚，发现自己无法站立了，她崴了脚。

半只兔子也没逮到，最后是刘星把李彩云背回剧团的。李彩云满是红晕的脸上全是泪水，她趴在刘星的背上，用两只胳膊紧紧搂住这个瘦瘦的少年，把自己滚烫的脸轻轻贴在刘星的脖颈上。这小小的肌肤之亲让李彩云有了少女的初次迷醉。刘星咬着牙，一步一步坚持着，整个脊背上的棉衣都湿透了，不知是李彩云的泪水还是他的汗水。陈建设要换他，他说什么都不让。

刘星，刘星……李彩云在心里默默喊着，走一路，喊一路，喊了无数次。似乎这样，就会让自己疼爱这个男孩的心再多一些；似乎这样，这个男孩背自己的苦就会少一些；似乎这样，自己的心就会跟这个为了自己不顾一切的男孩贴得更近一些。

我跟在他们身后，漫无边际的雪和天空连在了一起，整个世界像一张纯净的白纸。

七

回到剧团后，我们挨了张团长好一阵训，他警告我们，以后绝不许偷偷跑出去，再犯，就送我们回家。

演出还在继续。李彩云下台后，龇牙咧嘴满脸痛苦。她一屁股坐在凳子上，弯下腰把脚上的相公靴蹬掉。即使上场前塞了厚毡垫，那双靴子她穿上还是有些大，走起路来特别费劲。台上的演出也不熟练，一颗心始终悬着，不是怕忘词就是怕动作不到位。不久前的那次崴脚，更是雪上加霜。这一切，让她全身僵硬，双脚更是苦不堪言。

她抬起伤脚搭在另一条腿上，伸手把毛袜往下拽了拽。脚踝处扭伤的地方还有淡淡的青紫，她身体前倾，把那只脚抱在怀里，伸出手轻轻揉搓伤处。后台只有一个铁制简易炉，奄奄一息的煤火被其他人围着。李彩云打了个寒战，她朝不远处的刘星望去，只见他正把道具桌往演员上场处搬。演出时，正是刘星最忙的时候，他像一阵风，一会儿在这里，一会儿在那里，他不仅在每一场演出结束和开始时拉幕，还负责收拾道具，时不时给演员们递一些杂七杂八的东西。

如果不是刘星，自己的脚伤不会好这么快。想到这里，李彩云将爱怜的目光投向刘星。他正站在幕侧，瘦瘦的影子落在凹凸不平的水泥地上稍有些变形，看上去更显单薄无助。

刘星拧开瓶盖，将少许酒倒在自己吃饭的搪瓷碗里，粗糙却异常灵活的双手轻轻划亮火柴，"轰"的一声，酒着起来，火焰迅速从搪瓷碗里冒上来，他抬起左手，毫不犹豫地伸进搪瓷碗，蘸上正燃的酒快速涂抹在自己的伤处。这一幕在李彩云脑海里回放了无数次。当刘星的手触摸到她敏感的脚踝时，她的心几乎要融化了。不是因为酒，不是因为火，而是因为刘星的触摸。那种麻酥酥的感觉令她异常痴迷。火苗映照下，刘星的脸上稚气未消，这个16岁的少年还不是真正意义上的成年人，却像家人一样让她依赖。她的心几乎被这个瘦瘦的少年占满了，不由自主地她又朝刘星所在的方向望去。

被李彩云脱掉的相公靴就摆在她脚边，她不再看它一眼。我想象那双靴子穿在自己脚上时会是怎样一番情景。我走过去，坐在李彩云身旁。我离靴子更近了，甚至能看清楚靴帮上黑色的底线。"这么厚的鞋跟，走起路来稳不稳呀？"我试探着问，语气里是更多的期待。"你试试,感觉一下。"李彩云看出我的心思,用脚把靴子往我这边推了推。靴子很新,穿过它的人还不多。试试吧!我仿佛听到它在召唤。我轻轻抬起腿,把脚缓缓靠近靴口。靴子太大了,我的脚一下就滑了进去。我扶着李彩云的肩膀慢慢站起来,厚厚的鞋跟让我有腾云驾雾的感觉。李彩云看我小心翼翼不敢走动,便站起来拉住我的手,可我还是不敢迈步,我害怕自己摔倒。"你放大胆走,就走得稳了。摔倒也没关系,爬起来就好,怕什么呀。"李彩云鼓励我:"别怕,我扶着你呢。"我站在那里,茫然地望着眼前的一切,突然感觉很累,一切都是那样的无趣。

"你是一营六连老楚叔叔家的大姑娘吧?"循着声音我抬起头,用疑惑的目光望着问我话的女人,"你是谁啊?"我仔细打量她,个子不高,很健硕,面如满月,脸颊处有两块明显的黄褐斑。"我是包鹃啊,我家也在六连畜牧队,我爸姓冯。"她眨了眨细长的眼睛,定定地望着我。我看着她的脸努力回忆着,"你是不是有个哥哥在当兵?""是,我哥在内蒙古当兵,你记得没错。"她飞快地回答着,脸上洋溢着骄傲的笑容。

我想起来了,包鹃家就在我家前面那排房子,是东把头,她比我大近十岁,我上学时她已外出工作,所以印象不深,没想到会在这里碰见她。"去我家玩吧,我家离这里很近。"包鹃满含笑意地看着我,目光真诚而热烈,"好,明早我去你家玩。"我爽快地答应了,出门在外难得碰上认识的人。

第二天中午,我和李彩云到包鹃家时,她正在厨房包饺子。听到敲门声,她爱人抱着孩子过来开门。包鹃伸着沾满面粉的双手和我们打招呼："中午咱们吃饺子，白菜猪肉馅的。"我没想到包鹃会留饭，来之前只打算坐一会儿就走，包鹃的热情出乎我的意料。我为自己空手而来感到羞愧，给孩子连个糖都没买。

热腾腾的饺子很快端上来，包鹃让我们先吃，我和李彩云异口同声地说，等第二锅饺子下出来一起吃。"你上台演出过吗？"包鹃问我。"我来没几天剧团就下连队演出了。"说到这里，我真不知自己整天待在剧团有何意义。我问包鹃啥时回父母家，包鹃说："过年了回。"听她此言我心里难过起来，自己能回家过年吗？

从包鹃家回到宿舍已是下午四点多。李彩云把炉火添旺烧了热水，我俩脱去棉衣开始洗头，之后又顶着湿漉漉的头发洗衣服。这是我到剧团后第一次洗衣服，在家时都是奶奶洗。看我手忙脚乱，李彩云笑我："这么大了，竟然没洗过衣服。"这是一间十多平方米的屋子，双层铁架床上铺着一层薄薄的麦草，上面铺着褥子和床单，换洗衣服和洗漱用品堆在床边靠墙一侧。房间里摆放着一张旧桌子，桌面上的黄漆已斑驳不堪，刚住进来时，张团长问营部要了几张旧报纸铺在桌面，吃饭的碗都摆在上面。

"你晚上有演出吗？"我问李彩云。"有啊，我得赶紧化妆了。""是啊，我感觉时间也差不多了。""那你一个人能行吗？"李彩云有些担心我。"马上就洗完了，我出去一晾就好了。"看她还站在那儿，我又催促她："放心吧，我会洗好的，你快去吧。"正说着，包鹃抱着孩子过来，我让她坐下，"我已去大礼堂占好了座位，再过来看看你。"包鹃说话时总是先笑，眼神里透着孩子般的纯真。

等李彩云化好妆，穿戴整齐，我也晾好了衣服。我们急忙去往礼堂，戏台下早已坐满了人。包鹊回到看戏的人群中，我和李彩云紧走几步跳上舞台左侧的台阶，穿过乐队进了后台。李彩云拎起摆放在那里的蓝色戏袍和相公帽三下两下穿戴整齐，又弯腰套上相公靴，接过刘星手里的道具褡裢背上，没怎么停留就站在幕旁开唱了。

李彩云气息平稳，声音洪亮，前一秒她还是个女人，音乐过门之后，她潇洒地一个抬脚，轻踢相公靴走出侧幕，走上令人瞩目的戏台，顷刻间变身为风流倜傥的小生，走进台下所有看戏人的视线，走进了另一种人生。

八

当剧团里唱花旦的王玲玲顶着一头羊毛卷似的头发出现在我和李彩云面前时，我们都瞪大了眼睛，"玲玲，好美啊！"我慢慢走近她伸出手，快要挨到她头发的那一刻又停下，似乎自己将要抚摸的是稀世珍宝，一碰就会损坏。我突然想起当初在团部百货大楼里遇到的那位女售货员，那时，她的卷发在我眼中是多么的神秘和遥远，而王玲玲此刻就在我身边，我忍不住又问："玲玲，你在哪儿烫的头发呀？"我想象着自己也烫一个像她这样的卷发时会是什么模样。这是我长这么大第一次对新奇的事物产生羡慕之情。

没有丝毫犹豫，我和李彩云便决定去烫发。去给张团长请假时，他用疑惑的目光看着我们，问道："你们干什么去？请假可以，但不许出连队。"他还在对上次李彩云崴脚的事耿耿于怀。

我和李彩云一边答应着张团长，一边飞快地离开了，生怕稍一停留他会改变主意。

当我和李彩云来到王玲玲说的那排房子前，我们有些疑惑，这里没有悬挂和张贴任何理发店的标识，和连队其他人家没有什么不同。正当我们犹豫着要返回时，一个女人推门出来，她透过窗户玻璃看到了我们。"你俩是来烫头的吗？"她开口问。我和李彩云回答："是。""那进来吧。"女人白白净净，看上去很文气，不像兵团人，齐肩短发也烫过，和她的圆脸很相配。

我和李彩云跟着女人进屋，已是黄昏，屋里黑乎乎的，女人伸手拉亮了电灯，指着靠墙的两把椅子说："你们先坐，想烫成啥样？"她指了指写字台上的一本画册，然后拎起炉子上的壶，舀上水后重新放上去，转身问我们："你俩谁烫？两个人都烫吗？"我和李彩云对视了一下，异口同声地回答："我们都烫。""那谁先来？只能一个一个烫。"李彩云望我一眼："你先来吧。"

最终，我选择了半烫，只烫头顶的头发，也叫"招手停"，那时正流行这个发型，怎么看都好，再者，我也不舍得把自己的长发全部剪短。女人搬过矮凳让我坐下，拿出烫发工具，把我的头发从中间分开，左右两边又梳出需要剪短的头发。当她拿起剪刀，我感觉到铁器的冰冷，内心有丝丝凉意掠过。

女人戴上手套，我闻到一股刺鼻的味道。抹药水，卷头发，焐热毛巾，一道道程序下来，我的头变得温暖而沉重，像被戴上了一个热头盔。半小时后，女人终于把毛巾全部拿掉，"等头发彻底凉了再上定型水。"她让我坐在一边等着。

李彩云却改变了主意："我不想烫了。"当我听到她如此说时，心里咯噔一下，我虽没照镜子，却感觉到自己的样子一定很丑。我心想，李彩云又黑又粗的两根大辫子剪掉实在太可惜了，她不烫就不烫吧。一切收拾停当，女人拿出镜子让我看，因发型的改变，自己的容貌也发生了很大变化，以前的齐刘海卷了上去，露出光洁的额头。女人像是欣赏自己打造出的艺术品，围着我转了三圈，之后，她拿出一个小玻璃瓶，对我说："烫过的头发容易干燥，买瓶头油滋养一下，对头发有保护作用。"我没有丝毫犹豫就买了下来。

在回去的路上，我问李彩云不想烫发的原因，李彩云欲言又止，最终什么也没说。我一下明白过来，李彩云一定是怕刘星不喜欢她烫发。我感觉到因刘星的存在自己和李彩云有了小小的距离，内心泛起一丝醋意。或许李彩云发觉了，她看我手里还握着头油，便说："你把头油装进衣袋，别让她们看到了，不然很快就被用光了。"听了她这话，我心里又生出一些感动。

演出每天都在进行，忙忙碌碌中日子过得飞快。还有几天就过年了，又下了一场大雪，瑞雪兆丰年，雪后初晴，张团长心情大好，决定年三十给大家放一天假，一起吃顿年夜饭。当张团长把这个消息告诉大家时，响起一片欢呼声，连续半个多月的演出让所有人都很疲累。

大年二十九那天下午，我和李彩云陪刘星、陈建设去理发。理完发，两个人看上去格外精神。头发短了，刘星露出了他的招风耳，一双大眼睛更显得有神。李彩云看着看着忍不住伸出手来拽刘星的耳朵，我们都笑起来，笑声把路旁树枝上残留的一团积雪惊下来，雪粒洋洋洒洒飘出去很远。返回宿舍，我们又收拾东西去洗澡,这是我长这么大第一次进公共澡堂。澡堂里人很多,我被热腾腾的雾气包围着,感觉自己长大了。

九

张团长决定就在他住的房间里吃年夜饭,他问大家想吃什么,都说饺子。张团长问连队要了一条猪腿、一袋面粉,又去连队菜窖拿了几棵大白菜,把食堂的案板和刀,以及面盆都借了过来。房间里炉火很旺,大家和面做馅儿,饺子很快就包好了,水也烧开了。张团长把一枚五分硬币包进一只饺子里,用手举在空中,一改往日严肃的表情,乐呵呵地对大家说:"谁吃到这个,谁就是今年最有福气的人,必须表演节目,让大家也沾沾他的福气。"说完,他把那只饺子下进锅,拿勺子搅了又搅,然后盖上锅盖。

我坐在门边床上,不知自己能干些什么,看着大家忙忙碌碌,感觉自己就像局外人。我想和他们一样,一起嘻嘻哈哈包饺子,可我什么都不会,几句打趣的话已到嘴边,又被我硬咽了回去。第一锅饺子熟了,大家让张团长和我师傅先吃,不知谁喊了一声:"给师傅磕头拜年啊。"话音刚落,就有几个人跪倒在张团长和我师傅面前,每人磕了三个响头。有人吃到了那只包硬币的饺子,大家闹闹哄哄就像炸了锅。

饺子很香,我却没丝毫胃口,吃了几个便走出房门,没有人注意到我离开。两个男娃正在不远处的马路上放鞭炮,他们把鞭炮插在雪堆里,点着火捂住耳朵迅速躲开,沉闷的炸响之后,是他们的欢呼声。我突然想起家里过年时的情景,父亲在黄昏领着我们在院子里放鞭炮，奶奶和母亲在厨房里包饺子，时不时透过窗户玻璃，满含笑意地看着院中的我们。我的眼泪不由自主地流了下来。

　　回到宿舍，胡乱洗了把脸我就上床了，很快便睡了过去。第二天醒来，空气中散发着一股难闻的气味，像是什么东西被烧煳了。我赶忙下床，发现自己立在炉盖上的棉鞋被烧了一个大窟窿。我一下傻了眼，大年初一早上发生这样的事，真倒霉，我埋怨自己昨晚烤鞋时为什么不小心一些。站在已经熄灭的火炉前，我手里拎着那只被烧坏的棉鞋，望了望还在睡梦中的李彩云，不知该如何是好。我只有这一双棉鞋，天寒地冻，今后该怎么出门呢？

　　李彩云起来后，看到那只被烧坏的棉鞋也替我发愁，见我情绪低落坐在那里一言不发，便说："已经烧坏了，你就别难过了，等大家起来我去问问谁有多余的棉鞋。"我知道这是她安慰我的话，谁会平白无故备着一双棉鞋呢？果然，李彩云在剧团里问了一大圈都没问到。下午演出时，我不得不穿着那双烧坏了的棉鞋出门。在白雪的映衬下，我脚上那个黑乎乎的破洞更加明显，我低着头，走起路来畏畏缩缩。我想待在宿舍，可这个念头一起，马上就被自己压制下去，每次演出我都必须在后台给刘星打下手，剧团是不会养闲人的。

　　让我没想到的是，大年初一来看演出的人会这么多。望着台下大声喧哗的观众，我感受着他们过节的欢乐气氛，暂时忘记了烦心事。最终，还是张团长在连队给我找来了一双棉鞋，那双鞋出自一位五十多岁的女人之手。张团长领着瘦瘦高高留着短发的她来到我面前,站在房间空地上,女人看着我脚上被烧坏的棉鞋说:"可怜的娃呀,这么冷的天,露着脚趾怎么能行呢?"她让我脱下脚上的坏棉鞋,指着手上的新棉鞋说:"这双鞋是我做给女儿的,她还没穿过,你赶快换上吧。"说完这话,她又指着火炉说:"以后每晚烤棉鞋,一定记着,不能直接放在炉盖上。"说完这话,她便推门出去了。望着她离去的背影,我把感谢的话咽了回去。

不一会儿,女人又返回房间,手里拿着一块红砖。她把红砖放在火炉边,对我说:"以后再烤鞋,一定要放在红砖上,这样就不会烤坏了。"这是一个热心的女人,我不知怎样感谢她才好。张团长和那个女人走后,我望着自己脚上的新棉鞋,几乎和母亲做的那双鞋一模一样,手工纳的千层底,黑色的条绒布鞋帮,里面夹着厚厚的棉花。

之后近一个月的时间里,我一直穿着那个女人送我的新棉鞋。鞋有点大,走起路来稍显拖拉。这双鞋在我离开剧团回家后就再没穿过了,但我一直不舍得扔。我一直记着那个女人,记了很多年。

十

当大家还沉浸在过年的热烈气氛中时,我却发现自己的身体出现了异常。最初只是在夜晚,已熟睡的我会被腋下的强烈瘙痒所惊醒,很快便发展到全身,皮肤上到处都是红色的斑点。我无法控制自己的双手,不停地抓挠,皮肤被抓破了,病情还在不断加重,已影响到我正常生活。

李彩云在我发病之初便发现了我的异样，她把自己的氟轻松药膏给我。开始擦上药膏还管用，但很快药膏便被我用光了。师傅过来查看我的病情，我撸起袖子，那些红色的斑点在我白皙的皮肤映衬下异常显眼。师傅摇摇头，什么也没说就离开了。

连队有车要去团部拉货，张团长让李彩云送我回家。离开的那一刻，我的心情既沉重又急切。已是二月底，我离家已一月有余。

这是一个晴朗的下午，天空澄澈如一片蓝色的幕布。我和李彩云搭车到了团部，又坐班车回一营，到家时已近黄昏。奶奶正坐在厨房灶前烧火做饭，她没有料到我会回来，看到我的那一刻，她愣怔了许久才站起身。当李彩云告诉奶奶我生病了时，她一把揽过我："我可怜的妮儿，这都受的什么罪啊！"奶奶检查了我的病症后，眼圈一下就红了，长舒一口气，开始在火炉上烧水。在雾气中，奶奶让我换掉身上所有的衣物，并将它们摁进一只大铁桶里浇上了滚烫的开水。她把铁桶提到门外院子里，返回身让我坐在矮凳上，拿出篦子开始给我篦头发。

这一夜，我睡得异常安宁。我的皮肤病很快不治而愈，我再也没有回到剧团去。学校开学的时候，我顶着半头卷发去报名。同学们都不知道我寒假里经历了什么，他们只是奇怪，在假期两个月的时间里，我的头发为什么会变成这样。有的女同学看过明星画报，知道我是烫了头。

春暖花开时，李彩云也回到了家中。她回来的第二天，便来我家找我。她黑了，也瘦了，大大的眼睛里闪着忧郁的光。她告诉我，天热了，农活多起来，演出少了，难以维持剧团十几口人的日常开销，无奈，张团长只好解散剧团，大家各回各家，他和我师傅返回了河南老家。李彩云还告诉我，她在家休息几天后，就去刘星所在的一连青年排上班。她告诉我这些时，眼睛里闪过一丝羞涩。这羞涩，很多年后我想起，依旧焕发着迷人的光彩。

我再也没见过刘星。遇到李彩云的那个清晨，她坐在我家告诉我和母亲，她和刘星之间曾经发生的一切。最初几年，他们还算幸福，在青年排，一起下地，一起收工，两个人都有工资，过着无忧无虑的日子。到了结婚年龄，便去领了证，虽未举行仪式，却一直一起生活。刘星对李彩云言听计从，几乎包揽了所有家事，可李彩云却一直不愿要孩子。时间在流逝，人心也会变，随着年纪的增长，李彩云对生活的要求越来越高。两个人开始争吵，吵闹越来越频繁，日子似乎没法过下去了，刘星却死活不愿离婚，李彩云起诉到法院，宣判的那天下午回到家，刘星就用刀砍伤了正在收拾东西准备离开的李彩云。十几刀，伤口都不深，但大多在头上和脸上。

在李彩云的惊叫声中，刘星绝望地爬上家门前的高压电线杆，只是一阵风吹过的时间，刘星就变成了一具焦黑的尸体。

当我得知这个消息时，沉默了很久。我终于承认，自己在离开剧团以后的时间里，无论是坐在教室里读书，还是在纺织厂轰隆隆的机器前，刘星似乎一直都在我身边，从未离开过。

我记着和他初见的那个清晨，他大大的眼睛里似乎流淌着一条清澈的河流。

戈壁上奔跑的少年

那一年，我十六岁。我眼中最美的秋天，就在那片戈壁上，可我总是很少走到它的中间去，我只是远远望着它，像望着天空中朦朦胧胧的星辰。

每天放学我都匆匆回家，急促的脚步声里却包裹着漫不经心。忙家务，写作业，之后，我心不在焉地吃饭，匆匆洗一把脸，站在镜子前梳头时我的动作却是缓慢的。敷过粉底涂过口红，镜子里的我异常美丽，我望着自己光洁年轻的脸，突然心虚起来，偷偷朝院外望了一眼，好像做了什么错事。母亲坐在小木凳上自顾自吃饭，她实在是太忙了，根本无暇顾及我的这些小心思。可我依旧为自己的外出找一个冠冕堂皇的理由，我胡乱抓起写字台上的书，低着头慢慢出屋，轻轻对家人说一句："我去背书了。"便推开院门，朝那片戈壁走去。

当我走到屋后不远处的那片沙枣林时，就会停下脚步，那里离戈壁还有一段距离。夕阳中，沙枣树枝头繁密的果实呈现出一种说不出的光泽，这些一粒粒黑灰色的美味已成熟，它们饱满的样子像刚刚吸足了天地间精华的珍珠，但我的目光根本不会被它们吸引。我把自己柔软而挺拔的身体轻轻靠在树干上，透过枝枝丫丫，不由自主地望向不远处的戈壁。辽阔而空旷的戈壁，除了瑟瑟的秋风吹着梭梭草和红柳发出的悠长声响，似乎再无其他。站在暮色渐合的天空下，望着自己被夕阳越拉越长的身影，我默默问自己，不远处的那片戈壁，到底有什么在吸引着自己，让自己在每一个黄昏，鬼使神差般地走向它？

其实，我心里什么都明白，只是不愿承认罢了，不愿承认自己年轻而纯净的心被你轻易占满。可我的渴望明明就在心里，渴望你出现在不远处的戈壁，出现在我视线之中，渴望你慢慢走近我。我无法欺骗自己。

夕阳彻底落入地平线，天空朦朦胧胧的。我的幸福时刻终于来临，远远地，我看见几个男生向戈壁深处走去，他们边走边聊，热情高涨。而我一下就兴奋起来，一眼就能从他们中辨识出你来。在看见你的那一刻，我的心狂跳不止。我不知道你身上到底是什么在吸引着我，你个子不高，长相也不帅，是你那双看向我时清澈而明亮的眼睛吗？无论是在操场还是在教室，无论是课堂还是课间，我总能感觉到你的目光有意无意地追随着我的身影，而当我用探究的眼神回望你时，你却一下子躲开了。你的目光像一道闪电，似乎只需你轻轻一望，便会烫伤我的皮肤；你的目光更像流水，不知从什么时候起，流啊流，就流到了我的心里。

我不知自己为什么会在看到你的那一刻开始唱歌，我能感觉到自己发出的声音是颤抖的,但在我心里,我的歌声仿佛是架在你我之间的一座桥梁,我不知道除了我的声音还能用什么方式走近你。我唱得很轻,仿佛是在唱给自己听,可每当我的歌声响起,你总是立马就把头转向我所在的方位。我的歌声,似乎是我们共同的感应。

在学校,我不动声色地接近熟悉你的同学,假装无意向他们打听关于你的一切。你的家在遥远的地方,你的父母年事已高又体弱多病,你是家中独子,从小接受着特别的宠爱也担负着独有的责任。这让我心里异常难过,生在这样的家庭,你要比其他人吃更多的苦、受更多的累。难过后心里又生出小小的窃喜,这样就没有女孩子会看上你了吧?我一件一件否决掉那些别的女孩子在意的事情,只要能和你在一起,我什么苦都能吃,什么难都不怕。

我在心里千百次设想过我俩今后的生活,仿佛我已是你的新娘,仿佛我和你已一起生活了多年。其实,我们连一句话都不曾说过。很多次,在很多地方,你似乎无时不在无处不在,你就像我的影子,或者,我们互为对方的影子。你我总会四目相对,是无意的吸引,也像是有意的关注,但我们似乎都承受不住那一刻的电闪雷鸣,很快,我们的目光便断开,仿佛不断开,下一秒就有一个无底的深渊在等着自己。我分不清自己身体里那抑制不住的快要窒息的感觉,到底来自你还是来自自己的想象。我们似乎都在等,等一个石破天惊的时刻。

这样的日子一直持续到秋天勤工俭学时。每天早上,同学们先去学校报到,再一起坐连队的大卡车去地里摘棉花。一路上,同学们挤坐在车厢里嘻嘻哈哈大声说话。而你和我，总是各自坐在一个角落里，仿佛有一种力量横在你我之间，像两军对垒，各自为营。

一个平常的清晨，无任何征兆，你的样子有了很大的变化。当你翻进车厢时，我一眼看出你理了光头，青白色的头皮在绿色车厢的映衬下是那样夺目。我的心跳加速，各种念头在心里七上八下，却只能保持沉默。有位同学问你："你父亲的病怎样了？"我的脑子里一片空白，无法听清你的回答。有位同学又问："秋天了，理光头不冷吗？"你的目光扫向我，然后大声说："光头好啊，我想当和尚去，以后再也不想留头发了。"

这句话是我此生听你说的最后一句话，这句话像一支毒箭，一下便射中我的心房。我如五雷轰顶，你真的要去当和尚吗？那我怎么办？难道你不喜欢我了吗？那你以前目光里的那些内容都是假的吗？这些念头像恶魔般紧紧缠绕着我，把我拽进绝望的深渊。那一天，我弯着腰，双手一刻也不停，拼命地摘棉花。我是想摘出班里最高的成绩来引起你的关注，还是想用繁忙的体力劳动来压制自己不去想你，连我自己都不知道。

我失眠了，很多个夜晚，我像往常那样洗漱上床，黑暗中四肢僵硬地躺在床上，心里却在回放着你我的点点滴滴，这让我身心俱疲。很快，我的身体出现异常，腰上长了一个大大的毒疮，坚硬而灼热。最初我并未在意，我的心已被你占满。直到这毒疮越来越大，影响到我的正常生活，我无法弯腰，疼痛难忍只能请假回家。母亲为我挤脓水，我趴在床上，当她掀开我的上衣看到那手掌般大小的罪魁祸首时，不解地问道："你这死丫头，小小年纪,身上怎么这么大的毒气?"我知道,我是中了你的毒,你在我心里藏得太深了,你太沉重了,我怎么也走不出来。

冬天到了,当第一场雪落下时,我痊愈了,但我知道,这只是身体上的愈合。重新走进教室的那一刻,我的目光又不由自主地望向你的座位,那里空空如也,你不在。上课铃响了,你还未出现,整整一上午,你的座位一直空着。我的目光一次次望过去,间隔时间却越来越长,直到最后不敢落在你的空座位上。我的五脏六腑仿佛被掏空了。我不知你怎么了,心急如焚,却不敢随意向同学打探你的消息。两天后,我终于得知,你父亲去世了,母亲受了打击,一病不起,你只能辍学回家照顾她。

我心里明白,你已从我的世界彻底消失。放学后,我回到家中,忙着做家务,忙着写作业,安静地做着一切。直到临睡前我拿起剪刀剪了短发,看着飘落一地的碎发,我仿佛剪去了你我之间的距离。那一刻,我是那样的决绝。剪了发,我就和你一样了,就会离你更近些;剪了发,我也就了无牵挂了。那是我此生唯一一次剪短发,是因为你,而这些,你永远都不会知道,我也不会告诉任何人。

此后,每到黄昏,我还会走向那片戈壁,只是我不再唱歌,我默默走在你曾走过的那条路上,我还在等你,像是你还会出现一样。一想到此,我的身体便暖起来,我慢慢走着,踩着你曾走过的路,踩着你双脚留下的痕迹。当我真的走进戈壁深处,却发现那里什么都没有,你并不在那里。我低着头一个人慢慢往回走,边走边想,想过无数次,如果你再出现,我会不会勇敢地走到你的面前去?

冬天到了,一场大雪悄无声息地飘落,彻骨的寒气覆盖住了戈壁,覆盖住了你我曾经共同拥有的所有痕迹。望着白茫茫的一片,我已找不到自己脚下的路。此后,我再也没去过那片戈壁。

如今,我已在外省的一座小城生活多年,每当黄昏来临,我总会走出家门。无数次,我都会想起你,想起那时的情景,想起那片辽阔的戈壁,想起你特别的目光。我像是又回到了十六岁,可是,这座小城却没有一片戈壁。无数次,我都觉得冥冥之中一切都由天定,你我命该如此,就像当时我唱给你的那首歌:"我家住在黄土高坡,大风从坡上刮过……"是的,我最终的归宿就在黄土高坡之上。

那时的我们,都不够勇敢。

2016年春节,我回家乡过年,失联多年的同学邀请我入微信群,在进群的瞬间,我就不由自主地开始寻找。我知道,我又在找你,三十年前寻找你时的感觉一下又在我脑海里出现。我相信,只要你在群里,即便是昵称,我也一眼就能认出你来。

可是,你不在,你真的不在,你早已从我的世界消失……

我们的"落科"老师

从小学到高中，一路读上去，教过我的老师有十几位，给我印象最深的是教小学数学的刘老师。他教我的时间最长，从一年级入学开始，直到五年级第一学期结束，有四年半的时间。他也是唯一一位打过我的老师——当然，并不是因为他打过我，我才把他牢牢记住的。

刘老师是我所就读的一四二团一营第七中学年龄最大的老师。据传，他曾参加过科举考试，没考中，所以大家私下里才叫他"落科"老师。这当然是瞎传，最后一次科举考试是在1905年，我上小学一年级时是1976年，从时间上算绝无可能。大家之所以这么叫，是因为刘老师面对调皮捣蛋的学生时，最爱训的一句话是："叫你落科，叫你落科……"

刘老师说这话时语气激烈，一连说上好几遍，声音一遍比一遍高，上一遍紧撵着下一遍，还配合着手上动作，左手拿教棍指着那位同学，仿佛举着一把利剑："你上来，你上来！"似乎一眨眼的工夫，那位同学变成了他的前世仇人。等那位同学磨磨唧唧心不甘情不愿地上到讲台，他右手早已紧握成拳，把食指伸出，用最粗的那个骨节对着那位同学的脑门猛敲过去，嘴里连声喊道："叫你落科，叫你落科……"此时，如"大珠小珠落玉盘"，每喊到"叫你落科"的"科"字，必是配合食指在脑门上狠狠地一敲，骨头碰骨头，声音相当清脆。被敲的同学下意识躲闪，身子朝后一缩——刘老师已料到他会有此举，早把左手的教棍顶在他后腰上，想往哪里逃？门都没有，只能乖乖领打。

这种敲脑门的方式俗称吃"毛栗子"。小学生都正是顽皮的年龄，迟到早退，做小动作，看课外书，传小纸条，或者是单纯的手贱嘴贫，你打我一下，我骂你一句，那是常有的事。刘老师在课堂上很认真，不像有的老师睁一只眼闭一只眼，所以，班上没吃过刘老师"毛栗子"的同学几乎没有，敲到谁谁疼。刘老师那可是真敲，似乎把恨铁不成钢的一股子气都使在那一记"毛栗子"上。但是，除了被敲的同学因疼痛而难过或哭泣外，别的同学却总是捂着嘴偷笑，笑的原因是刘老师的口音。

刘老师是四川人，具体哪里我已没印象了。他祖上地多院大，读过私塾，也正因此，在特殊时期，被划成地主成分，受村人歧视，再加上他孩子多，日子就难过。到二十世纪六十年代初，国家号召支援边疆建设，他狠狠心，拖家带口逃难似的到了新疆。"福兮祸所伏"，因为读过书，新建的学校正缺老师，也就不讲成分了，于是让他当了老师。

刘老师平时上课讲普通话，他的普通话虽不怎么标准，但也说得过去，只是每当他训那句"叫你落科"时，家乡方言就脱口而出,特别是那个"科"字,本是平声,却被读成上声,带上了卷舌音,方言又听得很不清楚,就有了几分滑稽,同学们便忍不住笑。

我吃刘老师的"毛栗子"是因为不交作业。我从入学就不喜欢数学,低年级的题简单,完成作业不成问题。到了五年级,学习进水管和排水管,先排几小时,再放几小时,关了排,排了放,再放了排,把我彻底搞晕了,不交作业就成了必然。

刘老师把我叫到办公室:"为什么不交作业?"

"我……我不会做。"终于,拗不过刘老师的连声质问,我结结巴巴小声回答。

"不会还有理了?班上那么多同学,别人都会,为什么只有你不会?"

关于刘老师的这个问题,答案是复杂的。那时,我年纪虽小,却已懂得有些话虽是真话,但也不能随便说。我就低着头沉默,不看刘老师,脸上却是一副不屑的表情。因此,我只有挨打的份了。刘老师看我不服气,猛地从椅子上站起来走到我面前,瞬间"大珠小珠"就开始"落玉盘"了,"叫你落科,叫你落科!"一阵噼里啪啦狂风暴雨般的"毛栗子"从天而降。

终于,我忍不住疼,护着头哭起来,嘴里含含糊糊说道:"我不会,但也从不抄作业。"

刘老师听我说这话一下愣住了,眼睛直直盯着我,目光里却饱含着复杂的内容,像是在辨识我话里的意思,又似乎不相信我所说,他伸向我的右手也陡然停在空中,好半天才挺直腰板,缓缓放低胳膊朝门外摆摆手。我理解了他的意思,便抹着眼泪朝外走去,身后传来他的声音:"不会了,就来问我呀。"语调里有疼爱，也有内疚。

此后，刘老师下了数学课时常会来到我的课桌前，问我有没有听懂。我心里知道，刘老师的这一举动是对我诚实的嘉奖。

刘老师不打人时还是很可爱的。他个子不高，不胖不瘦，四四方方的脸上长着一对水汪汪深潭似的大眼睛，这好像是上苍在地域上对四川人的偏爱，那里山清水秀，那里的人也都长了一对好看的眼睛，让人看着很舒服。

刘老师的儿子刘嘉宝，遗传了他爸爸那一对好看的眼睛，但有时眼睛太好看了更容易犯错误。我读五年级时，比我还年长几岁的刘嘉宝就用这双好看的眼睛惹了祸，致使刘老师没有教到我们小学毕业，就匆匆离开了第七中学。

正应了那句"皇家爱长子，百姓疼幺儿"，刘嘉宝是家里最小的孩子，自小伶俐，长得又端正，就得父母偏爱。到了发育期，不知从哪儿学了扒女厕所墙头的毛病——那时男女厕所都没顶，中间只用一堵墙隔开。最终，刘嘉宝被几个胆大的女同学扭送到校长办公室。

其实，对于一个正值青春期懵懂的孩子来说，这也不算太大的错，好好教育一下，改正了，也就过去了，谁的成长之路都一路走得端直呢？但刘老师自觉颜面尽失，主动要求调往更为偏远的学校。自此，我再没见过刘老师。但我一直记着刘老师的打，这当然不是记仇。

每当自己犯错或不努力时，我仿佛看见刘老师站在我面前，紧握拳头，把食指最有力的骨节伸出来，对着我的脑门一阵猛敲，边敲边喊："叫你落科，叫你落科……"

阿利和花脸

"都怪你,要不是你把阿利借出去,它也不会丢,真不如当初四百元钱卖给部队!"

三十多年过去了,母亲这句埋怨父亲的话,依然经常萦绕在我耳畔,连母亲说这话时痛惜的表情及爱怜的眼神,我都记得一清二楚。

阿利是我家养的一只狗,至于从什么时候开始养的,我已记不得了,似乎它是和我的童年记忆一起出现的。阿利是一只雄性狼狗,有着高大威猛的身躯,与狼一模一样的毛色。标志性的立耳及如炬的目光,让阿利在我家所居住的整个营部都赫赫有名。当然,仅凭外貌是不能让阿利有如此威名的,阿利最讨人喜欢的地方是它聪慧伶俐、善解人意。

那时,父亲负责连里畜牧队羊场的工作,看管着近千只羊。每天清晨,父亲都会领着人把羊赶到离连队很远的戈壁滩上寻食觅草,傍晚时分,再把肚子吃得滚圆的羊赶回羊圈。过不了几天，难免有羊走失，这时，父亲就会带着阿利去找羊。阿利每一次都能凭着自己高度发达的神经系统、灵敏超凡的嗅觉和听觉，出色地完成父亲交给它的任务。那时的阿利，就像一名战绩非凡的大将军。

人出名不见得是好事，狗也不例外。某天中午，一辆军用吉普车开到我家院外，从车上下来几位穿军装的人。他们腰板挺得笔直，脚上的皮鞋踩在土路上发出"嘣嘣"的响声。阿利和花脸极不友好地迎接了他们，而他们并不急着进院，把目光久久投射在对着他们狂吠的阿利身上。

我家不远处有一座新成立的监狱，关押着外省的服刑人员。经常有人受不住劳改之苦越狱逃跑，看管监狱的武警支队就要想办法预防及追回逃犯。他们听说了聪慧机敏的阿利，便来到我家。"四百元，把狗卖给我们。"带队的军人对我父亲说，语气里有着不容拒绝的命令意味。"不卖！"平日不善言辞的父亲，用这简简单单的两个字，毫不犹豫地回绝了他们。在二十世纪八十年代初，四百元钱可不是个小数目，武警支队的人没料到父亲拒绝得如此干脆。这件事，更让阿利名声在外。在人们的口口相传中，阿利简直就是一只有着传奇色彩的神犬。

我家还养着一只名叫花脸的土狗，全身毛色黑白相间，鼻子上有一块巴掌大的黑毛，不规则地延续到它水汪汪的大眼睛边，这让花脸看上去温柔可爱，瘦削流畅的腰部线条配以羞涩的眼神，花脸的神情像极了一位情窦初开的少女。每天清晨，花脸总会跟在威风无比的阿利身后，这一刻，阿利是她的骄傲；黄昏，吃饱肚子后的花脸，仰起头摇摆一下自己优美的身体，站出最性感的姿势，把深情的目光投向阿利。这一刻，阿利是花脸变得温柔的原因。

当我初次看见这一幕的时候，我就知道，花脸喜欢上了阿利。

很多时候，阿利随父亲外出放羊，留花脸独自看家。别的狗趁机欺负花脸，阿利似有感应，总会在不经意间出现。无须扑过去，只须一个高深莫测的眼神，再加上几声低吼短吠，就让心怀不轨者夹着尾巴逃走了。面对阿利如此强大的保护，花脸怎能不萌生爱意？从花脸注视阿利的目光中，我明白，花脸已把阿利认定为自己的终身伴侣了。

当奶奶把摔得凹凸不平、装有玉米糁子的食盆放在院外狗窝旁时，阿利总是懒洋洋卧着，继续眯着眼睛装睡。这时的花脸，先围着食盆转半圈，把小巧的鼻翼凑近食物，当香喷喷的蒸气把她包围起来时，花脸就彻底失去了淑女风范，张开平日紧抿的大嘴，狼吞虎咽吃起来，忘记了自己身边的阿利。事后，花脸也会愧疚地补偿阿利，外出归来，嘴里会叼根骨头，撒着欢跑到阿利身边，把嘴里的骨头丢在阿利脚边。阿利佯装惊喜，先是抬头望一眼花脸，再叼起那根骨头，饶有兴致地啃上半天。

每到春季，万物生发，阿利总是烦躁不安，它不停地跑来跑去，从院内到院外，从院外到田野，从田野又跑去戈壁。站立，遥望，目光中满是憧憬，然后低下头，用前爪猛刨土地。接着又从飞扬的尘土中跑进路边的杨树林，抬起一条后腿把自己的气味留在一棵树下，然后继续朝前跑，再选择一棵树，又把自己的气味留在那里，直到筋疲力尽，直到无边的失望把自己包围，最后黯然神伤地回家。

躺在花脸身边的阿利，从未和花脸有过肌肤之亲，总是和它保持着一定的距离。阿利知道，身边的花脸并不是自己心中所爱。真正的爱是什么呢？是两小无猜？是形影不离？是关心爱护？好像都是，又好像都不是。阿利迷茫着，也坚持着。

花脸在春季也会迷茫，蜷在窝里想着疯跑的阿利，无奈地低下头，把脸藏在自己腿下，一卧就是一整天。哪怕有陌生的脚步靠近，它也只是抬眼望一下，继续自己的无精打采，直到阿利归来。

日子就这么过着，平淡之中，我却预感到一定会有事发生。果不其然，某天我放学归来，面对出来迎接的阿利，我觉察到了异常。至于哪里不同，我又无法描述，只是隐隐感觉到阿利仿佛得到重生一般，每一个毛孔都在诉说着内心的愉悦和幸福。

我从父亲口中得知，连队另一户人家养了一只雌性狼狗阿黄，阿黄的主人看上了阿利："阿利真漂亮呀，和我家的阿黄真般配！"

父亲还沉浸在阿利和阿黄一见钟情的情景当中，我却异常难过，对花脸的怜悯之心也越来越多。我知道，对于和阿利朝夕相处的花脸来说，阿利有多开心，它就有多伤心；阿利有多幸福，它就有多失落。花脸一定能觉察出阿利的恋情，可花脸又能怎样呢？此时的阿利已完全被爱情冲昏了头脑，白天乖乖蜷在窝里养精蓄锐，食量猛增，到了夜晚，一切都安静下来，阿利乘着夜色掩护，不管不顾地朝着阿黄的方向奔去。

过度的欢愉必然导致灾难与危险的来临。那时的我，看到对阿黄如此着迷的阿利，不知为何，脑海中突然蹦出这句话。这话一直萦绕在我心头，久久挥之不去。

一周后的某个清晨，奶奶去喂食，只有花脸孤独地钻出窝，整日忙碌的奶奶并未在意阿利的缺席。傍晚时分，奶奶再来喂食时，依然未见阿利的身影，这是以前从未有过的事。奶奶急了，告诉刚刚下班回家的父亲，父亲并未在意。"一定是出去疯玩了。"父亲嘟囔了一句，就转身去忙了。两天后，阿利还未归家，父亲这才慌了神，开始四处寻找。田野里，麦垛边，远处的山坡上，更远处的荒漠里，父亲"阿利，阿利！"地叫着。那个春天，父亲悠远而凄惨的呼喊声传出去很远很远。

阿利就这样悄无声息地从我们的生活中消失，阿利就这样无情无义地从花脸身边离开了。花脸开始不吃不喝蜷在窝里，一天天消瘦下来。几天后，奶奶把食盆放在花脸旁边，它连张嘴的力气都没有了。奶奶万般无奈，用手里的木拐杖戳着地面，冲花脸说："它死你也死啊？它都不惦记你，你干吗还要死要活地惦记它呢？"二十七岁就开始守寡的奶奶，说到这里早已泣不成声。

不知是奶奶的训骂起了作用，还是花脸想通了，花脸开始进食。此后，花脸再也没出去疯玩过，总是默默守在家里，守在它和阿利的窝边。

父亲在那年夏天最热的时候，都不曾放弃过找回阿利的念头。父亲疯了般四处打听，直到有一天，阿黄主人的邻居偷偷跑来告诉父亲："别找了，找不着了，要怪就怪阿利自己，深更半夜总是去找阿黄，趴在院外乱叫，惹烦了人家。"父亲明白了一切，停止了寻找。

几年后，父母和奶奶跟随结了婚的弟弟去别处生活，老房子卖给了一户甘肃来新疆打工的人家。搬家那天，所有东西都收拾好装上了车，花脸却无论如何都不肯离开。一向温柔乖巧的花脸，在那一天出现了它一生中最疯狂的状态：谁靠近它就咬谁。无奈之中，父亲只得放弃花脸。

此后，我和家人再也没看到过花脸。

如今生活在城市的我，每当夜晚看到灯火辉煌的街上有人牵着宠物狗遛弯，阿利和花脸的过往就会无比清晰地浮现在我脑海里。那时的狗与现在的狗是多么不同啊，而那时的爱情和现在的爱情也是那么的不同。

想念我的阿利和花脸。

往事被心收藏

榆　钱

我仰起头，在一棵树下站了很久。这是一棵榆树，年轻而富有朝气，向天空挺立的灰色枝丫在暖风中已泛出微绿，我感知到，有一条河流，正从地底顺着榆树纵横交错的根系一路上行，最终抵达树冠顶端，枝梢叶末被丰富的营养充盈，变得柔软而多情。当风大到能吹动它们时，哗哗啦啦的响声似乎能把蔚蓝而辽阔的天空叫醒。春天来了，所有的生命都开始成长。这是一个等待的过程，也是一个蜕变的过程，更是一个快乐的过程。

整整一个冬季，这棵榆树都在做梦，没有梦想的成长是苍白的。梦中，雪开始消融，以流水的方式亲近榆树，一粒粒怀揣着渴望的黑红色苞芽便诞生了，像天上的星辰一样多。

梦醒时，天就亮了。榆树睁开眼睛，它最先看见站在树下的我，晨曦照在我瘦弱的身体上，脸上细细的绒毛散发着青涩的光华。阳光很暖，丝丝缕缕的风吹到我脸颊的那一刻，仿佛奶奶温柔的手轻轻拂过。我抬起头看着四周的一切，天空、云朵、太阳和榆树，静止或流动。我分不清自己是在做梦还是在瞎想。

当夜幕降临，我仿佛能透过屋顶看见那棵正在做梦的榆树。"奶奶，什么时候才能吃上榆钱麦饭啊？"黑暗中，饥肠辘辘的我把小小的身体紧紧贴在奶奶怀里，我感知到奶奶的疼爱，忍不住伸出一只手放在她脸颊上，停留片刻，再慢慢下滑至脖颈，绵软的感觉从我指尖传递到心房。"傻妮子，急什么，好饭不怕晚。"奶奶的声音很轻，像是经过岁月一次次过滤。奶奶唱起了催眠曲，唱给自己，也唱给我，不知不觉中，我们沉沉睡去。

那棵榆树，就在我家院外附近的一条小路边上。每天上学放学，我经过都会刻意放慢脚步。它开出第一串榆钱的时候，总是我第一个发现，回家便迫不及待地告诉奶奶。奶奶只是笑笑，什么都不说，却明白我话里的含义。第二天，奶奶吃过早饭收拾好锅灶，便去柴棚拿出父亲为采榆钱而专门制作的木钩，再找一只干净的柳条筐，推开院门来到那棵榆树下。

奶奶抬起头，因沉重家务的劳累，平日总是佝偻着的身子挺直了许多。望着满树绿莹莹的榆钱，奶奶如同看到了一条春天的河流。像是采摘前的一个仪式，也像是对自己辛苦的犒劳，奶奶总是挑选最繁密的一串，用木钩拉到自己胸前贴近嘴边，她张开双唇，把鲜嫩香甜的美味先送进自己的口中。随着奶奶手中木钩的上下移动，一串串榆钱很快便装满了大大的柳条筐。

奶奶坐在院中，阳光慢慢把院墙的阴影吞噬。时间也在成长，只是一点一点变少。摘捡碎叶，清洗灰尘，沥干水分，撒上面粉仔细搅拌均匀。炉火烧起来，蒸锅里的水开了，奶奶把裹了面粉的榆钱倒在蒸笼上，添一把柴，蒸到榆钱的香味从锅盖缝隙里冒出来。

我放学了，脚步急促，冥冥之中感知到奶奶一定蒸了榆钱麦饭。路过那棵榆树，看到树上低矮的枝条上有一些灰白的间隙，这更加确定了我的预感。我没有像往常那样停留，而是加快了脚步。春天的气息到处都是，我拼命忍着肚子里馋虫的勾引，飞快地往家奔去。

进屋后，一大碗散发着特有香甜味的榆钱麦饭已摆在了桌上。看我狼吞虎咽的样子，奶奶总是站在一旁，笑嘻嘻地对我说："傻妮子，慢慢吃，别烫着，又没人跟你抢！"

长大后，我离开家乡去了城市，很多年都没吃到榆钱麦饭。每到春天，当大地上所有枝条都焕发出新的生机，我总是在满眼的绿色中寻找，寻找时常出现在我梦中的那棵榆树。冥冥之中，我感知着几十年里那棵榆树每一天的不同，它渐渐衰老，一些枝丫慢慢干枯，即使春风吹过，也无法焕发出新绿。

我梦中的那棵榆树，已倾尽所有，把自己的一切都奉献了出来。

麦秸垛

天气渐渐热起来，明晃晃的太阳让万物快速成长，绿油油的麦苗拔节灌浆，转眼即黄。风中沉甸甸的麦穗轻轻摇曳，似乎在诉说着自己美好的童年。

童年值得留恋。每到夏收时节，大人们忙着颗粒归仓，娃娃们开始惦记散发着阳光及麦草香的麦秸垛，那可是我们最好的游乐场。收了麦，麦秆从地里一车车拉回来，再一捆捆垒成垛，房前一垛，院后一垛，冬天喂牲畜，夏天烧火炉。谁家的麦秸垛垒得大，说明麦子收得多，就象征着谁家的日子过得富足。过上好日子的人家，麦秸垛也堆得讲究，有棱有角，规规矩矩，不光外表好看，还压得紧实，禁得住风吹雨淋，禁得住娃娃们的上蹿下跳。

高高的麦秸垛成了娃娃们快乐的源泉，每当黄昏来临，夜幕笼罩村庄和田野，不知谁在村头唱起了童谣："麦秸垛，呼闪闪，大小孩儿，快来玩儿……"这歌声，被夏日里带着暑热的风传播得到处都是，像是集合的号令，唱得娃娃们心里好似猫抓。急忙吃过晚饭，趁大人们不注意，娃娃们偷偷呼朋唤友，从院子里蹑手蹑脚抬出笨重的木梯，一路撒着欢儿，朝村里最高最大的麦秸垛走去。

轻轻把木梯靠上麦秸垛，一股清新的气息就充盈了每个人的肺腑。似乎这里是我们独有的王国，脚下的土地也是我们的，头顶的天空也是我们的。自觉排成队，我们顺着木梯一格一格往上爬。我的头一不小心顶上了你的小屁股，你的手不经意间就碰到了他的脚。手忙脚乱中，我们疯笑成一团，就这样爬上了高高的麦秸垛，开始了嬉戏。

站在垛顶，望一眼天空中眨着眼睛的星星，似乎离我们很近，心里不由自主产生"手可摘星辰"的豪迈。深深吸一口气，吸足快乐，吸足星光，也吸进一个童话故事，变出一串串银铃似的笑声，在麦秸垛上空久久盘旋。这时的我们，早已开心得忘记了"恐惊天上人"。我们手拉手开始跳舞,跳累了,便横七竖八地躺下看星星,哪一颗最亮,哪一颗最大,哪一颗是你,哪一颗是他,为了争辩哪颗星星最大最亮,小伙伴们几乎吵翻了天。而当一颗流星划过,我们都忘了争执,同时发出惊呼:"看,流星!"欣喜过后,紧闭双眼,在心里许一个小小的愿。

母亲的呼喊声传来,天色已晚,该回家了。坐起身,用细细的胳膊支撑着已困乏的身体,双腿用力慢慢向下滑去,当滑到麦秸垛的边缘,一丝丝害怕涌上心头,却又怕身旁的小伙伴看出,笑自己胆小,只能心一横,眼一闭,风驰电掣般滑下去,像滑进一个遥远的梦境。一不小心,有人像孙悟空般在"滑道"上翻了个大跟斗,惹得小伙伴们一阵大笑。而摔倒的人却并不在意,站起身拍拍头上身上的麦秆,不甘心失败,又顺着木梯爬上垛顶,在小伙伴们的注目下,来一次成功的滑滑梯表演。

那时的麦秸垛多么让人留恋,多年后想起,那些快乐似乎还在眼前。可我们都长大了,历经磨难和沧桑,再也无法找到那时单纯的快乐了。

曾看到过这样一句话:"我们离童年,其实只有一颗童心的距离。"仔细想想,还真有道理。让我们放下手头的一切,回老家去,到村庄去,再爬上高高的麦秸垛,看能不能回到那时的快乐时光。

偷

小时候犯这个错,大多和吃有关。对柜子里放的食物,心心念念惦记着。在父母被褥下或脏衣袋里翻出几角钱的情形却是不多的，毕竟那时日子穷，钱少，父母对钱也就看管得紧。而一旦摸到钱，小孩子们大多是去换吃的回来。

真偷拿了钱，便会小跑出家门，不敢走大路，怕迎面碰到熟人，那射过来的灼灼目光，似乎包含着窥探了一切的意味。低头顺着屋后杂草丛生的小路走，更怕风一不留神把紧攥在裤袋里的几角钱吹走。为它，内心经受如此多的痛苦和纠结。远远望见商店敞开的大门，疑惑这门欢迎其他人却独独拒绝自己。担心家人会在里面，老师会在里面，同学会在里面。邻居家的大黄狗也成了防范的对象，怕被它看见，回去对着大人叫唤两声，似乎就能泄露自己偷钱的秘密。

商店里矮胖的售货员，似乎明白一切却不说破一切，看你进来并不招呼，任由你一双圆溜溜的小眼睛在货架上扫来扫去，最后巴巴地凑到她面前去，小声叫一下阿姨，用指头点着选中的商品，胆怯到再也说不出一句话。一角钱可以买七粒糖，售货员看一眼摆在柜台上被汗手攥湿了的毛票，拿过糖盒，一、二、三、四……数够递过去，小小的手一把抓起飞速藏进裤袋，一阵风似的跑远了。

这七粒用花花绿绿糖纸包裹着的美味，并不敢光明正大地在路上吃，忍了又忍。经过别人家的麦草垛，看四下无人，悄悄靠近麦草垛，缩在角落里平复一下激动的心情，这才抖动着双手掏出一粒糖果，颤颤巍巍剥下外皮，先对着亮处仔细看一眼，似乎让记忆也品尝一下甜蜜，这才把糖填进嘴里。那张漂亮的糖纸却不知藏到哪里才好，似乎那是一张随时都可能引爆的炸弹。

或许大家认为我说得有些严重，但那时真是如此。只是如今想起这些事，内心已很平淡，随着年岁渐长，知道很多人都曾有过这种经历。因犯错或被人发现，或一直严严实实捂着。但无论如何，在当时，却真是让自己难过得要死，又实在抵挡不住诱惑，似乎心里住着个馋嘴的小鬼，迷了自己的心窍。的确，那时大家几乎都没有零花钱，而过年的压岁钱只有几毛，不等过了正月便全部被送进了小商店里。

在我家，弟弟却是个例外，总是比我和妹妹拿到更多的压岁钱。他是男孩子，从小身体又弱，父母便对他更宠爱一些。最初，我并不觉得父母这样做有什么不妥，但自我识字起，知道了男女平等，望着弟弟洋洋得意把玩手中的钞票，便悄悄和妹妹嘀咕着商量如何骗过来买吃的。想想小时候的我们，真是可笑。

弟弟曾偷过家里的一块红糖，这块红糖被奶奶当作宝贝放在橱柜最顶层，橱柜有近两米高，不知只有六七岁的弟弟是怎么拿到的。奶奶很快便发现少了糖，让我和妹妹出去找弟弟，怕他吃坏了胃，可无论如何我们都找不到他。为揭开几十年的谜团，我曾追问弟弟，当年他在哪里消灭掉了那么大一块红糖。还能到哪里？弟弟大笑，揣在怀里跑出去，藏在东边水渠里，吃完躺在渠边睡觉，引来了杂草丛中的蜜蜂，被蜇了嘴角，醒来脸肿得像猪头，差点被母亲送进医院，却因此逃过一顿毒打。已经50岁的弟弟说到这些，依然有些羞涩。

而妹妹曾偷拿过母亲衣袋里的钱，我早知这事，当时以为妹妹买了吃的，她偷偷告诉我买了学习用品，余下几枚硬币放在裤袋里，走起路来叮叮当当，又不知藏在哪里才好，最终被母亲发现，招来一顿臭骂。我便笑她笨，本可以光明正大地问母亲要，却采取这种办法，母亲不骂她骂谁？

一个暑假，父亲去接生病住院的奶奶回家，只带了弟弟去，返回时路过一片沙枣林，正是成熟的季节，他们摘了很多的沙枣回来，这些沙枣却被弟弟独霸着。第二天，我赌气领着妹妹，约了一个姐妹，趁午饭后大人们都午休时，去往那片沙枣林，这是我们第一次走那么远的路。在烈日下摘到沙枣后，我们便蹲在树荫下开始品尝胜利的果实。嘴里吃着眼睛却不老实，发现这片沙枣树是一片苹果园的篱笆墙，那边的苹果挂满了枝头。最初，也知道不能乱摘这些苹果，知道只要摘就犯了错，便拼命忍着。只是从家走时，怕口渴吃了很多西瓜，想上厕所，这却无法忍耐。一边的矮庄稼遮不住人，只能钻进苹果园里解决。诱人的果子伸手可得，放眼四望，除了我们似乎再无他人，我忍不住伸手摘下一个，不知不觉对着苹果咬了一口，真比沙枣的味道好很多，便忍不住压低了嗓音对着妹妹她们喊："快来，快来，苹果真甜啊！"

看果园的是同班同学陈大力的父亲。当那个凶狠的人悄无声息地站在我们面前时，我们都傻了眼。"走，去连部！"严厉的声音里没有丝毫可通融的意思。在园艺连办公室，连长逼问我父亲的单位和姓名，我一言不发，问得急了，便大哭起来。陈大力的父亲知道我家在六连，电话拨过去，连队里姓楚的只有我们一家。

很快，园艺连抓住三个偷苹果贼的消息便传了出去。不一会儿，窗外就趴满了挤来挤去的小脑袋，叽叽喳喳朝屋里望。屋子里空空荡荡的，除了两张办公桌、两把椅子和一部电话外，什么都没有。我们恨不得像那些自由自在的风，可以穿墙而出，直到父亲领我们回去。

两条腿异常沉重，我一路上低着头，不看前面满脸怒气的父亲，也不想回家会受到怎样的责罚，只是心里一味地难过，一遍遍问自己怎么就干了这丢脸的事。

此后暑假剩下的日子，我总是待在家里，再不愿出门，直到开学不得不出去。让我没想到的是，排座位时，老师竟然让我和陈大力同桌。我想拒绝，却找不出任何理由，只能默默接受。每天和陈大力坐在一起我都如坐针毡。陈大力从未和我说过一句话，我能感知到他内心对我的歧视。下了课，他总是去一个要好的男同学那里，远远望着我，和那个男同学嘀嘀咕咕。我总在猜测他会不会把我偷苹果的事告诉别人。一想到此，内心便涌出一股绝望的潮水，瞬间把我淹没。永远无法忘记陈大力那复杂的目光，可我只能忍着，什么也不能说，什么也不能做。

这件事之后没几天，一个黄昏，父亲用自行车驮回一整袋苹果。父亲站在院外，大声喊我们开门。门其实开着，那时，年少的我们并没有理解父亲大声喊我们开门的想法，只看到夕阳把父亲的影子拉得又高又大。父亲进了院，径直把苹果扛进屋放在奶奶床下，任由我们姐弟三个随便吃随便拿。

父亲去世后多年，母亲在一次闲聊中才告诉我，当年，父亲为了那一袋苹果，帮园艺连压果树枝，一直忙到下雪前才休息下来。

挨　　打

小时候挨打，大多是因为不听大人话犯错招来的。因犯错的大小,挨的打有轻重之分,挨打次数更是和犯错的多少紧密相关。挨了打就哭,因为疼便喊出来,打着疼着,疼着喊着,大人停了手,娃娃也大多停了哭。家里有老人的,拿个零嘴哄一下,眼泪还没干,娃娃就咧开嘴,眼泪一把鼻涕一把地吃上了。小时候,并不觉得挨打是多丢人的事儿,谁没犯过错?谁又没挨过打呢?

我家挨打最多的是我弟,家里最受宠的也是他。弟弟从小身体弱,宠他是必然。父亲文化不多,母亲不识字,却都明事理,宠归宠,弟弟犯了错还是要管教。弟弟因念书挨的打最多,小考小打,大考大打,不考也打,因为不肯写作业。记得一次期末考试,弟弟的成绩实在不像话,大冬天,冷风似乎能把人的脸皮刮掉一层,父亲把弟弟绑在院里的沙枣树上打。最初,一家人都在屋里忍着不说话,毕竟学习是重要的事,关系到弟弟的前途,但听到外面冷空气中弟弟撕心裂肺的哭声越来越大,奶奶最先忍不住了,她颠着小脚跌跌撞撞地跑出去,张开双臂用身子护住挨打的弟弟,边哭边对父亲说:"别打了,你要再打,就先打死我吧!"父亲看看手里举着的羊鞭,再看看满脸是泪的奶奶,只得唉声叹气地回屋。

虽然为念书挨了很多打,弟弟的学习成绩却并未好起来,好像他天生和书本不亲,拿起书不是昏昏欲睡就是东张西望,心思根本不在学习上。但弟弟的老师是伯乐,发现弟弟干起活来舍得下力气,而且很会找窍门,就让弟弟担任班里的劳动委员。同学们都知道了弟弟的强项,每次开学分班,这个职位都是弟弟的。

还有一次记忆较深的弟弟挨打是大年夜里。吃过年夜饭,家人有说有笑围坐着守夜，弟弟却偷偷跑出去。父母最初并不在意，以为弟弟出去玩了，我却知道弟弟是去打麻将了，就在前排房子的一户人家里。对于麻将，我是深恶痛绝的，自小就知道那是劳民伤财的事。我发现弟弟玩麻将已有些时日了，虽不赌钱，可我还是担心弟弟上瘾，怕他养成恶习，只是我从未告诉过父母。而那一次，当母亲抱怨弟弟过年还出去疯跑时，我忍无可忍，就告诉了母亲。母亲是个忙惯的人，也讨厌打麻将，更何况那户人家女主人名声不佳，母亲怕弟弟跟着学坏。我的话一下把母亲的火暴脾气点着了，话音未落，母亲直接冲到那户人家里，连骂带拉把弟弟推回了家，关起门来好一顿打。因为这事，弟弟好几天都不理我。

  我和妹妹打挨得少，如今想起来，真没留下什么记忆。我是家里老大，从小乖巧懂事，经常帮家里干活，有时还照管弟弟妹妹学习，曾有过强迫妹妹写日记的事情发生。那时，我有记日记的习惯，便要求妹妹每天晚上和我一起写。妹妹喜欢数学，对这额外的要求自然要反抗，叮叮咣咣我俩吵起来。我和妹妹虽只间隔四岁，但那时我真敢下手，抬手一个大巴掌甩出去，妹妹也犟，捂着脸哭着跑出去，天黑了都没回家。看着越来越深的夜，我心里开始害怕，怕妹妹遇到坏人，怕父母埋怨我，便偷偷出去找她。没找到，我一个人慢慢往家走，一路上心慌得不行。天晚一些时，妹妹沾着一身麦草回来了。她并未跑远，只是在院外麦草垛里躲着，哭累睡着了，醒了才回家。我一颗揪着的心终于放下，妹妹似乎忘了我打她的事，洗漱后又头挨头和我睡在一张床上，姐长姐短地叫，似乎什么都不曾发生。我心里却难过了好久，于自责中辗转反侧，发誓此后再也不逼她写日记了。

妹妹挨打大多因为犟。有一年秋天，刚收回的玉米棒子铺在院子里晾晒，傍晚时变天了，看着乌云飞也似的铺满整个天空，母亲急忙从地里回来，让家里人都来院子里收玉米，连正在做饭的奶奶都过来帮忙。妹妹正写作业，母亲高声大腔地三催四叫，她不情愿地出来，本就带着情绪，不知又因什么和母亲顶了嘴。母亲气不过便拿起手中的玉米棒子当"手榴弹"，朝妹妹砸了几下子。妹妹哭着跑回屋，母亲眼看就要落雨，追进屋又打了妹妹一顿。

我印象最深的一次挨打是在一个春天，因为隔壁家大我几岁的花花姐。她有了对象，那个男孩是其他连队的，到她家来过几次，双方家长也递过话，准备订婚了。热恋中的男女可想而知，花花想去看那个男孩，但不好意思一人去，就让我陪她。我俩偷骑家里的自行车，做贼一般，既激动又胆怯，顺着陌生的路脚下一阵猛蹬。那家人看花花姐来了很高兴，男孩的母亲翻锅倒柜给我们炒了很多菜。

母亲看我出去这么久天黑还没回家，知道我是和花花一起出去的，就跑去隔壁问花花母亲。正问着，我们回来了。母亲当时并没说啥，转身回家关上房门一阵怒吼，让我趴在床上，"让你嘴馋，让你胡跑。"母亲边骂边拿扫床疙瘩对着我一阵猛揍。我忍着不哭，母亲加大了手上的力度，让我必须大声哭出来，要让隔壁花花的父母听到才行。当时我很不理解，几年后才想明白。

如今想起小时候那些挨打的事，都只当趣事来讲，即便在当时都丝毫没有影响亲人之间的感情。虽然那时年纪小，心里却明白，挨的这些打，都是因为爱。

西　瓜

瘦弱的我从母亲手中接过那个西瓜时，感知到它的沉重。母亲四下望了望，俯身悄声嘱咐只有十岁的我："从小路走，别让人看见了。"那是一个夏日的黄昏，夕阳从密密的白杨树林缝隙间穿过，照在繁密的瓜叶上，泛着油绿的叶片被微风吹拂，瓜地里大大小小的瓜像是一枚枚绿色珍珠，在黄昏的雾霭中散发出迷人的光彩。

母亲交给我的瓜又大又圆，是这片瓜地里最漂亮的瓜，也是结得最早的一个，母亲熟知它就像熟知自己的孩子一样。当别的瓜秧上还开着嫩黄色的花朵时，它已经如核桃般大小了。就像老师都喜欢成绩优异的学生一样，母亲也格外疼惜它。天旱时，满地的叶子打卷，母亲会从家里拎些水来，独独浇给它。

几天前，母亲发现它碧绿的外皮上墨绿色和青白色的瓜纹边界清晰起来，由此断定它已经成熟了。这片瓜地很大，站在这头望不到那头。这片瓜地是连队唯一的瓜地，这个瓜毫无疑问是连队的瓜。

母亲摘下它时，有些犹豫。她弯下腰，先是抚摸了一下它光滑发亮的外皮。被太阳晒了一天，虽被母亲刻意扯过来的几片瓜叶遮挡，它依旧散发着温热的气息。母亲就像抚摸自己的孩子一样，内心欢喜，带着浓浓的情意，似乎自己和这个瓜血脉相连。

母亲又站起身抬头朝四周望了望，正是吃晚饭的时间，空旷的田野里看不见一个人。母亲站在那里好一会儿，轻轻叹了口气,这才蹲下身去。母亲摊开手掌,想要盖住整个西瓜,却发现这是徒劳的,它实在太大了。母亲一只手推着瓜,另一只手滑到瓜底,她感知着这只瓜的重量,以及瓜下土地的温度和粗糙质感,似乎有尖利的东西划过母亲又黑又粗的手背,一丝疼痛从手心传递到她的五脏六腑。

母亲抽出手,似乎下了很大的决心,她慢慢握住瓜秧和瓜蒂,再无丝毫犹豫,紧闭双眼,两手配合用力一拽,瓜便离开了养育它多日的母体。母亲站在那里,似乎不相信自己真的会摘下这个瓜,直到看见瓜秧伤口处流出清澈的汁液。母亲就这样站着,在这个黄昏,看着那些汁液慢慢聚集成珠,像孩子们的眼泪,晶莹剔透,一滴一滴,最终落入土地。

瓜被我抱在怀里,我有些蒙了,不知自己今天为什么会在傍晚跟着母亲来到地里。母亲上夜班,给瓜地浇今年的最后一遍水,和母亲一起上班的另两个人还没来,这就给了母亲偷偷摘下它的机会。"快回吧。"母亲看着还呆立在瓜地的我开始催促。她看上去有些失魂落魄,在这里慢慢长大的这个西瓜就要离开瓜地。

我记住了母亲的话,抱着瓜,顺着小路往家走去。小路两边的草很深,小小的我隐没在草丛里。

"哪来的瓜?"一个声音炸雷般突然在我耳畔响起。我全身一哆嗦,手上的西瓜差点摔落在地。不容我多想,从路旁的榆树上跳下两个人,像是两股黑旋风,一眨眼的工夫便冲到我面前。我仔细看,是平娃和军娃,这兄弟俩在我家前排房子住,平娃还是我的同班同学,我的心跳慢慢平缓下来。

"我妈给我的瓜,是她种的。"我对他俩说,但明显感觉自己底气不足。平娃抬头看了看空旷的四周，他的大眼睛滴溜溜转了几圈，刚刚还严肃的脸上泛出一丝狡黠的笑意。

"我知道是你妈种的瓜，不管是谁种的，现在的瓜都没长熟呢。"平娃说完这话把目光移到瓜上。"不可能，我妈说它已经熟了。"我大声辩解着，母亲怎么可能摘下一个生瓜给我呢？"熟的西瓜拍上去是'嘭嘭'的声音，生的是'当当'的声音。不信你试试。"平娃说完这话又把目光瞄到瓜上。

我低头看了看怀里的瓜，平娃说的是真的吗？我记得母亲曾教过我辨别西瓜生熟的方法，可当时自己并没在意。"熟瓜轻，生瓜重，你觉得重不重？"平娃又问我，他的脸上露出肯定的神色，让我感觉自己的两个胳膊又酸又困，不由自主地，我把西瓜放在了地上。

平娃慢慢走上前来，他蹲下身，侧过脸把一只耳朵贴近西瓜，似乎很老练地举起手在瓜身上拍了拍，说道："你听，它是'当当'的声音，真是生的，不信，你打开看看。"

听了他的话，我的面前立马浮现出一堆白生生的瓜皮。我想起几天前，妹妹因啃食邻居家放在窗台上的瓜皮，被母亲美美打了一顿。此刻，妹妹凄惨的哭声一下又在我耳畔响起，我的心里一阵难过。我打定主意，不管这瓜是生是熟，我都必须把它抱回家。想到这，我对平娃说："生就生吧，回家放两天就熟了。"说完，抱起地上的瓜头也不回地往家走去。

不一会儿，身后传来平娃和军娃玩耍的歌声："雄赳赳，气昂昂，跨过鸭绿江……"接着是兄弟俩相互追打的声音。很快，这声音离我越来越近，在窄窄的小路上，他们追上了我。平娃一侧身，从我身旁蹿了过去，路边的一簇野草被他沉重的脚踩踏之后又迅速反弹，我努力躲避着那像鞭子一样的植物碰到自己，而紧随平娃身后的军娃，却一下撞在了我的身上。

我脚下一个踉跄，怀里的西瓜滚落在地，随着一声脆响，西瓜被摔得四分五裂。

这是一只熟透的西瓜，红红的瓜瓤带着点点的沙性，黑色瓜籽像一粒粒镶嵌在红色幕布上的夜明珠，闪着熠熠光辉，饱满而丰润。望着一地狼藉，我"哇"的一声大哭起来，急忙蹲下身子，摊开双手想把碎裂的瓜块拢在一起，却发现这是徒劳的，红色的瓜水流得到处都是。

夕阳落下去了，在逐渐加深的夜色中，三个孩子蹲在路边啃食西瓜的身影越来越模糊，最后，彻底被黑暗吞噬。

第二天清晨，忙碌了一夜的母亲回到家中便问我："你把西瓜放在哪里了？"似乎这个西瓜被母亲在怀里揣了一夜。

"西瓜摔碎了，我不是故意的，是军娃……"一夜都没睡好的我低声辩解。不知为什么，母亲异常暴躁，没等我说完，就拉住我美美打了一顿。那时的孩子，挨打像是家常便饭。

那天清晨，母亲没有像往常那样吃了饭就去休息，她饿着肚子，站在房前很久，望着空荡荡的院子，任凭风像一把刀，在她瘦弱的身躯上吹来吹去。

多年后，当我长大自己有能力买西瓜时，每到夏天第一茬西瓜下来，我总会先买一个，迫不及待地打开，吃下红红的瓜瓤，像是要吞掉那些耻辱的记忆。

东河　南河

把它们称为"河"实在有些名不副实，因为它们只是畜牧队附近两个小小的涝池。可自我有记忆起，身边的人就这样称呼它们。

东河专为畜牧队牲畜饮水而建，紧邻总水渠，占据着优越的地理位置，因承担着牲畜们饮水的重要任务，一年四季河水不枯，即使清淤那几天，也会在旁边挖一个临时的小储水池，供牲畜们饮水。

南河是为畜牧队居住的人洗洗涮涮而建，和进出畜牧队的那条土路隔着一片杨树林，来来往往的目光却似乎从未在杨树林里停留过——毕竟它们太常见了，而南河边上的那四棵垂柳，如同四位婀娜多姿的少女，牢牢吸引住了大家。垂柳在当地并不多见，几年前，一位回南方过春节的职工返疆时，带回几截柳枝插在南河边。不料，这几截柳枝竟长成大树，又细又长的枝条顺着树干垂下来，在微风中时不时轻拂水面，让满池的水都流动出绿的光影，偶尔几只鸟儿穿梭于柔软的枝叶间，将灵巧的身子轻轻掠过泛着粼粼波光的水面。路过的人们不由自主放慢脚步，享受这诗情画意。

新疆干旱期长，夏天雨少，冬天雪多，东河、南河里的水大多都是天山上的积雪融化而来。春天来临，当人们抬头望见湛蓝的天边那白皑皑的天山山脉时，目光里就有了更多的渴望，盼望着天再热一些，让融化的雪水汹涌澎湃起来，尽快流到即将干涸的东河、南河里去。

放水的日子终于到来，对于我们这些喜欢玩水的娃娃们来说，这一天无异于过节。连队的水管员似乎知道我们的心思，总是在周末实施他的放水计划。放水前，水管员先顺着进水渠一路向上，仔细检查渠坝是否牢固，看见低矮的地方，便挥动手里的铁锹，三下两下麻利地铲来几锹混着草根的硬土加固；如遇杂草及树叶淤堵，就清理疏通。当一切准备就绪，水管员便风风火火地来到离涝池不远处的水闸边，使出浑身力气抬起沉重的闸门放水。当那股席卷着沿途黄沙和树叶的雪水，泛着灰色的泡沫汹涌而下时，在一边观望的我们发出欢呼声，似乎自己就是一株久旱的庄稼，终于盼来了天降甘霖。而此时的水管员，则满含笑意地望着大家，一副心满意足的样子。很快，涝池里的水就到了水位线，水管员立即按下闸门。我们依旧不散，三三两两站在坝上看水，直到肚子饿了才慢悠悠回家。

任何事物只要安静下来，便会呈现出最美的模样。经过一晚的沉淀，第二天出现在人们面前的东河、南河，在微风轻拂下，清澈的河水泛着绿光。

南河用自己并不宽阔的胸怀，映照着匆匆路过它的人。到了傍晚，劳作了一天的人们，把手中的工具——铁锹、镰刀或锄头扔在河边，像扔掉一天的劳累，然后蹲在用预制板铺成的水台上，伸出满是老茧的双手，捧起因阳光照晒而温热的河水，洗净脸上和身上的汗渍。

吃过晚饭，天慢慢黑下来，南河就成了天然的大澡堂。男人们把自己脱得只剩一条短裤，手上夹着一根自卷的莫合烟美美吸一口，再慢慢悠悠地下到河里靠河堤坐下，露出小半截身子，在烟雾的包围中享受被河水亲吻皮肤的感觉。女人们也会带着木凳，拎着搓板和洗衣粉来到南河边，说说笑笑，清洗衣物。

有月亮的夜晚是最美的，远处偶尔传来几声牛叫狗吠，近处是连绵不绝的青蛙叫，女人们的说笑声，男人们吸烟后的咳嗽声，娃娃们的嬉闹声，都氤氲在美丽的月色中，成就了南河独有的夜景图。

似乎在每一个水分子里都潜藏着无穷的生命力，小蝌蚪们不知不觉在河水里繁衍成长。每到七八月份，我们这些放了假的娃娃们，除了吃饭和睡觉，整天都围在南河边，一只只黑色的小蝌蚪像鱼儿般在水里游来游去，从我们的指缝间穿过。时不时有同伴不小心跌进水里，却紧紧护着瓶瓶罐罐里刚捉的小蝌蚪。还有数不清的蜻蜓，鼓动着玻璃般透明的翅膀，在南河上空忽上忽下、忽快忽慢地滑翔点水。它们其中的任何一只，只要稍稍抖动翅膀，就能来个急转弯。比起蜻蜓，人类要笨拙得多。这激起我们的好奇心，在追逐蜻蜓的同时，赞叹着大自然的神奇。

而东河，每到夕阳西下，残阳的余晖像在水面撒了一把金粉。成群的牛羊拖着圆鼓鼓的肚子，踩着坚实而满足的步伐来到河边。它们总是先低头轻吻一下水面,这是问候,也是爱抚,更是珍惜,然后抬头望一眼夕阳,似乎在欣赏美景,接着才把满是青草味的嘴深深埋进水里,美美畅饮一番。吃饱喝足后的牲畜们并不急着回圈,它们总是心满意足地在水边站立许久,和放牧的人一起享受暮归时身心皆安的美好时光。

东河是牛羊们的福地,于我,却是一个差点丢掉性命的地方。12岁时的那年夏天,我和邻家妞妞一起去东河洗衣服。我们不约而同地选择冷清无人的东河,只是因为那个年龄段的女孩子喜欢清静而已,但正是这个小小的任性,给我带来了危险。洗完衣服后,我低头搓洗脚上泡软的污垢,不知为何突然一头栽进水里。站在我身边的妞妞见状来不及呼喊,一把拽住我松紧裤的腰带,使出全身力气把我拉上来。我躺在那里吐水,妞妞也喘着粗气瘫倒在地。我俩你看看我,我看看你,都有劫后余生的感觉。此次经历给我留下了一生都晕水的后遗症。

天慢慢凉起来,秋天到了,东河、南河里的水所剩不多,河面被黄绿斑驳的落叶覆盖。到了清淤的最佳时段,连队清淤的职工穿着高腰雨鞋,先用水桶把河底剩余的水舀到坝外,再晾晒几天,等河底的淤泥出现了裂纹,便用铁锨铲起一锨一锨甩到河坝外。这些淤泥很快就会被人拉走,卸在自留地里。据说,这种泥是上好的肥料。

冬季的东河、南河,最终还是遵照自然界的正常规律,在寒冬冻结起来,焕发出另一种美。漫无边际的雪,随时都会顺着苍穹飘落下来,像表演一场神奇的魔术,把人世间的喧嚣悄无声息地覆盖。东河和南河感知着这一切,白皑皑的雪落在它们身上,它们也随之变得丰厚了许多。

娃娃们拿起推雪板推过夏日走过的小路，推过高高的坝顶，一直推到南河中央。脚下是厚厚的冰层，把积雪再推向四周，直到大片的河面都裸露在我们面前。这结冰的河面，就是娃娃们欢乐的舞台。拿出早已准备好的陀螺，轻轻往后收住身子，再把缠在长长鞭绳上的陀螺猛地朝冰面甩去，点着红心的陀螺便在冰面上快速地飞舞起来。陀螺和冰面摩擦，带起许多细碎的雪屑。那些带着爬犁来的玩伴们，最终却没有痛快地享受滑冰带来的畅快。因为南河冬季的冰面实在太小啦，无法让笨重的爬犁不碰到玩伴又能自如地滑行。

而东河，并不因结冰而丧失它存在的意义，刚上冻，畜牧队的职工就拿起木榔头砸破薄薄的冰层，整整一个冬季，这种工作每天都在进行，有时甚至一天早晚两次。新疆的冬天实在太冷了，为防止河面结冰影响牲畜饮水，职工们想了不少办法。

离开故乡近三十年，我不曾回到东河、南河身边去，只是梦中时常出现这样的情景：轻轻穿过林荫覆盖的小路，再往前走便看见一条清澈的小河，河水缓缓流向远方。望着静静远去的流水，我已忘记自己为什么来到河边，或许，只是为了寻找年少时我心中渴望的江南。

东河、南河的存在，让那些离开自己家乡，为边疆农垦建设付出全部青春和热血的知青，稍稍享受到了一些江南水乡的韵味，安抚着他们浓浓的思乡之情。

如今，我已离开家乡多年，不知东河、南河是否还在？可我相信，有水的地方就有人家。

和你一起感知万物

秋　千

那时的我只有六岁,即使屋顶的积雪全部融化,我也无法独自顺着木梯爬上屋顶。站在院中的我努力抬起头,看着天空中的云朵在春风中肆意翻卷着流向远方。它们仪态万方,它们风情万种。这是一个美好的春天,我多么渴望和云朵一起结伴远游啊。在远处,一定有一个我未知的地方,那里的河流已解冻,一江春水缓缓流向更远的远方。我确定仅凭自己的力量无法到达那里,但我却明白,自己能在父亲的帮助下站得更高一些,也就能看得更远一些。于是,我拽着父亲的胳膊央求道:"爸,我想爬上屋顶看看。"这是小小的我能想到的最简单快捷的办法。

父亲低头望我一眼,似乎洞悉了我所有的小心思,他轻轻笑着对我说:"爸给你架秋千吧!"我想不明白秋千到底是啥,便睁大双眼好奇地问。父亲用他宽厚的手掌抚摸着我的头顶说:"秋千是一个能让人站得更高看得更远的东西,当我们站在秋千之上,会有飞起来的感觉,这种感觉很奇妙。"

父亲说完,不等我反应过来,就扛起院门后立着的铁锨来到后院。我欢快地跟在父亲身后,看他先是用铁锨铲平后院残留的枯草,然后开始在地上挖坑。父亲挖出四个深坑,又跑回院子堆杂物的地方,挑选出四根粗细均匀的圆木扛到后院。父亲把其中一根立进坑里,对我说:"来,帮爸扶着。"一直站在那里看父亲忙碌的我,赶忙跑过去伸出双手环抱住圆木。父亲拿起铁锨把坑边的土填在圆木周围,又用铁锨压实虚土。

当四根圆木都栽好,父亲让我站远一些。他围着左边的两根转了一圈,然后抬起腿使劲朝它们踹了几脚,看它们朝中间倾斜,又在它们交叉的位置用一根粗麻绳捆绑固定。当右边的两根圆木也捆绑好,父亲跑去前院扛回一根稍细些的圆木当横梁。

绑绳索,做踏板,到黄昏时,父亲终于架好了秋千。在晚霞的照耀下,我被父亲小心翼翼扶上踏板,那一刻,我觉得自己不仅个子长高了,胆子也大了。等我稳稳站在秋千上,父亲把双手轻轻放在我后背:"你准备好了吗?要起飞了,当心啊!"随后,我感知到了来自父亲双手的力量,我的身体不由自主地随着秋千飞了起来。我全身的血液似乎都冲到了脑子里,身体一下变得轻盈无比。这样的体验我从未有过,我不由地喊出了声:"我飞起来了,我飞起来了。"声音高亢而激昂。在这美好的黄昏,这快乐的声音传出去很远。

在父亲双手用力推送下,秋千几乎被荡到和横梁齐平的位置,我的目光穿过屋顶看到了我曾经梦想的远方。那里有连绵不绝的山脉，每一座山顶都覆盖着皑皑积雪，像十八岁少女披着白色纱幔；那里有河，流水潺潺，我似乎听到雪水融化后撞击河床的声音；那里还有碧绿无垠的草地，点缀其中的星星点点，正是五颜六色的百花……

我兴奋的呼喊声渐渐吸引来平时一起玩耍的小伙伴，他们围在秋千边，羡慕的目光追随着我忽高忽低的身体。此时，秋千上的我看到周围的一切都是那样的渺小，我突然有些飘飘然起来，我扭过头去，大声冲父亲喊道："爸，我要自己荡秋千！"

失去父亲双手的推送，秋千渐渐平缓，这可是我没想到的事。我不甘于此，蹲下身双腿使劲前后摆动，可无论我怎样用劲都始终无法让秋千重新荡起来，左右两边的绳索在我手里像两条被饿了许久的蛇一样有气无力。我有些急了，使出浑身力气，突然脚下一滑，我从秋千上掉了下来……

父亲急忙跑过来，一边扶起我，一边对我说："摔疼了吧？要想看得远，不仅要站得高，还要站得稳，你记下了吗？"

父亲这句话我一直记在心上，从不曾忘记。

二　胡

琴筒上暗红色的漆，斑驳得像夜晚照在树林里的月光；琴杆也陈旧得几乎分不出颜色，弓杆是原来的，弓毛却是新的，在弓杆一头随意地挽成结，似乎裹着粗糙的生活；一块松香不规则地糊在琴筒上，被弓毛拉过的地方磨出一道凹槽，里面落着永远都无法清理干净的灰尘，这些细小的粉末泛着白色的光，仿佛沾染上了岁月的不堪。这把二胡，在20世纪60年代初期，随着响应国家支边政策的父亲，从河南某个偏僻的小山村来到荒凉辽阔的漠北安家落户。

关于这把二胡的来历有两个版本：父亲说，这把二胡是他在镇上煤窑挖煤时，在街上遇到一个饿晕的逃荒老人，父亲给老人买了两个烧饼，作为回报，老人把随身携带的二胡送给了父亲；母亲却坚持说，这把二胡是煤窑老板的女儿送的，女孩喜欢上了父亲，煤窑老板不同意俩人的婚事，父亲才来了新疆。那时的我，已看了些闲书，被书本里小姐爱上秀才的传统故事所迷惑，倾向于相信母亲所说的版本。的确，那时的父亲还不到40岁，正是男人最有魅力的时候。常年在外放牧，父亲的皮肤被风吹得黧黑，宽宽的额头下一对大大的眼睛闪着温柔的光，高高的鼻梁，四方大嘴，遇事不慌不忙，看上去很有一些文艺青年的风范，而父亲也的确如此，在连队，会拉乐器的只有父亲一人。

打我记事起，父亲只要闲下来，就开始拉他的二胡，一边拉一边扯着嗓子唱家乡的豫剧。那个年代，文化娱乐活动少之又少，父亲只要唱起来，附近畜牧队的娃娃们无论大小，就循着声音来到我家，高矮胖瘦围了一屋子。

父亲的二胡音质并不好，发出的声音有时像淘气的孩子学走路，不是东拐一下，就是西拐一下；有时又像深夜里的夫妻在吵架，高一声低一声的。但这一点都不影响我们这帮娃娃如痴如醉地陶醉其中。父亲个子不高，声音却洪亮，一开腔，虽说不上字正腔圆，却也抑扬顿挫，面对这么多小观众，父亲不怯场，更无丝毫的马虎。

"嗯！啊啊……"开唱前，父亲总是端起写字台上的大茶缸美美喝上一口先润润嗓子，然后把架在自己左腿上的二胡调在靠近腹部的位置，让蒙皮的一端略微向右前方倾斜，而这时的琴杆，自然而然略向左前方倾斜。调整好琴位，父亲挺直腰板扫视我们一眼，又微微低下头，抬起右臂，右手往外轻轻划出，咿咿呀呀的二胡声便响起来了。

很多时候，父亲都按照自己的心情去选择唱段，因唱段不同，父亲的起腔也不同。每遇开心的时候，父亲喜欢高起腔，让自己的声音随着二胡的旋律猛地爆发出来，一下就抢了二胡的风头，以至于让早已做好聆听准备的我们浑身一激灵，在惊吓中我们相互对视一眼，继而明白父亲是在故意逗我们，便有笑声响起来。父亲不开心的时候就比平日严肃许多，沉下脸，眼神里满是迷茫，压低嗓音，让发音的部位靠后，沉沉的声音渐渐传出来，迂回几次后才高起来，慢慢大过二胡的声音。

父亲唱的最多的就是《花木兰》片段。那时的父亲，在我们这帮娃娃眼里，就是个不折不扣的名角。父亲唱完一段，会给围在他身旁的小听众们讲常香玉的故事。父亲讲了一遍又一遍："她捐了一架飞机，捐了一架飞机啊！真是前无古人后无来者！"父亲大张着嘴巴，眼睛眯成一条缝，把这句话反反复复说了很多遍，仿佛说着自己的一个亲人，比自己捐了一架飞机还高兴。坐在一边纳鞋底的母亲在这时总会抬起手，把手里的锥子顺着自己浓密的头发划下去，然后望一眼兴高采烈的父亲，黑黑的眸子里有了昔日不曾见过的光彩。我渐渐明白，母亲关于二胡来历的说法可能是她杜撰的。母亲为什么会这样，随着年纪的增长我也慢慢理解，或许，这是母亲向父亲表达爱的一种方式。

无论这把二胡的来历如何，父亲将它视如珍宝的态度从未改变。每次拉完，父亲都会用一块专用布清理掉琴皮上的松香，将弓毛放松，使弓杆恢复到正常形态以防变形，过几天，父亲还会在琴皮上涂一些凡士林养护。父亲对待这把二胡就像对待自己的另一个孩子，甚至有过之而无不及。父亲做这些工作时神情专注，我们站在他身旁，虽不发一言，心里却五味杂陈。父亲动作轻柔，手里的那块布看上去比我们姐弟三人身上的衣服还干净，又是那么的柔软。

　　或许因为父亲对二胡过于痴爱，上苍要考验他，这把二胡曾丢过一次。那年，是中国历史上很特别的一年——包产到户的第一年。我记得特别清楚，从春天开始，父亲母亲就铆足了劲，像长到了地里一样，起早贪黑地忙。到了夏天，地里的草锄完了，水也浇过了，人稍稍闲一些，可母亲种的西瓜快熟了，地里还是离不了人，父亲就睡在地头搭起的窝棚里。晚上无所事事，父亲把二胡拿到地里打发时间，平时就放在他的床边。那年庄稼长得格外好，到了秋收，家里请了几个人帮工，父亲也没在意，想着别人拿它也无用。等秋收完帮工的人离开，父亲想起他的二胡，前前后后把窝棚翻了个底朝天，却怎么都找不见。

　　那天黄昏，夕阳带着秋天的最后一点温情照在悲伤的父亲身上，照在被生活收割殆尽的土地之上。我和母亲先离开了，走出去很远，看父亲一个人站在地边，面对满目的苍凉之景一动不动。

　　望着收获的满院庄稼，父亲无一丝丰收的喜悦。这个秋天，因一把丢失的二胡，父亲在我们面前展现出不为人知的一面。那年已16岁的我，有那么一刻突然觉得，或许母亲说得对，这把二胡真和一个喜欢父亲的女孩有关。

　　二胡最终又回到父亲的身边,失而复得的经过既简单又让人觉得不可思议。当第一场雪来临,父亲返回窝棚收拾剩余的杂物时,看见那把二胡就在空空的床板上放着,完好无损。那一夜,当父亲嘹亮婉转的二胡声冲出我家屋顶划破天际时,母亲猜测,一定是帮工的人拿去了,返家之时嫌带着累赘,扔了又可惜,便送回了原处。

　　父亲的这把二胡,不仅仅是他愉悦自己的一种工具,也是他安放乡音的地方,更是他精神的寄托之所。父亲的这把二胡,给我的童年生活带来很多快乐,让那时的我对美好事物有了深深的依恋与追求,更打开了我内心深处对外界的了解与渴望。

　　父亲去世后,经历了几次搬家,那把二胡早已不知去向。或许,母亲在父亲火化时就带给他了;或许,二胡隐藏在一个不为人知的角落里。只是,这世上最爱它的人已经离开。我不知,在另一个世界父亲会不会想念他的那把二胡。而我只要想起父亲,就会想起父亲的二胡,想起父亲挺直腰板为我们拉二胡的情景。

木　　箱

　　最初,我是嫌弃它的,它那么红,红到背着它走在街上会引起所有行人注目;它还那么沉,沉到处于18岁最好年华的我都无法背动它;它又那么大,大到装进去我所有要带走的衣物也只占了小小的一角。但我无法选择,我必须接受它,就像我必须接受即将到来的城市生活,接受自己那个纺织厂临时工的身份。

　　这只木箱是父亲亲手做的。为此,父亲还专门去团部买了一套工具。而榆木料，是前一年父亲放羊时发现的一棵干枯的榆树。这棵榆树长在离我家很远的一片戈壁滩上，不知当年谁因什么缘由栽下了它，也不知它已在那里孤零零活了多少年，更不知它为什么竟会突然死掉。父亲看见它时，它的叶子已全部掉光了，树皮的褶皱上也显现出浓郁的干瘪气息。父亲围着榆树转了三圈，知道它彻底没救了，就决定把它拖回家。

第二天，父亲带上斧子和粗麻绳，在茫茫的戈壁滩上轻而易举就找到了这棵榆树。父亲几斧子就把榆树砍断了，接着砍去旁杈顶枝，把绳子的一头捆在树上，另一头系在自己腰上，他拖着一棵树独自行走在苍穹之下。当母亲打开院门迎接父亲的那一刻，父亲一下歪倒在这棵树上。这一天，父亲动用了自己身上所有的力气，心里却是欢喜的。父亲让人把榆树锯成薄薄的木板，为防变形，中间留着缝隙，再用铁丝把它们一块一块紧紧捆扎住，又晾了四个季节，让它们彻底干透。

第二年冬季，父亲把榆木板锯成自己需要的尺寸，一块一块铺在地上，把木板粘连起来做箱底，又按同样的步骤做好了箱盖。无疑，聪慧的父亲最初的尝试是成功的，一棵枯萎的树逐渐变成了箱子的模样。父亲给箱子刷了一遍清漆，晾干后又刷红漆，这让木箱呈现出晶莹剔透的亮红色。

这是一只漂亮的木箱，它比一棵树活得成功。它比人幸运，不能活成一棵树的时候，它还可以活成一只木箱，不像普通人，活得不像人的时候就容易死掉，死掉了也就死掉了，就从这个世界上彻底消失了，人不会变成一棵树或一只木箱，以另外的方式继续生存。

无疑，那时的它，是我家最拿得出手的东西了，家里值得收藏的东西也都由它存放。当父母商量好我离家的日子，母亲就把箱子里所有物品都拿出来放在别处，把空空的箱子摆在家中最显眼的位置——窗前的缝纫机上。我知道，母亲是在展示我即将开始的城市生活所带给她的骄傲。那时，兵团的娃娃在城里找一份工作是件很困难的事，哪怕是临时工。

于父亲而言，母亲的这份骄傲实在太沉重了。不善言辞的父亲不仅要低声下气去求在纺织厂当车间主任的老乡帮忙，还要把我将要使用的沉重木箱背去我工作的城市。虽然在那座城市的商场里，有各种材质轻巧又美观的箱子，可以提着走，可以拉着走。可是，它们都不属于我。城市不属于我，工作也不属于我，我只是短暂地依靠它们生活。

父亲早已做好背箱子的准备：他在长方形箱子上拴了麻绳。这次，父亲把绳头紧紧攥在自己手里。从家里背着它来到院外，刚出院门，父亲的背就被硬硬的木箱硌得生疼。此时，太阳刚刚升起，父亲背上巨大的木箱像一座山，压得他喘不过气来。可是，父亲却不能卸下这沉重的木箱。父亲就这样咬着牙，弯着腰，硬挺着把箱子背到了连部的乘车点。坐上开往城市的长途车，父亲才松了一口气。父亲坐在座位上很快就睡着了，鼾声越来越大，坐在父亲身边的我，看着满车的人把目光投向父亲，低下头，却没有惊动父亲。两小时的车程父亲都用来养精蓄锐，我不知父亲有没有做梦，即将到来的崭新又陌生的生活让我既喜又忧。下了车，父亲再一次背起箱子坐上公交车，去往郊外的那家纺织厂，我一直远远跟在父亲身后。

厂里分给我的宿舍在三楼，父亲一步一步背着箱子顺楼梯上去，楼道很窄也很暗，父亲把腰弓得更低了。我终于走近父亲，却不知道怎样帮他，只是象征性地把自己的一只手放在箱子的一个角上，却不敢用一丝力气，怕给父亲帮倒忙。我看不见父亲的脸，却看见父亲的汗珠滴在楼梯上，每一滴都像开败的花朵，承载着生命的不堪和沉重。没有人上下楼，我听见父亲的喘息声粗笨如他背上的箱子。

终于进了宿舍，父亲小心翼翼转身，却不知该把箱子放哪。房间里除了两张双层铁架床外，只有一张木桌，上面摆着乱七八糟的杂物。父亲犹豫片刻，只能把背上的木箱放在地上。卸下木箱，父亲环视了房间里的一切就一言不发地转身下楼了。

不远处是一个建筑工地，那时，似乎到处都在盖高楼。父亲问人要了几块砖搬回来，整整齐齐垒在我床头的地上，再把箱子放在砖架上。"高一些，你取东西方便。"父亲说完这句话便沉默了。我打开箱子铺床，父亲只在屋里坐了一小会儿，我给他烧的水都还没晾凉，他便急急忙忙地离开了，因为再晚一些就没有返回的车了。

三年后，因那家纺织厂效益不好，我决定离开。一次次的停工待产把年轻的我拖得精疲力竭，我不想再过这种没有将来的日子，又不知自己可以去哪里。最终，我还是决定先回家。我把自己三年来积攒的那些轻飘飘的衣物，一件一件从木箱里拿出装在新买的旅行包里，我抛弃了这只沉重的木箱。木箱似乎还是原来的样子，岁月不曾改变它丝毫。

回到家，父亲看见我便问："箱子呢？"我假装轻松地回答：

"爸，我背不动它。"然后若无其事地看一眼父亲。父亲不再说话，开始吸烟，他粗糙的手颤颤巍巍，当火柴划亮的那一刻，我看见他眼里的光慢慢暗淡下去。我悄悄出屋，来到院子。我不敢看父亲的样子，我不能面对他。

第二天清晨，当我醒来时，父亲已不在家里。母亲说，父亲一大早就出去了，去我曾工作过的那家纺织厂。这一次，是父亲一个人。他找到我曾住过的那间宿舍，敲开门，在我前舍友诧异的目光中，把那只箱子背在自己的背上。

父亲背着这只沉重的木箱，把三年前送我时走过的路又重新走了一遍。只是这一次，父亲是朝着家的方向。

告　别

"爸，爸！"无数次，我都在梦中这样叫你，直到自己醒来。醒来后，望着空空的屋顶，心里明白，你已离开我多年，眼泪便不由自主地流下来。在心里重新算一遍你离开我的日子，又多了一天，亦明白，这个称呼于我来说，今生再也无缘从口中喊出。

深深的痛在很多个夜晚和黎明，就这样紧紧包围着我。仔细想想你在世的日子，作为女儿，除了在你生病时给家里寄些钱回去，除了你去世后在清明节、十月一和年三十的夜晚，于我居住的小区外十字路口给你烧些纸钱，我再也想不起来自己还曾为你做过什么。

很多东西拥有时总是忽略它的存在，一旦失去，才明白自己当初多么愚蠢，没有放在心上，没有好好珍惜。可如今，后悔又有什么用呢？

清明节的夜晚，平日早睡的我翻来覆去无法入睡。在这个特殊的日子，你打开了我尘封的记忆，我无论如何都忍不住自己的眼泪。从床上爬起来坐在客厅的沙发上，很少流泪的我，一个人在黑暗里哭了很久很久。哭什么呢？哭自己年幼时对你的付出熟视无睹。总以为，这世上给我爱最多的是祖母，是她喂养我长大；总以为，母亲承担着家里最苦最累的劳动，是她抚育我成人，却没注意到，你拖着多病的身体，为家人一直劳累到住进医院。是你用每个月的工资，买吃买穿，为我们交学费，直至我们姐弟三人都工作、成家。

再哭你曾经带给我的那些独有的快乐，一去不复返了。最喜欢初雪后的黄昏，你领着我捉麻雀。在院外雪地里，你扫出一小块空地，撒些麦仁，在细细长长的线上拴一截粗柳棍，用它支上网筛，静等麻雀去啄食。这样快乐的时光，在我十岁左右的年纪里，每个冬季都会有几回，而如今，那根细细的曾被我紧紧攥在手中的线，如同你带给我独有的幸福，再也不可能出现在手中。

还哭自己年幼时的坏脾气，为一点点小事记仇，那么久不理你。给畜牧队的羊打号时，你不小心被高温烧化的沥青烫伤了手背，在家养了半个月的伤，因为疼，你日夜呻吟，我却在心里认为你缺乏父亲应有的坚毅，从未给过你一丝安慰。我更不习惯常年在外的你在家待这么久，故意找茬和你怄气，直到母亲对着我一顿训骂，我才不情愿地和你说话。

哭你离世前的六年里，我总是在忙工作，忙自己的小家，却忽略了你的感受，从未回家乡看过你一次。你与亲人诀别的那个下午，在家专门照顾你的妹妹打来电话："老姐，咱爸今天精神好多了。""老姐，咱爸刚吃了一碗汤面条。""老姐，你猜咱爸吃饭时说了啥？""老姐，咱爸说咱家什么时候才能吃个团圆饭呀？"那时的我，没有想到这是你生前吃的最后一顿饭，更没有想到，你在世时说的最后一句话中的含义。直到两小时后妹妹哭着打来电话："老姐，咱爸走了！"我才感知到那句话里有你深深的想念；你是想我了，亲人里，只有我远在千里之外；亲人里，也只有我，六年间不曾见过你，没有陪你吃过一次饭。

当我赶回家看到你的那一刻，面对你冰冷的身体，我竟然喊不出一声"爸！"我不知自己这是怎么了，是因为六年里这个称呼从未从自己口中叫出而生疏了吗？望着你瘦瘦小小僵硬的身体，除了流下那怎么也止不住的泪水，我不知自己还能做些什么。

你被推进火化炉的那一刻，我心如刀割，体会到了与你死别的痛苦滋味。一想到你将永远离开，我再也看不到你，巨大的悲哀和绝望就充斥了我整个身心，我不顾周围亲人的阻拦，扑在你身上，紧紧地抱住了你。

我的父亲，这是我平生第一次这样亲近你，也是我此生最后一次这样亲近你。

清明节已过去一月有余，今年的春天来得晚些，也格外阴冷，我的心情比往年沉闷许多。静下心来细想，我知道，我是想你了。我以为，随着你离开的日子越来越久，我的思念也会越来越少，越来越淡，可是，我错了。这一个月里，我多次提笔，想为你写些什么，可写到中途我总是无法继续。你如此平凡，一生中没做过任何值得我骄傲的事情。争强好胜的我，还曾对老实本分到近乎懦弱的你心生许多恨意，觉得你没给过我父亲强大的保护；如今我才知，你的爱，是涓涓细流，没有汹涌澎湃，却温暖如春。失去了你的我，想起你就会有锥心的疼痛。你对我的爱一直都在，从未停止。

你离开时，是来向我告过别的，在你彻底从这个世界消失的前一个夜晚，你真真切切出现在我梦里。你离开新疆，离开那个你生活了近40年的地方，却没有回到生你养你的那片土地——你的故乡河南，而是来到了宝鸡——我生活的地方，来向我告别。虽是在梦里，现在想来，路途遥遥，你也一定历尽了艰辛。

梦中，你的样子成为我记忆里最清晰的画面。只要想起你，你身穿袈裟双手合十，面带微笑对我说的那句话就会回响在耳边：

"月儿，爸爸走了……"

家乡的秋天

家乡的秋，在夏季就有着淡淡的痕迹。无论白天多么炎热，当那轮骄阳顺着天空慢慢移向地平线，当戈壁上成群的羊儿如云朵般渐渐归巢，微微的凉便从天地间沁出来。这凉，最初沾染在牧羊人的羊鞭上，轻轻甩出去，如天空中绽放的一朵星花，秋的凉，便在清脆的鞭声中传遍整个戈壁。

这一点点的凉，是和我贴心贴肺的。为了这凉，春天里，我便逃离渭水河边极度难忍的潮湿闷热，从几千里外居住的城市赶回新疆。我是多么的无奈，又是多么的幸运，只要回家乡，在夏日，就能实实在在感受到秋的凉意。只需一小片阴凉，一棵树，或是一间房——只要是太阳照射不到的地方，只要我愿意，随时都可以一头扎进凉的怀抱，让它紧紧围绕我，让我每一个毛孔都妥妥帖帖。我不再烦躁，不再折腾，不再流汗。

这样的日子是惬意的，不知不觉真正的秋就来了。广阔无垠的土地上，当第一缕秋风缓缓吹过，庄稼们挺着丰厚的胸膛等待农人收割。它们怀揣期待，一日日不懈努力着，从萌芽到抽穗，从结果到成熟，它们等这一天已太久。谁能不爱这收获的季节？

一切都不同于夏日了。清晨，太阳从树林里升起，看上去依旧像红彤彤的大火炉，却失去了以往灼热的温度，也不似夏日那般炫目了，似乎在不知不觉中蒙上了一层金黄色的面纱，天地间到处朦朦胧胧，透着深深的满足。

早豆角已拔了秧，初夏时母亲特意在地边又种了几株晚的，那几株豆角正结得繁密。吃过早饭，母亲嘱咐我换上长衣长裤、包上头巾再去摘豆角，以免被茂密的豆秧划伤皮肤。不到十株，我竟摘了满满两大桶。坐在后院的凉棚下，我和母亲手拿锋利的小刀片，把豆角轻轻划开，一根根整整齐齐码放在矮桌上。当它们像小山一样堆满桌时，我起身把它们挂到院中拉着的细铁丝上。此时已是正午时分，母亲去做饭了，我依旧坐在凉棚下，看豆角在太阳的照射下像咸鱼般渐渐失去水分。我知道，到了黄昏，它们一定像衰老之人蜷起的身子，不再水嫩。过几日，等它们彻底失去水分散发出一种特殊的清香时，我就会小心翼翼地把它们收进一只大的塑料袋里，封好口，留至冬季慢慢享用。

我和母亲还晒了干辣椒，做了西红柿酱。我们不紧不慢，手里忙着，嘴里聊着闲话，母亲的脸上满是笑意，她时不时抬头，看秋日的阳光顺着院墙一点点落入地平线，看我和她越来越相像的容貌。

地里的庄稼陆陆续续收回来，院里的水泥地上晾晒着大堆金黄的玉米，颗粒饱满如小金豆子；进门的台阶上铺着一层油亮发光的油葵籽，在阳光下闪着黑珍珠般的光亮；院角堆着刚挖回来的红薯，散发着泥土的清新；还有南瓜，母亲只在苹果树下种了几窝，瓜秧扯了老长，结有七八个瓜，个个如脸盆大。南瓜是我的最爱，母亲每天早上起来第一件事就是剁南瓜，"咚，咚咚"，很快，南瓜稀饭或蒸南瓜就端上了桌。家里到处都是秋天的味道。

后院青石板路边的太阳花，有红粉黄几种颜色，只偶尔星星点点开着几朵，尖尖的花苞颜色依旧靓丽，细细碎碎的叶子却有点枯黄，显现出颓败之相，只有枝梢的几片在做最后的坚守。百日菊经过一夏的成长，几乎与柴棚比肩，茂盛地分了几枝，花色大相径庭，顶端的分枝上还有花，花朵儿却很小了，颜色也不似夏日时靓丽。许多叶片垂下身子，贴在枝上看这秋天里最后的风景。美人蕉的叶片依旧葱绿，肥肥大大，夜里厚厚的凉气铺在上面，在阳光的照射下慢慢聚拢成露珠，在秋风中滚来滚去，像星星般明亮。鸡冠花母亲种得晚，此时开得正艳，红红的花头大而油亮，远远看去和鸡冠几乎无异，仿佛给它一双脚，它就能走到窗前去叫醒屋里还在酣睡的人。

街上卖西瓜的摊位渐渐少起来，"秋日瓜，似毒霜"，肠胃虚弱的人是经不住这"毒霜"的。而哈密瓜却到了真正成熟的季节，吃进嘴里是恰到好处的甜味。道路两边的苹果树仿佛一夜之间果子就由青转红，时不时在微风吹拂下从浓密的枝叶间探出红红的笑脸，似在和行人致意。架上的葡萄却是慢慢变熟的，一粒粒果实越挤越密，颜色越来越淡，等到晶莹剔透的那一天，便真正成熟了。

每一个黄昏，我都想出去走走舒展一下四肢，舒缓一下心情。在朦朦胧胧的雾霭中，看路上行人越来越少，心里莫名有些伤感。该回自己的小家了，待在母亲身边的日子已没几天。想至此，脚步不知不觉慢慢变缓，似乎这样，时间会停滞不前。不经意间，一片翩然飘落的树叶闯入眼帘，它似乎还未准备好，落得有些慌里慌张，在风中打个旋，飞到路边草丛里，让正行走的我稍稍有些吃惊。接着，仿佛约好了似的，树叶一片片落下，纷纷扰扰，像我复杂的心情。于是，我的眼中便皆是秋的黄了。

起风了，那些落叶多像一张张返程的车票，其中有我的一张。盼秋又怕秋来，秋来了，就要离开家乡返回自己居住的城市，这是春天我来时就定好的日子。

天空阴沉得厉害，远处朦胧的天际间有大片的乌云压过来，很快，我便感到了丝丝寒意。零零星星的雪花飘下来，我昂起头，雪落在我脸上很快就融化了。该回去了，我转身朝家走去，远远看见家里的灯已亮起来，一定是母亲在家等着我。

落在身上的雪粒密起来，这是家乡的第一场雪。

家乡的冬季

母亲还没来得及糊窗纸,就下了一场大雪。半夜,雪悄悄来了,风也跟着来了,呼呼呼,小刀子似的,冬天也就来了。早上醒来一睁眼,就觉得屋里比平时要亮堂些,迷迷糊糊抬起头,窗户玻璃被雪映得白晃晃的。哦,下雪了,院子里已落了厚厚一层。

放了寒假就可以赖在被窝里了,饭好了还不想起,奶奶催了一遍又一遍。热乎乎的被窝里,睡了一夜的身子慵懒又舒展,似乎没有一丝力气,又似乎充满了新的力量。

早饭是热腾腾的白米稀饭,馍也是刚从蒸笼里取出的,冒着白乎乎的热气。奶奶几天蒸一次馍,她将出笼后的馍放在父亲编的柳条筐里,再拿到杂物间去挂在屋顶的铁钩子上,不一会儿,馍就被冻得硬邦邦的。这样储存的馍不会被老鼠啃到,更不会放坏。每天临睡前,奶奶都会去杂物间取回几个,经过一夜的消融,第二天早上再馏一下,馍就像新蒸的一样暄腾。

母亲喂完猪进来，身上带着屋外的寒气。这鬼天气，真冷啊。人可以饿一会，猪却等不得，晚喂一会儿就"嗷嗷"直叫，像要把老天戳个大窟窿。母亲洗过手，站在屋子中间使劲搓了搓冻僵的手指，边抱怨边去橱柜顶上找那一摞旧报纸。这报纸是半个月前母亲去连部交秋收款时，特意问文书要来糊窗缝用的。不一会儿，一股子香气便弥漫开来，奶奶将黄灿灿的玉米面糨糊端进来晾在八仙桌上。我把报纸裁成一条条两指宽的窄条，用手拿住一条的两端，母亲用小刷子刷上薄薄一层糨糊，再拿到窗下比画一下长短，两手绷紧了按在窗框和玻璃的接缝处，一条窗缝就糊好了。

冬天取暖做饭用的都是土炉子，到十月左右，即使地里再忙，家家户户都要抽时间盘新炉子。用了一年的旧炉子，烟道里的煤灰糊了厚厚一层，费煤不说，火墙也不容易烧热。盘炉子用的土块都是夏天自家打的。将泥和好放在木质模具里抹平，然后倒扣在地上，经过几天的风吹日晒，等它们硬得像石块时，拉回家码在院子里，再放一两个月，就等着盘炉子用。新炉子盘好要先试一下烟道是否通畅，很多人家都把厨房和里屋的隔墙盘成火墙，里面的烟道太复杂了，用千回百转来形容都不为过。有一年父亲盘炉子打火墙时，我站在旁边看，突然就好奇，这炉膛里的烟是怎么顺着一面墙爬到屋顶上的烟囱里去的？父亲不紧不慢，一瓦刀泥糊一块砖，哪里留口哪里封严，父亲胸有成竹。而我，眼看着一面火墙慢慢砌起来，最终都没看明白。

几乎每家炉子里烧的都是附近南山煤矿的煤，这煤质好，也耐烧。夏天稍闲时，各家就开始联系拉煤，几天工夫，家家户户院子一角的煤堆都起来了,煤块在太阳下折射出黑亮亮的光芒。煤用火柴是直接点不着的,在空空的炉膛里,要先塞一把玉米叶,再放些玉米芯,最外层才放煤,"嗤"的一声划着火柴,小心翼翼凑近玉米叶,火"哗"地燃起来,玉米芯很快着起来,煤也就烧起来,小心续着煤,火一天都不灭。生铁铸成的炉盖上架着一口锅,添水放米,倒油炒菜,屋里取暖,什么都不耽误。其余时间炉盖上放着烧水壶,烧水的声音仿佛一直响着,到午后,人犯困,声音愈加清晰。水蒸气从壶嘴里冒出来,满屋都是,人身上就热乎起来。

在奶奶的床下,父亲用红砖围了个池子,秋天,将红薯挖回来倒在院里晒几天收收水分,拣好的铺在池子里,再倒上细沙埋住,现吃现挖,到来年春天都不坏。只是,如果哪天父亲喝了酒,奶奶便不许父亲进她的屋。小时候我不明白,到读初中时,才知道酒精是罪魁祸首,有催熟作用,即使隔着沙子,见了酒红薯依旧很快就会坏掉。奶奶一旦发现有坏的苗头,就会把床下的红薯全刨出来,洗净蒸熟再拿到杂物间里冻上,随吃随拿。

去杂物间拿冻红薯会发生意想不到的事,这话绝不是危言耸听,我就曾遇到过一次:手被紧紧粘在杂物间的铁门鼻上,稍一用力就扯得生疼,人不能走动,只能站在那里喊人解救。母亲听到动静出来,看我急得跳脚,边笑边说:"丫头,你咋这么笨呢。"母亲走近把嘴凑到我手边开始哈气,很快,我的手就脱离了铁门鼻。想想小时候的自己,真的很笨。

每年春天,家家都会在田边地头种几行油葵,油葵皮薄仁大,出油率高,炒着吃更是香味浓郁。长长的冬季里,我们总有嗑不完也嗑不厌的油葵。每到下午,母亲一天的杂事基本做完,就开始给我们炒油葵,炒到颜色油亮端下火继续翻炒,铁锅上的余热就能把油葵炒熟。打开电视,抓一把油葵坐下来,一嗑就是老半天,直嗑到太阳落山,直嗑到人心里油汪汪的,连晚饭也不想吃。吐出来的皮就堆在脚边,小山似的,几乎要把两只脚埋住。家乡的人上下门牙上大多有两个小小的豁口,就是嗑油葵磨出来的。冬季太长了,屋外雪又厚,哪也去不了,就靠吃零嘴打发时间。

每户人家院子里都挖有一个大菜窖,窖深五米左右,有半间房大小,一家人一个冬季吃的菜都储存在里面。白菜、萝卜、土豆,基本就这几样。大概一周下一次窖,下窖取菜需两个人配合,一个人在窖下装菜,一个人在窖上接菜。下窖前要先开窖通风,以免下去取菜的人因缺氧而窒息。每次下窖还要翻菜,把腐烂的菜拣出来装进筐吊上窖,以免染坏窖里其他菜。

家里腌菜的大水缸,秋天的时候,就被母亲摁满了白菜、包心菜、胡萝卜、芹菜、辣椒、洋姜等。酸酸辣辣的咸菜,和菜窖里的菜搭配着吃,能一直吃过青黄不接的春天。

由于大雪把吃的都盖住了,村庄里麻雀特别多,呼啦啦一大群飞过来,站在院墙上歪着小脑袋东跳西跳,眯着眼睛窥视着院子。不见人出来就落到地上,观察一会儿,看真没人就放大胆凑到屋门前,拿尖嘴叨鸡吃剩下的玉米粒。父亲有时把网筛支起来,手上攥着拉绳,藏在屋里静静观察院子里的情形,他瞅准时机将网筛扣下来,下面总能有三两只麻雀在扑腾。父亲把麻雀糊上泥扔进炉里烤熟,取出来敲掉泥,香气瞬间飘得满屋子都是,我们的口水止不住流出来。

或许是母亲闲下了，有时间弄吃的了，伙食也好多了，我们正长身体，喜欢吃，吃完就聚在一起，踢毽子、跳橡皮筋，玩的全是费力气的游戏，也不觉得吃力。毽子都是女娃娃们自己缝，将两枚铜钱、一块深色的布和七八根鸡毛组合在一起就成了。我们穿着厚帮的棉鞋把毽子一踢老高，一个人就能玩起来。而跳橡皮筋至少需要三人，两个人撑着，另一人跳，从脚踝开始不停地升级过关，最后橡皮筋能撑到人的脖子上。有时也去打陀螺，雪后要先清理出一大片冰面，这样陀螺才能抽起来。很多时候，就是在雪地里疯跑，你追我，我再追你，被雪团砸在脸上身上都不会生气。不管玩啥，肚子很快就饿了，又惦记着回家吃东西了。

"饺子就酒，样样都有。"祖母包好的饺子整整齐齐地摆在案板上，像列队欢迎我们的士兵。下饺子的水开了，热气从锅盖缝里冒出来，满屋子雾蒙蒙的，很快就闻见了饺子的香味。吃过饺子，母亲收拾完，父亲开始蹲在厨房地上磨刀，给洗脸盆里接一点水，一下一下淋在磨刀石上，父亲磨几下水就变成了青灰色，刀刃越磨越薄。每到父亲磨刀的日子，第二天准杀猪，因为春节快到了。

酒事

小时候的我，对酒深恶痛绝，身边发生过太多因喝酒而丢掉性命的事——酒精中毒后长睡不醒，或酒醉后回家冻死在半路的雪地里。最早听到这样的人，是我同学的父亲。平时都忙，过年了，亲朋好友才得以相聚，酒是必喝的，喝多喝醉就成了必然。"酒壮怂人胆"，这话一点不假，同学的父亲自认为没醉，不顾亲友留宿，在黄昏时执意返家。骑自行车行至中途，醉意袭来，迷迷糊糊就歪倒在路边的雪地里。新疆冬季的三九天，气温都在零下30℃左右，一夜时间，就是一头大象都能冻透，何况百十斤重的人。同学的母亲以为丈夫留宿在亲戚家，而亲戚以为人已返回，那时不像现在都有手机，联系方便，这小小的疏漏让亲人阴阳两隔。第二天凌晨，同学的父亲被路过的人发现时，早已在醉意朦胧中被活活冻死。任凭同学的母亲扯着几个儿女，在白茫茫的天地间哭爹喊娘，同学的父亲却再也听不到了。

这种死亡事件在家乡的冬季屡见不鲜，就像南方有河流的地方,夏季经常有人被淹死一样。出事那几天,熟识的人哀叹几声,惋惜一阵,但很快,离去的人就成为时间长河里一个简单又模糊的名字,留给亲人的却是一生都难以忘记的苦难和疼痛。

漠北乃苦寒之地,或许,需用热烈之物来填补悲凉之感。家乡人尤其喜欢喝白酒,啤酒和果酒在他们眼中都不能称为真正的酒。家乡的酒都是用粮食酿制而成,酒精度高,喝到嘴里像吞进去一条火龙,顺着喉咙一路下行,过食道,进胃腔,行至小腹,再抵达四肢。这时,喝酒的人就会浑身一激灵打个酒颤,一种说不出的愉悦感便滋润了全身的每一个毛孔。家乡的酒,喝了不上头,酒精缓缓渗透到身体各部位,因过程缓慢,幸福感被延长,眼前的一切都变得美好起来。家乡的酒,喝多了也吐,但吐过胃里不会有疼痛和烧灼感,这就让每一个爱喝酒的人无所顾忌,"酒嘛,水嘛,喝嘛",醉了就醉了,没啥大不了,睡一觉醒来,我依旧还是原来的那个我。

家乡人待客,一斤酒倒三杯,每杯都有三两多。举起杯,喝酒如饮水,酒品如人品。主人认定你是朋友,真心真意敬你酒,你就得喝干,这酒里有对你的欣赏和情意。唇齿之间一个"干"字,虽简单,但绝无虚情假意,那是顶天立地的承诺,是心生欢喜的呼应,是喝酒时的惺惺相惜,是情到深处时的热情拥抱,是热情拥抱后不离不弃的追随。

家乡最有名的酒,当属伊犁酒厂生产的伊犁特酒,除此之外,每个团场还有自己的酒厂。我家所在的一四二团,按地方上的叫法为新安镇,酒厂就叫新安酒厂,生产出的新安大曲没有华丽的包装,简简单单的玻璃瓶发着浅绿色的光,通透而明亮,酒入瓶中，给人一种"此酒只应天上有"的质朴、高级之感。如果说，那时的伊犁特酒在我们眼中尊贵如茅台，那么，新安大曲就是身份显赫的五粮液。这两种酒在各连队的小商店里都有售，但普通人家绝不舍得买来自喝，大多还是喝连队酿的酒。

我上初三那年寒假，曾跟母亲去过一次连队的酒厂。说是酒厂，其实只是在每年冬季农闲时，为方便单位职工过年饮酒，连队特意组建的临时酒坊。这种酒坊不办营业执照，更谈不上缴税，就这样名不正言不顺地存在着。母亲之所以带我同去，是想让我帮她拎酒。那时，我的个子长开了，已有些力气。酒坊离我家居住的畜牧队不远，我和母亲手拎四五个塑料酒桶，离酒坊还有一段距离，我就闻到一股粮食发酵后的香味，距离越近香味越浓。不知为什么，我心里突然就生出一种亲切感，好像自己曾在这种味道里生活了多年。

虽是临时酒坊，却恪守着酿酒的一系列工艺程序。粮为酒之肉，选颗粒均匀饱满的玉米为原料，无虫蛀霉变和其他杂物；水为酒之血，用三千米地下井水，清冽甘甜且矿物质丰富；曲为酒之骨，用谷物制成酒曲，再用酒曲中所含的酶制剂将谷物原料糖化发酵成酒，最后进行蒸馏提纯，这样酿出的原酒醇香浓郁，度数也高。

连队酒坊酿的酒，分头道、二道和末道。头道酒劲大，味浓性烈，酒精度在75%Vol~80%Vol之间，一般人是不敢喝的；二道酒绵长，酒劲适中，口感好，是最优质的酒；末道酒就有些寡淡了，用头道酒勾兑，口感不如二道酒，但外行是品不出的。一般人去连队酒坊买酒，大多买的是头道和末道勾兑后的酒，最好的二道酒通常都留给连队里的领导或有脸面的人。

我还记得那些发酵池,共四个,每一个都如床席大小,深两米左右,人下到池里,往上出料也方便。出的料就堆在发酵池边蒸酒的大锅旁,锅下的煤火熊熊燃烧着,整个酒坊都弥漫着雾蒙蒙的蒸气。隐约可看到蒸酒锅底部连接着一个出酒的龙头,上挂一只白色搪瓷小酒缸。我跟在母亲身后,看她和酒坊的人打过招呼,然后笑眯眯地拿起那只搪瓷小酒缸,熟练地打开龙头,清冽的酒如一股山泉,叮咚作响着流进了小酒缸。母亲无丝毫犹豫,扬起脖颈半缸酒就下了肚。

母亲曾在连队的酒坊里帮过忙,熟悉这里的一切。母亲并不是连队的正式职工,之所以能得此工作,一是因为母亲干活利索,舍得下力气;二是因为酒坊就在畜牧队驻地边上,离我家近,照看起来方便。在酒坊帮忙的这一年,母亲慢慢地也能喝一些酒了。在传统意识里,女人喝酒并不是什么光彩的事,母亲每次并不多喝,父亲也就不阻拦。记忆里,母亲只醉过一次,那是年关将近的一个黄昏,有人跑到家里来告诉祖母,母亲喝醉了。当时父亲不在家,弟弟妹妹小,祖母便让我去找母亲回来。我觉得很丢脸,低头跟在那人身后,像是自己做了什么亏心事。看到母亲时,她正歪在路边的柴火垛上,一边吐一边哭,脚上的鞋掉了一只也不知。母亲看我过来望了我一眼,目光里满是委屈和迷茫,似乎心里还清醒着,她认出是我,便光着一只脚跌跌撞撞走向我。看到母亲的眼泪,我一下心软起来,突然想起父亲已几天没回家了。父亲那时负责连队的羊场,年前要宰羊,事情较多,而家里也是一摊子事,虽有祖母帮忙,母亲也觉疲累,在酒坊忍不住便多喝了酒。我赶忙拾起鞋给母亲穿上，搀母亲回家，或许因饮了酒的缘故，母亲粗糙的手很是温热。那一刻，我突然感知到母亲的不易，跟在我身后紧紧拽着我手的母亲更像个孩子，而我，却在瞬间长大了。

很多年过去，还记着自己第一次喝酒时的情景。那时，电视剧《红楼梦》正热播，剧中人物精美的服饰、精致的妆容以及精湛的演技，几乎迷倒了中国所有的男女老少。除夕夜，家人们围坐在一起，边看电视边吃饺子。虽然压岁钱只有几毛，糖也是劣质的黑糖，还不能放开吃——父亲只发给我们姐弟每人六颗，但那时的快乐却一点不少。平日里对我们管教甚严的母亲，虽大字不识一个，却也知锦上添花，竟允许我们尝一下酒的滋味。

我颤颤巍巍举起酒杯一饮而尽，瞬间就喜欢上了这种感觉，我像是喝下了一条火龙，而这条火龙又在我的五脏六腑里为非作歹到处乱窜，这让我的思维超常活跃，四肢异常轻盈，内心深处升腾起想要飞翔的渴望。

至于飞去哪里，肯定是清醒时不能到达的地方。

一日三餐

我十八岁前,几乎没做过饭。先不说我是家中长女,单单对于一个女孩子来说,这也的确有点过分。如果不做饭也是一种福气的话,我的这个福气就是祖母给的,祖母缠过脚,不能下地干活,只能在家收拾家务,照顾家人的一日三餐,我也就免去了那个年代女孩子们必有的做饭之累。

祖母是河南人,二十世纪六十年代到新疆后,她依然保持着老家的饮食习惯。虽然历史上第一个厨师之乡出于河南长垣,有着一千多年历史的"洛阳水席"至今仍负盛名,但在我印象里,河南人较能吃苦,能吃苦的人心思大多都不在吃上。新疆又属苦寒之地,冬季漫长,寸草不生,是吃不到新鲜蔬菜的,一年里有大半时间几乎都是在吃能长期贮存的几样菜,土豆、白菜、萝卜等,它们不是被放在地窖里,就是被腌在大缸里,即使再有天赋的厨师也做不出多少花样,更何况大字不识一个的祖母,所以,家里一日三餐也就相对简单。

早饭，祖母几乎每天都是打甜汤。最早用玉米面打，俗称玉米面糊糊，后来白面多了，就改为白面。相较于白面，玉米面糊糊只能做淡的，不能放盐，秋季新磨出的玉米面，放上南瓜或红薯，文火慢炖，熬到厨房里到处都充盈着香喷喷甜蜜蜜的味道，像是谁在空气中撒了一把糖，喝起来口感浓甜，有点像现在孩子们的甜饮料。而用白面做的甜汤就多一些花样，如果吃淡的，有高级的做法，飘个鸡蛋花进去，黄是黄，白是白，看着就引人食欲。若吃咸的，做出来的汤就和它的"甜汤"之名起了冲突，更接近于河南的名吃胡辣汤。那时物质匮乏，祖母竭尽所能，往汤里放些碎粉条、小葱和碎花生粒，再调上盐和胡椒粉，异常好喝。打甜汤虽说稀稠自行掌握，但无论是玉米面还是白面，都以稀为好，一旦黏稠，喝到嘴里就像糨糊一般，让人难以下咽。

也有无论稀稠都把它当作糨糊的人，比如我家老徐。他第一次跟我回新疆，在火车上就郑重其事地对我说："你家不会每天早上都喝甜汤吧，我可吃不惯。"那时，还想着别委屈了他，到家便偷偷说给祖母，让把早餐的甜汤改为大米稀饭。现在想来，老徐语气中明显有着地域歧视的意味。在我看来，河南人的甜汤如同西方人的牛奶，做起来方便简单，喝起来养胃养人。

喝甜汤，祖母会配些小菜，冬天大多是泡菜。将泡菜从大缸里捞出来切好，炒一下有种特别的香味。若切成丝直接吃，也下饭。我们有时也吃干菜，将干豆角用水煮过凉拌或炒，吃起来很筋道，越嚼越香，我很喜欢吃。到了夏天，有了新鲜蔬菜，或凉拌，或清炒，花样多起来，就有了更多的口舌之乐。

除了甜汤和小菜，早饭还要有馍，毕竟馍要比汤汤水水顶饥。馍都是祖母蒸，我到了十二三岁，最先学会的就是蒸馍。说来也是迫不得已，母亲忙地里，祖母年岁渐高，手脚迟钝，一个人蒸馍，往炉膛里填柴烧水，又惦记着揉面做馍，就有些顾头不顾尾，每逢周日，祖母就喊我过来帮忙。最先是让我帮着烧火，烧了几年，我的个子长起来，能够到案板了，祖母便让我学着揉面。用酵头引发的面要放碱先揉，面和碱需充分融合，揉面就成了大工程。揉到功夫的面，蒸出的馍大而暄腾，面香四溢。很多时候，馍一出锅，我和弟弟妹妹闻到馍香，似乎嗓子里瞬间便长出一千只小手，每只都想伸进馍筐，实在等不及下地的父母回来一起吃就先吃上了。

馍，不光早饭吃，中午吃汤面时也吃，地里活重，父母光吃稀不顶饥。吃捞面，擀六口人的面要比蒸馍费力气得多，一般都是过节或家里来客人时才吃。吃捞面要炒菜拌面，冬天杀了猪，菜里都会放点儿荤腥，夏天炒鲜菜，有西红柿和辣椒，红红绿绿，拌面就特来劲。中午有时也吃米饭，那时米少，每到吃米饭，我和弟弟妹妹总是恨不得吃到喉咙口了再吃半碗，祖母总说吃米费饭，但每回要么不蒸，要蒸就蒸满满一锅，尽着我们吃，这样的时候并不多。我们正长身体，一碗一碗的米饭吃下去，还惦记着锅底那一层金黄喷香的锅巴。即使当时吃不下，也会留着后半晌当零食吃，这样就不再惦记着吃晚饭，因为晚饭祖母大多都是做烩菜，有什么烩什么，我们都不爱吃。

小时候最盼过年，为那几毛压岁钱，也为能吃到平时吃不上的美味。年三十，家里必烧油锅，母亲早早起来把炸油饼的软面发上，再和一大块硬面炸麻叶和江面条用；面醒一遍，一分为二，炸麻叶的面放上芝麻，炸江面条的面放些砂糖，揉匀了再醒。等我们起床，母亲会让我们帮忙，把前一天泡过的大豆铺在案板上，用小刀把豆皮划开一道小口；这是油炸大豆的首道工序，费时费工却必不可少。也有人家偷懒，将整个大豆倒进油锅，大豆遇热油后炸裂，"噼啪"之声响如炮仗，滚烫的油四处飞溅，让人无法近前，只得盖上锅盖，待油凉后才敢上前。

炸的这些东西，这一天祖母和母亲都会尽着我们先吃，她们边炸我们边吃，剩下的，母亲放在柳条筐里，挂在杂物间的房梁上，要吃到出正月。年夜饭吃饺子，这也是河南人的习俗，饺子有面有肉有菜有汤，是全乎饭，预示着来年要风有风要雨得雨。母亲会选一个又大又圆的饺子皮放上馅，再放一枚硬币，谁吃到谁就是家里最有福气的人。总是弟弟慢腾腾吃到最后，不争不抢，风轻云淡般吐出那枚冒着热气的硬币，不动声色地诠释出"有福之人不在忙"这句话的含义。

初一早上还吃饺子，这也有讲究，年尾接年头，福寿连绵。天不亮，母亲就喊我们起床接福，正是贪睡的年纪，在寒冷的天气里从热被窝里爬出来是件很困难的事。但初一早上，我们都异常乖顺，因为有新衣服穿，吃完饺子，父亲还会领我们去院子里放炮。

到了下午，真正意义上的大餐来了，一年里吃不到的东西都会在饭桌上出现。我记忆最深的是，有一年，从不下厨的父亲心血来潮，用猪肝灌香肠，上锅蒸时多处爆裂，出锅后味虽微苦，依旧让我和弟弟妹妹们新奇不已，上桌后很快就被我们一扫而光，只是不解它为什么会爆裂。多年后，随老徐去人民街灌香肠，才明白当年父亲用的是整肠，而非剥离出的肠衣。我家这顿较平日丰盛许多的晚餐，却没有预示着"年年有余"的鱼。新疆鱼少是原因之一，再就是鱼刺多，大人们怕卡住小孩子的喉咙。

　　此前，我对鱼的认知都是出于书本，到宝鸡后才看到真正的活鱼，而杀鱼的经历更是让我终生难忘。第一次买鱼时我刚结婚，在菜市场看到自由自在畅游的鱼，很是稀奇，买回一条，拎到家后，面对乱扑腾的鱼却无从下手。等老徐下班回来告诉我，如果实在下不去手，可以先把鱼摔晕。这条鱼最终死在老徐手上。过了几天，我又动了买鱼的心思，想检验一下自己杀鱼的胆量和技术。按老徐说的，我把鱼摔晕在水池子里，刮鱼鳞时鱼一动不动，我心中暗喜，到了挖鱼鳃时，鱼却突然醒了，拼命挣扎，又从我手里滑脱，我哭笑不得。这次杀鱼，虽按老徐指点，但还是以失败告终。

　　婆母是上海人，虽离开家乡多年，一日三餐还保持着南方人的饮食习惯，早上煮牛奶时打荷包蛋进去，主食是面包或点心。我结婚很长时间，吃下那一小碗牛奶和鸡蛋，总感觉没吃饱，虽然这样的早餐看上去高级，却没有祖母那一大碗甜汤喝得实在和舒畅。有时婆母也会打醪糟，放一些砂糖，带着酒香，甜滋滋的，我很喜欢喝，也许因为在新疆从不曾喝过吧。后来听人说醪糟喝多了会醉，我感觉这话有些悬，毕竟醪糟里酒精含量极微，谁会有那么大的肚子把自己喝醉。

　　和婆母同住五年后，在单位分到了房，开始自己做饭过小日子，三餐大多还是延续着婆母的饮食习惯，只是把早上的牛奶改为豆浆或粥。中午下班回来，时间再紧张也要吃米饭，在老徐看来，做米饭要比做面方便得多，吃面说起来简单，要做精细还真需费些工夫，吃米饭就不同了，进门把米焖上，不慌不忙地洗菜切菜，切好后在油锅里翻炒几下，很快就炒好了，饭也熟了。

年夜饭也是吃米饭炒菜，只是丰盛得多，除了家人都爱吃的几样，要有鱼，还有清炒豆芽，也叫如意菜。而这顿饭，必做新的，预示着新的一年开始了。初一早上，婆母包元宵吃，将一块猪板油揉进碎芝麻或碎花生做馅，糯米粉兑水和成团，不像面粉那样粘手，之后包上馅下锅煮。连着吃了几年元宵，我总觉得这顿饭缺点啥，遂提出异议，婆母便改为吃饺子。如今想来，这仅仅是从小养成的习惯在作祟。

吃饺子，对于婚后的我来说，比在家乡时容易多了。很快我便发现，只要因生活琐事和老徐生气，互相憋着一口气谁也不理谁的时候，老徐就会包饺子。面对一个肯给我一只一只捏饺子的男人，我还有什么气可生的呢？

倒不是我不爱吃元宵，记忆里最难忘的一次，是我在石河子毛纺厂上班的时候，二十岁的我，一个人在简陋的单位宿舍用一只五百瓦的电炉子下过一次元宵吃。也许是火太小的缘故，元宵还没煮熟就全散了，黑芝麻流得锅里到处都是，而我却吃得异常香甜。

一个长在北方戈壁的女子，却喜食南方食物，这让我自己也百思不得其解。

老家

因在国企上班的缘故,每年会有那么一两次例行公事,在表格上填写自己的籍贯。我总会毫不犹豫地填写上河南荥阳,那个在我户口本上称为祖籍的地方,那个在奶奶和父亲心里称为故乡的地方。河南荥阳于我是陌生的;虽然我也曾在那里生活过几天,但当时年龄小,已不记得那个偏僻的小山村,那个叫楚家村的地方到底是什么模样。但因着奶奶和父亲,因着这永远也割舍不断的血亲,我也被永久打上了那里的烙印。

1976年深秋,地里的农作物收获完毕,父亲领着一家老小,从我的出生地新疆石河子,回他的出生地河南荥阳。那一年我六岁,弟弟不到五岁,妹妹只有两岁。作为家中长女,从小就乖巧懂事的我,在此次行程中被母亲安排了照看弟弟的任务。弟弟正是调皮好动的年纪,一不留神,就会消失在我们的视线中;而妹妹被母亲抱在怀里还总是哼哼唧唧地哭泣。可以想象得到,正值壮年的父亲对于这次返乡探亲,是下了很大决心的,毕竟,上有小脚的母亲，下有还需人抱的幼女；毕竟路途遥远，那时的交通又远不如现在这样发达和方便。

从我家居住的畜牧队步行到连队，再到营部的班车乘坐点，父亲扶老搀小，内心却很喜悦。到乌鲁木齐火车站时，已是中午时分。第一次看见火车站，第一次走进候车大厅，这一切对于我们孩子来说很是新奇。供乘客候车的座椅，我已不记得它们的存在了，因为我们不曾坐过。奶奶和我以及弟弟，挤坐在一个大尿素袋上，里面装着准备带回老家的棉花，而父亲和母亲则站在我们身边。来去匆匆的旅客在我们眼前出现或消失，最终，他们都将去哪里？我拼命想啊想，却想不出个所以然。各种嘈杂的声音充斥着候车大厅，给我留下了深刻的印象。在以后的岁月中，每当我想起"火车站"这三个字，脑海中就会出现那样的情景。

火车上几天的旅途生活，经过岁月的磨砺，细节早已从我的记忆中消失，隐约记得在郑州火车站下车，再坐大巴去荥阳，最后搭车回村上。经过几天的辗转，父亲提在胸口的那股劲，一直到村口才松懈下来。夕阳照在黄土塬上，到处都是一派秋色，老家要比新疆暖和，空气里有一种热乎乎的东西在流淌。父亲似乎忘记了继续照顾我们，独自一阵风似的跑得不见了踪影。奶奶笑眯眯看着父亲远去的身影却不言不语，她理解父亲这一刻的心情。路过一户人家，奶奶停下脚步，迟疑中越过低矮的院墙朝院内张望。或许是看到了院里某个熟悉的物件，奶奶笑着径直推开院门，嘴里叽里咕噜冲屋里说着什么。事后我才知道，这座院子是奶奶三妹的家。

正不知所措，却见父亲和一个推着木制独轮车的老人向我们走来,"叫爷爷!"父亲冲着我和弟弟说,又对母亲说:"这是咱叔。"虽是第一次见到这位爷爷,但对他这个人还是有记忆的,他每年春节前总是给我们寄柿饼。那个年代,这些东西在新疆很稀少,每次收到包裹单一家人都特别开心。这小小的柿饼对于我们孩子来说只是食物,是享受的美味;对于奶奶和父亲来说却是纽带,是乡愁,是家乡独有的惦念和亲人的情谊。

那次回老家,我们都住在爷爷家。爷爷个子很高,我们便叫他高爷爷。高爷爷总是穿着一件黑色的棉袄,衣襟及袖口已磨得发白发亮,腰上系着一条黑色布带,防止冷风往棉袄里灌。那时每家都穷,人也就没那么多讲究,能省则省,很少有人在棉袄里穿秋衣秋裤的,高爷爷很瘦,那条布带就显得尤为重要。

高爷爷老两口和儿子一家生活在一起。高奶奶个子并不高,但我们顺沿了高爷爷的叫法。高奶奶性格很好,整天笑眯眯的,颠着一双小脚,忙前忙后招呼我们,给我们做吃的。后来,从奶奶和父亲的闲聊中得知,叔叔并非高奶奶亲生,是抱养的。叔叔话少,很能干,一天到晚都在忙碌,不是忙家里,就是忙地里。婶子也是利索人,在家带孩子很少出门。或许因为几个大人的溺爱,叔叔和婶子家的那个男娃和弟弟差不多大,却害羞胆小,母亲到哪他就跟到哪,或许是第一次看到家里来了这么多陌生人的缘故吧。

饮食上,给我留下记忆最深的是红薯。河南的红薯外形多是椭圆的,肉色偏白,蒸熟后口感干面;而新疆的红薯形状是细长的,颜色发黄,吃在嘴里又软又甜。一方水土养一方人,或许从小吃惯了,总觉得新疆的红薯好吃。高奶奶除了蒸红薯、烤红薯,还给我们压红薯面条吃,蒸熟的红薯去皮压碎,再放进深色的杂粮面，从压面机里像粉条一样挤出来，呈褐色，下在锅里满屋都是薯香，口感稍甜，很有嚼头。

父亲和奶奶商量走亲戚的事，"回来一趟不容易，都尽量走到吧！"父亲对奶奶说。于是，在高爷爷的带领下，我们一家六口，几乎天天都行走在那个偏僻小山村的土路上，今天这家，明天那家，生怕遗漏了谁家。如今在外生活多年的我，可以猜想得到，父亲当时的心情一定是非常激动和愉悦的，虽说不上荣归故里，但看着跟在自己身后的母亲和妻儿，成就感也会油然而生吧。

老家的亲戚于我而言都是陌生人，那里的风土人情于我也是新鲜的。第一次看到半山腰挖着住人的窑洞，这种窑洞和新疆的地窝子呈现出截然相反的两种状态，一个向上走，一个向下走；第一次看到宽宽大大的灶台，人可以蹲在锅后烤火；第一次惊奇地发现，在冬天，绿莹莹的水萝卜还长在地里，可以随吃随挖。这一切，和新疆都是如此不同。

那次回老家，是在新疆生活了40多年的父亲唯一一次探亲。直到2004年，66岁的父亲去世，他再没回去过。

母亲曾对我说过，奶奶去世后，父亲心里最惦记的事，就是把27岁就开始守寡的奶奶的骨灰带回河南老家，和爷爷合葬在一起。只是父亲万万不曾想到，在自己母亲去世后不到半年，自己也离开了。

说到这里，母亲更多的是对父亲离世的惋惜，毕竟，母亲对于父亲的老家也和我一样，只有那么几天的记忆。而对于父亲来说，那个称为老家的地方，一定是他到了另一个世界依然想回去的地方。

念念不忘

有多少分离就有多少念念不忘。当一场纷纷扬扬的大雪,顺着自己的记忆如绽放的星辰缓缓飘落在梦里时,我知道,这场雪一定来自家乡。而当年,我并没有在意那些漫无边际的大雪。我期待着雪以外的生活,便聆听不到落雪的声音,我被外面的繁华所吸引。

可是,当我真正开始城市里的生活时,每到冬至,我却总会想起小时候在家吃饺子的情景。或许正应了那句"每逢佳节倍思亲"的诗句,在我心里冬至虽不是什么节日,而仅仅是一个小小的节气,但所有能唤起关于家乡的美好记忆的日子,都如节日般隆重且弥足珍贵。

从我记事起,除过春节,家里很少包饺子吃。母亲总是家里家外地忙,做饭的事儿都由奶奶操持。对于年迈的她而言,包六口人吃的饺子是件非常困难的事。或许,稀有的食物更得人喜爱,或许,冥冥之中上苍就许我这点口舌之乐,我从小便喜欢吃带馅的食物，尤其是饺子。知女莫若母，每到冬至，母亲总会放下手头的活包饺子给我们吃。冬至，也就成了我心心念念惦记的日子。

冬至前一天，母亲会起个大早，先去杂物间，把菜窖上用玉米皮编织的盖板拿开。当一股泥土和蔬菜混合在一起的气味冲上来时，母亲深吸一口气，这既陌生又熟悉的味道让她很陶醉，脑海里显现出自己在春日菜地里劳作的情景，母亲在菜窖口站了一会儿才慢慢离开。

吃过早饭，母亲喊了父亲一起来菜窖旁。杂物间里很暗，父亲慢慢俯身坐在菜窖边，低头望一眼黑咕隆咚的窖底，隐约看到竖在里面的木梯，便把两只脚踩上去，小心翼翼转身，一手接过母亲递来的马灯，一手扶梯子，一阶一阶慢慢下到菜窖里。随后，母亲开始往下吊柳条筐，她手里的粗麻绳一点一点变短，直到只剩下绳头，母亲弯下腰探头往窖里看。当父亲瓮声瓮气的声音从菜窖里传来，母亲开始往上拽绳子，颤颤悠悠，一筐白菜或白萝卜便被母亲拽上了地面。

饺子馅几乎每年都一样，白菜和白萝卜最家常，家人也都爱吃。白菜和萝卜都是母亲自己种的，自留地就在我家院子的东面。除过冬季，母亲每天醒来第一件事便是去地里，像个不停旋转的陀螺，挖地，撒种，浇水，收获……母亲总能找到活干。这些蔬菜接受和感知着母亲对它们的爱，也不辜负母亲，总比别人家地里的蔬菜长得旺盛，不但承担起整个冬季为家里六口人提供能量的光荣使命，而且给母亲带来很大的成就感。母亲喜滋滋地把它们一个个储存在菜窖里，让它们离开土地依旧保持着鲜活。

在母亲和面时,父亲翻出一块旧菜板拿到院子里擦去灰尘,放在桌上开始剁肉馅。父亲手里的刀频繁起落,噼噼啪啪的声音此起彼伏,响彻家里的角角落落。奶奶把白菜洗净切丝,用盐去水,剁几下就装进大盆,再切一些葱姜,撒上盐和五香粉,和父亲剁好的肉馅搅拌在一起。

将白萝卜擦成丝后要先在开水里焯,不然煮熟的饺子吃起来有股苦味儿,还有些生硬,这奇怪的现象让当时还年少的我很诧异。我讨厌焯萝卜时散发出的奇怪味道,说臭不臭说呛不呛,我悄悄躲在里屋,随手找出一本书翻得哗哗响,想用远离的方法来逃避自己讨厌的气味。

母亲高声喊我出去烧水煮饺子,我拖着双脚不情愿地来到灶房。可一进灶房,我的心情立即愉悦起来。皮薄馅大、白生生小元宝似的饺子,被母亲整整齐齐地码放在高粱秸串起的箅子上,它们身上都沾着少许面粉,依稀透着肉馅的粉红,透着喜气,波浪式的褶皱紧密挨在一起,和微微上翘的两个饺子边儿组合在一起,就像年画里挑着灯笼的孩童的脸庞。

奶奶擀饺子皮有诀窍,只须两手同时压着擀面杖,用巧劲轻轻一推一回,饺子皮便在案板上转起圈来,很快,一个又圆又大厚薄适宜的饺子皮便擀好了。这些在奶奶手下旋转着的饺子皮一度让我产生幻觉,它们像女人跳舞时穿在身上带着细小褶皱飞舞着的长裙。我再大一些,曾跟奶奶学习擀饺子皮。奶奶告诉我,擀时一手往前推一手朝后拉,在两种力的作用下,饺子皮才可以转起来。可我却怎么也配合不好,直到现在还未学会。这也让我明白,我们每个人不是每件事情都能做好,哪怕是最简单的事情。

　　煮熟后的饺子静静躺在盘子里，热气腾腾，泛出一种透亮的光华。饺子消散了我胃里的饥饿感，带来了自己灵魂深处渴望的温暖。傍晚时分，母亲会把包剩的饺子馅分成几份拿到杂物间冻起来，下次吃时拿出一块，解冻后味道一点也不比新鲜的差。

　　最终，我还是离开家乡去了远方。2008年母亲来宝鸡时，冬至已过，可妹妹依然对母亲说："老妈，哪天包饺子吃吧，最爱吃你包的饺子了。"妹妹说出了我心里的话。看来，她和我一样，对母亲包的饺子也是如此惦念。

　　第二天，我像母亲当年那样起个大早，去菜市场买回肉馅和白萝卜，以及各种配料。母亲和面调馅，我和妹妹给母亲打下手。这天中午，我们吃上了母亲包的饺子。放下碗的瞬间，我和妹妹不约而同叹了口气，妹妹说："老姐，我怎么觉得这饺子没有小时候吃起来香了呢？"

　　的确，日子越过越好，却再也吃不出小时候的香味儿了。可又是什么在占据着我们曾经的记忆，牵扯着我们孤独的灵魂，让我们对它念念不忘？

　　我无法回答，我无能为力，只能任由暖暖的阳光自由出入。

女人与花朵

喜欢花儿似乎是女人的天性,我也不例外。

第一次养花是在我十二岁的时候,养的是一盆仙人掌,我把它种在家里的一只破陶罐里。如今我还记得陶罐的模样,却记不起当时为什么要养它,又是哪来的花苗。那只种了仙人掌的破陶罐被我摆在院子里,就放在门边,每天上学放学进出院子都会看见。仙人掌好养,除了星期天清晨我惦记着到缸里舀一大瓢水去浇它外,再无其他特殊养护,它却生发了很多枝枝丫丫,每一枝都一片一片攀长上去,两三年里,它竟如小树一般高大繁密,却总不见开花。我有些失望,不知问题到底出在哪里。最终,它因根部无法承受自重,在某个夏日午后骄阳的暴晒中轰然倒下。看着一地青绿的狼藉,我倒没有特别伤心,毕竟,对它没有付出太多,也不曾看见它开花。

到我上高中的那年,新来一位班主任,三十岁左右的年纪,刚生过孩子不久,高个子,皮肤不白却很有光泽,两只眼睛转动起来流光溢彩，大波浪的头发垂到腰际。她性格温和，我们都喜欢上她的语文课，更喜欢下课后黏在她身边，听她讲一些趣闻逸事。一个周末，她邀请同学们去她家玩，我们十几个同学坐在她家院子里的台阶上，院子不大，靠墙是一个小花园，细嫩的花秆上五颜六色的花朵在风中轻轻摇曳。我不知那是什么花，只是觉得好看。老师给我们泡茶，进出倒水，不经意间就碰到那些晃动的花朵，有那么一刻我感觉老师和这些花朵有相似之处，颇有北周诗人庾信《春赋》中"眉将柳而争绿，面共桃而竞红"的风韵。老师的爱人也在家，高高大大的男人站在台阶上，明亮的眼神追着自己的爱人走，让我们女生很是羡慕。

老师告诉我们，这是格桑花，只需一点点土就能发芽开花。我不知自己是喜欢花儿多些，还是喜欢花儿的主人多些，忍不住问她要了花种。来年春天，我把种子撒在自家后院，此后一周的时间，放学后我先不回家，而是去看花有没有发芽。格桑花开起来很美，却不娇气，一场雨后，长出密密麻麻的一大片，渐至郁郁葱葱，到夏天，繁密的花朵让后院焕发出奇特的美。长长的暑假，我学习的场所因这些花儿而移至后院。坐在花丛中，守着姹紫嫣红的花儿，嗅着花香，很多时候，花朵在风中轻轻拂过我的身体，那种痒痒的感觉恍若梦中，似乎自己也变成了它们其中的一朵。

工作后住宿舍，几次起了养花的心思，最终只得作罢，毕竟宿舍是公用的地方，不能由着自己的性子来。去同事家玩，见她养花，有十几盆，都摆在阳台上。有一盆我特别喜欢，肥肥厚厚的叶片纹路清晰，在阳光下油亮发光，我忍不住想伸手抚摸，最终却因心存敬意而放弃。站在阳台上，我对着能给自己带来异样感的叶片看了很久，暗下决心以后自己一定要养上一盆。这是一盆橡皮树。

结婚后，和婆母合住，房后就是厂里的花圃。很多个黄昏，我都喜欢站在阳台上朝外望。我的目光没有被远处的山和云所吸引，而是径直看向花圃，里面没有名贵的花，品种也很单一，但只要看见那些姹紫嫣红的花儿，我内心的欢喜便随着沉沉的夜色弥漫开来。花圃里也有橡皮树，浓密而壮实的叶片在黄昏夕阳的映照下发出奇特的色彩，我一下又想起自己曾许过的愿，可转身环视自己居住的狭小房间，只得轻叹一口气，真的无法再摆下一盆高高大大的橡皮树了。

终于有了自己的家，还在装修时，某一天我路过自由市场，看见有卖花的人，红红绿绿摆了很多，看来看去，还是觉得橡皮树耐看，站在那里思忖很久，最终没忍住买回一盆，共四株，都很小，只有两三片叶子，摆在婆母的阳台上，和那些旧纸箱、空酒瓶挤在一起。直到一个月后，才将它们移至新买的陶瓷花盆里，搬回自己的小家。

我经历了十二年的时间，才真正拥有这盆喜欢的植物。

屋子大了，有地方养更多的花了，便时常去逛花市，每次都会买花回来。可是，在花圃里开得正旺的花，搬回家后，土和盆依旧，也按照卖花人的嘱咐浇水施肥，却很快就只见绿叶不见花了。心里总归有些难过，也想了不少办法，却并无改观。过不了多久依旧去买，像是一种习惯。

是花就会落，只是时间早晚而已，但开几天是几天，这几天总归是开心的。每逢过节和自己生日，我一定会买花回来。玫瑰、月季、百合，哪一种我都喜欢。将花插在花瓶里摆上餐桌，感觉家里一下亮堂许多，也增添了节日的仪式感。为让花朵多开几天，我会在水里放少许盐。很多时候，花已枯萎我还舍不得丢弃，把它当作干花来养，也为自己增添了不少乐趣，直到花枝腐烂，才心不甘情不愿地扔进垃圾筐。

某天下班途中，看见园艺工人正更换道路两边的雏菊，很多花还开着就被胡乱扔在一旁，心里不免替花惋惜。花儿也有生命，如若是人，心里一定会生出被抛弃的疼痛吧！忍不住蹲下身一枝一枝捡起来，直到自己抱不下为止。到了自家楼下早已无力上楼，便仰头喊爱人出来接。他下楼看我如此，便笑着打趣："我以为是花仙子降临咱家了呢。"回到家中，我顾不上洗手吃饭，先找出花瓶，安顿好雏菊方才安心。那几日下班回家，推门进屋一片金黄，仿佛进了一座大花园。夜晚睡下，在黑暗中依然能感觉到灿烂的光在照耀着自己。

收到最大的花束是在三十六岁生日那天。十多年过去，我依然清晰记得中午十一点多，快下班时接到花店的电话，说有人订花给我，让我去厂门口取。心里不免忐忑，谁会送花给我？却怎么也猜不到。当我看到三十六朵炫目的红玫瑰扎成的花束时，我的心在那一刻也绽放开来。谁送的花呢？我抑制着喜悦的心情打电话问爱人，爱人否认，逗我说："老实交代，谁送你的花？""我要知道还会问你吗？"我笑着反驳他。抱着花束回家，一路上就像女王捧着王冠般开心。无论这花是谁送的，总归是爱我的人，而被人爱又是一件多么幸福的事情啊。直到妹妹打来电话问我有没有收到惊喜，我心底的疑团才解开。而接过花束那一刻的惊喜，成为我此生永难忘记的美好。

自此，爱人也知道了我对花的痴迷，每年我生日那天，他都会买花回来，火红的玫瑰，虽只有一枝，却表明他一心一意。每当看到他带着一枝玫瑰回家，我内心便升腾起自己被他捧在手心的感觉。

读迟子建的散文《女人与花朵》，文末她这样写道："我想花朵也许是女人的魂灵，而蜜蜂则是男人的魂灵。当蜜蜂嗡嗡地叫着从这朵花又跳到另一朵花上时，花朵还是静静地待在原处，一如既往地开放着。"细想真是如此。不得不承认，男人和女人永远无法绝对平等，女人在生命中多了被动，多了等待。

女人有着如花的容颜，更有着易随岁月凋谢的不堪。但是，有爱的人一直陪伴在身边，花开花落又有什么关系？

旗袍

说来好笑，我对旗袍最初的记忆竟来自小人书中女特务的造型。的确，虽是黑白画页，也只有巴掌大小，但那女人纤细的颈项被精美小巧的立领环绕，修长的身躯被凹凸有致的线条紧贴，波浪般的卷发流泻于腰部最细处，开衩的下摆像湖面被夏风吹拂的两片荷叶盈盈舞动，款款摇曳，步步生韵。这炫目的美，让当时还不到十岁的我，只看了一眼，便欢喜无比。随后，就狠狠为那个女特务打抱不平起来：如此美丽的女人怎能是坏女人？

女人爱旗袍就像爱花朵一样，是与生俱来的，更像是命中注定。自此，旗袍便如上苍赐予我的一道神光，在我幼小而贫瘠的心间铺展开来。很多个黄昏，我独自走出家门，站在苍茫荒凉的戈壁滩中遥望远方。夕阳将落未落，彩霞像神女织就的锦缎，沉静中带着斑斓。我瘦瘦的身躯里生出无限能量，相信不久的将来我就会成长，多了勇敢，这片斑斓的彩霞就会离自己越来越近。

我甚至想象，自己年轻而充满弹性的肌肤被布料包裹的感觉。这布料若是丝，便如流水滑过河岸般舒畅；若是棉，便如被怒放的花朵亲吻般愉悦；若是麻，便如被青梅竹马轻握了手掌般亲切；若是缎，那必如祖母敞开胸怀散发出的温暖……

在对绝美旗袍的憧憬中，我开始渴望自己能有一个配得上旗袍的身体。我的个头蹿起来，也仅仅如此。很多次，我低下头，目光越过自己平坦的胸口，心里就有些恨恨的，太不争气了，这样的身材前不凸后不翘，就算是有了心仪的旗袍，能穿出风情万种的模样吗？

我身体的密码似乎是被自己想拥有旗袍的欲望打开的，随着这欲望日渐浓厚，我成长起来，走起路来像风中摆柳，袅袅婷婷。众多的目光投向我，男人多是贪婪的，女人多是嫉妒的，于是，我开始渴望有一道与众不同的目光，他应该来自一位帅气的男子，他偷偷望我一眼，我便在他一闪而过的眼眸里捕捉到了自己的影子。无疑，他一定像我一样喜爱旗袍，有时甚至比我更甚，以至于我分不清他到底是喜欢我还是喜欢我穿的旗袍，这让我没了安全感。某个夜晚，这念头搅得我无法安眠，我忍了又忍，终是跑去拦住他，摇动着他的手臂，大声质问："你说，你说，你到底是爱旗袍，还是爱我？"

当被我在心里质问过无数次的那个人真出现在我面前后，不久，我也得到了自己仰慕已久的旗袍。正是人间最美的四月天，南方小城苏州，我和爱人旅行结婚至此。也是黄昏，从火车站出来，拖着沉重的旅行箱，一抬头，我就看到了西边的云彩，不知为何，脑海中立马闪现出自己站在戈壁滩中遥望远方的情景。时光似乎回到了从前，我内心便生出期待。预感告诉我，在这美丽的小城一定会有事情发生。

熙熙攘攘的人流把我拥到街上,我四处张望,似乎想要遇见一位新朋,又似乎在寻觅一位旧友。当我的目光看到它们的时候,便被牢牢吸引住,我不由自主放慢了脚步,朝着街道两边的商场走去。

"试试吧,姑娘,你个子高,又瘦,穿旗袍一定好看。"卖旗袍的大姐似乎看透了我的心思。而我的内心却是胆怯的,望着这些绝美的旗袍,我在心里问自己:"我真的可以穿出旗袍的韵味吗?"

旗袍大姐望一眼站在我身边的爱人,拿出一件紫红色旗袍,在我身上边比画边说:"这件颜色好,正适合结婚穿,以后参加聚会也穿得出去。"

的确,那件旗袍不仅做工精细,颜色我也喜欢。但我却把目光投向一件月白色的旗袍,想象自己穿上它一定像月光一样静谧,像流水一样波光粼粼。

望着镜中的自己,正如旗袍大姐所说,高挑的自己真有穿旗袍的身材,而爱人赞许的目光更增添了我买下它的决心,虽然它颜色稍浅,并不适合日常穿。

就像当初自己在心里预测的那样,这件旗袍我仅在婚礼答谢宴上穿过一次,便被收进了衣柜。可我从未忘记它的存在,是它让我在某个时刻成为自己和爱人心中最美的新娘。

日子似乎都是重复的,就像大街上那些千篇一律的衣装,未免让人生厌,也消磨着我对生活的热爱。每当我感知到自己的内心像一潭死水一样不再起波澜,不再有激情,我就会打开衣柜,取出结婚时买的那件旗袍,轻轻褪去身上令人沉闷的日常衣衫,把它穿在身上。看着镜中优雅而美丽的自己,与平日判若两人,瞬间便心生欢喜,仿佛一切都是崭新的,一切都可以从头再来。心中还有期待,生活也多了柔情蜜意……

我喜欢这样的感觉,此后,我开始寻找一切穿旗袍的机会。单位组织年会,或许因为都有旗袍情结,几个女人心有灵犀,决定来一场旗袍秀。从最初的走台步开始,在专业老师的指导下,近一个月的练习,让身穿旗袍的我们多了一份自信和从容。当走下收获了无数掌声的舞台,我无法立即褪去身上的繁华,坐在后台一角,我轻声问自己:"为什么你只敢在舞台上穿它?"半明半暗的灯光打在纱幕上,如梦幻般。人已散尽,我轻抬双臂环抱胸前,把脸颊紧贴在自己身上,像是贴住对旗袍的情有独钟。最终,却没有任何答案,我还是无法打败自己。

很多年后,冥冥之中遇见文字,遇见那个敢于在一片灰蓝色中山装中独秀旗袍之韵的张爱玲,一切似由天定,面对那张让所有知道她的人都过目不忘的老照片,岁月如梭,青山不再,而身穿旗袍的她,却像一朵常开不败的花儿,恣意绽放在时光长河中,叉腰的双手仿若给予她更多的支撑,高昂的头颅就像兀自开放的花瓣,极力上扬的眉眼和唇角是花蕊,满目狂傲不羁,尽显不甘和不屈,直视着给予她疼痛和欢愉、平淡生活和激情的人世……

那一刻,我仿佛看见文字如汹涌的河流,翻滚出滔天巨浪,给予她无尽的力量,而她,身着黛色旗袍立于水中央,淡然自语:"八岁我要梳爱司头,十岁我要穿高跟鞋,十六岁我可以吃粽子汤圆，我要吃一切难以消化的东西……"那一刻，我仿佛看见站在戈壁中眺望远方的自己，遇见了同样也只有十二岁的张爱玲，她正抬起自己小小的脚，踩出细碎的印痕，穿过人来人往的马路，用此生第一笔稿费买回一件心仪的旗袍。那一刻，似乎听见她对我说："噢，你也在这里，真好！"

行走在路上

我小时候，一年四季脚上都穿着母亲做的布鞋。每到冬季农闲，母亲就会把家里的旧床单、旧衣服找出来拆散洗净，压平晾干，一层层抹上糨糊铺在一块木板上，立在火墙边烤，等干透了用剪刀铰成鞋底、鞋帮的形状，在鞋底贴上一层白棉布，用麻绳密密实实纳一遍，给鞋帮覆上一层黑绒布，用棉线包边，再将鞋底和鞋帮上到一起，一双鞋就做成了。这样的鞋看上去笨了点，穿在脚上却透汗舒服，禁走耐磨。那时大家都穿，没什么可比性，也就不觉得难看。

买第一双鞋，是我13岁那年。长长的一个冬季，我的个子一下蹿起来，雪化完，脚上的老棉鞋热得穿不住了，我嚷嚷着让母亲拿单鞋出来。虽然母亲做单鞋时已预先放大了一码，可当我把脚伸进鞋里时，还是感觉到了紧促，我低下头，使劲弓起脚心把脚趾往前伸了伸，依旧提不起鞋后跟。"你这死丫头，怎么长了这么大个脚片子。"母亲边笑边打趣我。

现做鞋是来不及了，第二天，母亲领我到营部的小商店去买鞋。母亲站在柜台前左看右看，相中一双深蓝色的球鞋，看上去既耐脏又轻巧，我试穿后就再没脱下来，让售货员把我的旧棉鞋包了起来。这双鞋我连穿了半个月，母亲日紧夜赶，很快就给我做好了新布鞋。母亲对我说："丫头，买的鞋不禁穿，两双鞋换着穿。"买的这双鞋实在太好看了，我嘴上答应着心里却不以为然，母亲每天早早下了地，我依旧穿着球鞋去学校。

那时，买鞋穿的同学很少，就连老师也都穿着手工布鞋，我能感觉到同学们落在我脚上羡慕的目光，这让我感觉自己每走一步都像踩在云朵上，很有些飘飘然。这种滋味太美妙了，我初次尝到了虚荣带来的快乐，虽然这双鞋比母亲做的布鞋要捂脚得多。

到了暑假，我突然发现球鞋大脚趾位置的鞋面被顶得又稀又薄。我心里一惊，明白这双鞋快被我穿破了。这可怎么办呢？让母亲再给我买一双这样的球鞋，估计可能性不大。我想了想，只得把球鞋脱下来，仔细洗过晾干放到床下的鞋盒里，等开学再穿。

我心里一直惦记着床下的球鞋。一天晚上，我看见球鞋的鞋面上真出现了大大的破洞，我抱着鞋哭起来，这还怎么穿呀？开了学，同学们看到我的鞋成了这样，还不定怎么笑话我呢？我伤心地哭出声来，惊醒后却发现是自己在做梦。我赶紧爬起来，摸出床下的鞋盒。鞋子当然没破，但这个梦提醒了我，让我有了危机感，一定要想办法再买一双这样的新鞋回来。

整整一个暑假，我穿着母亲做的布鞋去附近砖厂给人搬砖。

一块两块，一摞两摞，我流了很多汗却不觉得累。到开学的前一天，我结了工钱，第一件事就是跑去营部的商店买回来一双新球鞋。虽说是自己付出劳动光明正大买回的，但我心里知道，这动力源于自己的虚荣心。那个暑假，搬砖让我磨破了母亲做的两双布鞋。

到了高中毕业时，学校举行典礼，让每个班都准备一个节目。班主任说，分手在即，这次隆重一些，成人了，要进入社会了，男生穿西服打领带，女生穿裙子配高跟鞋，咱们每个人都参加，来个大合唱。我回家说给母亲，母亲二话没说就领我买了一双高跟鞋。现在想来，那双黑色的猪皮鞋做工粗糙，并不怎么好看，根根毛孔都看得清清楚楚，高跟也是我不喜欢的粗跟。但那时的皮鞋款式很少，我也没见过比这双更好的样子，当时我穿上它心里美得不行，觉得它就像公主脚上的水晶鞋。

等毕业典礼结束后，便再没有穿这双鞋的机会。来来回回都是土路，穿着高跟鞋脚和鞋都受罪，我只能把这双鞋收起来。偶尔一个人在家也会拿出来穿上，在镜子前走几步转几圈自我陶醉一番。其实，那时家里只有一个挂在墙上的小镜子，也看不到脚，只能看到镜中自己满足的笑脸。至于为什么满足，那时的我从未想过。

或许，人越得不到啥就越渴望啥。此后，我对高跟鞋的热爱一发不可收拾。到石河子纺织厂工作后，上下班都是柏油路，终于可以穿高跟鞋了，但实习期工资很低，也不好再问母亲要钱，为买一双上海产的象牌黑皮鞋，花去我四十元钱，当时下了很大决心，那几乎是我一个月的工资，我吃了很久的咸菜才攒够。

穿高跟鞋也有不方便的时候。儿子一岁多时，我每天早上骑自行车送他去幼儿园，再到单位上班，时间很紧张。有一天早上，我刚把自行车停在厂门口对面的停车棚里，上班号响起来，我怕迟到就一阵猛跑，结果一只鞋掉在了厂外，人却因惯性冲出去五六米远进到了厂里，惹得站在门边的两个门卫忍不住哈哈大笑，看他们如此我也笑起来，尴尬中，跳动着一只脚返回身去捡鞋。

即便是这样，很长一段时间，无论是走长路还是爬山，我依旧爱穿高跟鞋。为此，身边的同事和朋友经常问我，你个子这么高，又不在乎那几公分，受这样的罪，图个啥？我笑笑，除了告诉她们我喜欢穿高跟鞋之外，并不多做解释。每个人的喜好不同，感觉有异，很多事情是无法说清楚的。

而我之所以对高跟鞋情有独钟，自己想来，一是因为我爱穿裙子，配高跟鞋好看；二是因为我有些驼背，穿上高跟鞋就会不由自主地抬头挺胸，整个人立马精神了很多。谁不喜欢自己更好看呢？哪怕让双脚受些累，也是值得的。

随着年龄渐长，穿着高跟鞋走路感觉越来越累，很多时候外出，我都会在包里放一双白球鞋，走长路时，便找个无人的地方换上，自己的脚也就不受罪了。我也不知道自己为什么会这样，仅仅是为了好看吗？好像也不全是。

今年退休了，我回到家乡。母亲拿出她做的手工布鞋，我脱掉捂脚的旅游鞋，进出都穿着布鞋，感觉很舒服，仿佛又回到了小时候，有一种说不出的惬意从心底流出，似乎什么都被我放下了。

有一次上街，出了门才发现自己忘了换鞋，脚上依然穿着母亲做的布鞋。我抬头看看四周，人很多，都行色匆匆忙着走自己的路，没有谁把目光放在我脚上。我突然明白，以前的我，想法太多，也让自己的身心饱受了痛苦和煎熬。

　　一路走来，如今的我，褪去牵绊与繁华，越走越真实，越走越自在。

防空洞

只要闲下了，防空洞一下就会从我的记忆里跳出来。它张开被岁月磨光了牙齿的嘴，意味深长地笑笑，然后亲切地对我说："嗨，小姑娘，好久不见，你还好吗？"

面对它的问候，我有些不知所措，而这样的称呼仿佛让我看见了二十八年前的自己。初到陌生的城市，摒弃在家时的坏脾气，对车间里遇见的每一个人微笑，内心却隐藏着不为人知的孤单和对未来生活的迷茫。在别人眼里，我正是最好的年纪，离开了兵团日出而作日落而归的辛苦，在城市有一份工作，虽然纺织厂"四班三运转"的作息，让我经常在夜晚上班白天睡觉，但看起来是光鲜的。

每周下了夜班，回宿舍美美睡一觉，醒来已是下午五点左右，我和同事张云便结伴去六路公交车站。这是唯一一趟通往市区的公交车，我们每人花两角钱坐到最繁华的步行街。我俩不怎么逛，直奔经常去吃的那家凉面店。吃熟的地方不用特意招呼，坐下来没两分钟,戴着白色围裙笑呵呵的老板娘准会把多放了油泼辣子的凉面端过来。我们边吃边聊,吃完再喝一瓶酸奶,便直奔防空洞。

张云个子比我还高,留着短发,猛一看像是男娃,细看就觉出女娃的娇媚,皮肤白皙,五官清秀。上高中时,张云就有了男朋友,是她父亲战友的儿子。两家经常走动,两个年轻人在一起就成了水到渠成的事。我曾见过那个男娃,个子不高,长相也一般,大脑门上的发际线很高,有着明显的秃顶趋势,很显老,比起张云的青春靓丽,在外貌上逊色很多,但他在市郊变电站工作,单位效益好,张云可是合同工,他俩也还算般配。那个男娃有两次来宿舍找张云,我恰巧也在,他见谁都笑眯眯的,性格很好,对于男娃来说,这无疑是很大的优点。他也倒班,却经常和张云倒不到一起。

天色暗下来,我和张云顺着长长的阶梯往下走。防空洞的铁门很沉重,我使出全身的力气才把门挤开一条缝,侧过身留出空隙让张云先进去,然后小心翼翼转身,把脸冲着门,两只手紧紧拉着铜质门环,以防身体被门的自重拽倒。

如今想来,防空洞真是个奇怪的地方,修建它是备战用的,万幸的是,它始终没发挥出真正的作用,一直闲到20世纪80年代末。似乎一切都准备好了,所有的事物都敞开大门接受着新奇的东西,不管这东西是好是坏。无论白天还是夜晚,人们似乎都有大把时间,这太多的闲暇时光,让人有了空虚感,人们都不愿待在家里,总想出门去。出了门,不能总在街上闲逛,总要干些什么,跳交际舞的风就刮起来,越刮越烈,防空洞被改成舞厅似乎是命中注定的事。

防空洞在步行街的北面，上面是广场，台阶从广场东边伸向地下，如果不细看很难发现它的存在。晚上去那里跳舞的人大多单身，真正谈恋爱的男女倒嫌那里人多。也有已婚的男人去，我总感觉这些人去防空洞，抱着一种让我非常鄙视的想法。

那时流行跳三步四步，只要会走路的人都能跟着音乐跳起来。伴奏的乐手都是20世纪60年代从各地到石河子支边的知青，以男性居多，他们很有才华，《喀秋莎》《莫斯科郊外的晚上》之类的苏联歌曲，还有周璇的《天涯歌女》《花好月圆》《夜上海》等，都会演奏。那时大家听音乐都是用录音机放磁带，很少有乐队演奏，有了乐队感觉舞厅的档次就上去了。上台主唱的两名歌手，男的五十多岁，穿一身劣质西服，白衬衫的领子高高立着，系着黑色领结，很有绅士风度，唱起歌来也专业。女歌手二十出头，和那时的我年龄相仿，据说也是疆二代，化着浓妆，假睫毛粗硬得翻翘在眼皮上方，从台下望上去，她的眼睛像两个深邃的黑洞，声音倒很甜美，但唱高音时偶尔会跑调。

那时舞厅跳舞的规矩是，音乐响起，男娃便走到自己心仪的女娃面前，伸手做出邀请姿势，只要男娃外表不算太差，一般都不会遭到拒绝。跳上一两曲，若聊得来，二人便成为固定舞伴，舞会结束，男娃送女娃回家，如能互留联系方式，两个人就算进入了恋爱初级阶段。那时石河子还没有正式挂牌的婚介所，于是，来防空洞的人越来越多，它的名气也越来越大，有些单身男女初次约会也会把地点选在这里。防空洞越来越像一个自由的婚介所。

很多时候我和张云并不跳舞,只是坐在一个阴暗的角落里,默默注视着眼前发生的一切。一次,坐在旁边的一男一女引起我们特别的关注,男的穿着军装,"是个团长。"张云小声对我说。我很佩服张云这一点,能通过军装上的标识来辨别职务。"我怎么感觉这男的有三十多了?"我小声对张云说。再看女的,二十出头的样子,很羞涩,戴一副黑色半框眼镜,书香气很浓。那时,全中国的女娃都喜欢找军人做终身伴侣。他们只坐了一会儿便走出防空洞,或许这里音乐太吵了,并不适合两个人说话。

我们竟然在防空洞还碰到过卖凉面的老板娘,她主动打招呼,我们才认出她来。她浓妆艳抹,穿着黑皮裙,和平时判若两人。那时传言,穿黑皮裙的女人是"小姐",使刚刚叫开的这个称呼一下又从人们的嘴里消失。还有人说,街上那些白天在人多处灰头土脸低头擦皮鞋的女人,每到夜晚灯红酒绿时,也大多从事着"小姐"的职业,她们会混在防空洞跳舞的女人中寻找客人。这让我们很好奇,觉得一个人活成了两种身份,转换间一定很辛苦。再去吃凉面,我和张云心里不免嘀咕,想换一家,最终还是无法抵御吃习惯的美味,只是看她的目光里多了一些复杂的内容。但老板娘面色并无任何不妥,依旧很热情,也恢复了朴素的装束。

在防空洞里,我们还目睹过一次打架事件。起因是两个男人同时过去邀请一个女人,不知是女的太矫情,还是男人脾气太火爆,吵了起来,接着在音乐声中,两个男人如两头斗牛,互相撕扯追打。大家都未预料到会发生这样的事,那个穿着红裙子的女人很无辜地愣在一边,如同一块招惹是非的红布。直到保安出来调解才算完事。这段小插曲并不妨碍大家跳舞的兴致，倒是为接下来的陌生舞伴提供了新的话题。

我还在防空洞里遇见过一位初中男同学。城市并不大，当时那位同学在一家回族餐馆打工，我偶然经过那家店，他正在门前卖烤肉，或许是我的外表有不小变化，看到我他犹豫了一下才用试探的口气问："你是不是一四二团一营的楚秀月？"那是一个春天的傍晚，夕阳如碎金照在我们年轻的脸上，他自来卷的黄发上戴着一顶白色厨帽，眼睛愈发显得又黑又亮，我一下就认出了他。我停下脚步，站在烤架边和他说话。他告诉我，他想好好学厨艺，开一家真正属于自己的餐馆。我离开的时候，他让我再来找他。

一周后，我真的去了。也说不出要去的理由，仅仅是因为他的邀请。那是一个早晨，我下了夜班，仔仔细细化了妆，独自一人坐公交车过去。他在店里，却没有了那天初遇时的激动和爽快。我们坐在空荡荡的饭厅里，因为不是饭点，没有一位顾客。他告诉我餐馆的一些基本情况，说到老板的女儿时，他压低的声音让我觉得可疑。顺着他的目光，我看到厨房里影影绰绰一闪而过的身影。这让我感觉很好笑，我便不再说话，气氛尴尬起来，我很快就离开了。

两个月后的一个晚上，在防空洞的音乐声里，那位男同学突然出现在我面前。只是短暂的对视，我们都挪开了目光。最终，我还是没忍住，目光越过舞伴的肩膀，偷偷看和他跳舞的那个女娃。女娃五官很漂亮，少数民族特征明显，个子不高，微胖，也是自来卷，两个人看上去很般配。应该是餐馆老板的女儿吧，我只在心里嘀咕了一下，人群里，仿佛一眨眼的工夫，他们就不见了。

有一天我突发奇想，白天防空洞里又会是怎样一番情景？此念一起，便时刻纠缠着我。几天后的一个清晨，我和张云下夜班后直奔防空洞。她和男朋友刚刚分手，神情沮丧，一路上低头跟在我身后一言不发。防空洞的门大敞着，我们像从前那样轻轻走进去，发现里面灯火辉煌，有很多人，这是我们不曾想到的事。仔细看，原来正在举行一场西式婚礼。新娘娴静羞涩，穿着漂亮的白色婚礼服，长长的婚纱拖在身后。主持婚礼的牧师问高大帅气的新郎："不论她生病或健康，富有或贫穷，你都愿意始终忠于她，直到离开这个世界吗？"新郎温柔地看着新娘回答："我愿意！"

三十年过去了，那些曾在防空洞里遇见的人，如今有着怎样的生活？时光飞逝，其间发生了很多事，个人的，城市的，国家的，但我知道，防空洞一直都在，静静地藏在家乡的一个广场下面。它的存在，是一段特殊的时光，是一种特别的记忆；而曾经走进它的人，一定和我一样，感知到了它曾经的迷茫和改变。

如今的防空洞担当着怎样的历史使命呢？我猜不出，万事万物的变化实在是太快了。

城市里的灯火

我不敢出声,深一脚浅一脚跟着父亲,父亲的脚步也踉踉跄跄的。路灯很亮,只是我走近其中一盏时才发现,这使我不由自主地低下了头。脚下的水泥地发出"砰砰砰"的声响,有些虚张声势。父亲的影子被灯光拖得很长,我一下一下数着父亲的脚步。

路灯仿佛睁大眼睛看着我和父亲,我们是城市的闯入者。我不知道路灯注视我们的目光里有没有疑问,我只有18岁,刚刚高中毕业,还读不懂太复杂的目光。我所经历过的目光还很少,有些目光最初是友好的,甚至是温暖的,突然有一天却莫名其妙变得冰冷;而有些目光,在给我惊喜之后又狠狠伤害了我。我就有些害怕,不敢把自己所有的目光都押在路灯身上。

我努力探究着路灯对我和父亲的态度。我这样做的时候,刚刚走过一盏路灯,它明亮的光被我的脚步一点一点地遗弃。而前面的那盏路灯,光还不是很亮,这让我有了勇气,不再胆怯。我抬起头，直盯盯地望着路灯，直到能看清围绕灯光的那些小飞虫轻轻扇动的翅膀；直到那些光刺得我睁不开眼睛。我低下头，又开始数父亲的脚步。

我试图看清父亲的脚印，却发现是徒劳的。在那么多路灯的注视下，我竟然没有发现父亲的哪怕一个脚印。父亲走过去的时候，从干净宽阔的水泥地上把他自己的脚印也带走了。于是，我便有些伤心，我开始怀念曾留在自家房前院后的那些脚印。虽然在漆黑的夜晚，家人出门常常会拿着手电筒，但那些脚印依旧是清晰的，仿佛刻在土地上一般。更多的时候，即使我摸黑出去也绝不会走错方向，更不可能把自己摔上一跤。该过水渠时，我会伸长腿使劲跨过去；该上坡时，我会稍弓一下身子让自己少使点力气；而假使我面前有个大坑，闭着眼睛我都能趟过去。我太熟悉养大自己的那个地方了。

从我家到石河子并不远，只有两小时车程，我却感觉走了一整天。我和父亲来的时候他扛着一个木箱，手里还拎着一个尿素袋子，里面满满当当装着杂七杂八的东西，晒干的红辣椒，新摘的青辣椒，刚从地里收回不久的绿豆、黄豆、大豆，还有两盒点心，两瓶新安大曲。父亲每次拎起或放下它们的时候，总是小心翼翼，这些或硬或软或生或熟的东西，也就乖乖地相安无事。

父亲把曾在河南老家一起挖过煤的老乡叫国英哥，父亲让我喊他叔叔，喊他爱人阿姨。叔叔个子瘦高，阿姨矮胖丰满。叔叔阿姨都有一双会说话的眼睛，他们先看一眼父亲，又把目光挪向父亲身后的我，上上下下把我仔细打量了个透。我从他们的眼睛里看到了我不喜欢的东西，我便沉默起来。

叔叔住平房，那房子带着一个不大的院子，门楼修得很壮观，一边一个石狮子，威风凛凛地俯视着门前路过的人。"我住不惯楼房，"叔叔对父亲说，"分房的时候，我坚决不要楼房，找厂长批了块地，盖了这个院子。"叔叔并没有炫耀的意思，叔叔有这个能力，他是厂里机修车间的主任。

叔叔阿姨有三个小孩，老大是男孩，正读高中，满脸青春痘，面色忧郁；老二是个异常灵动的女孩，一双大眼睛水汪汪的，功课念得并不好，可叔叔一点也不在意；老三是男孩，看上去缩头缩脑，总是溜着墙角走路，我想了很久，也想不出他为什么会这样。

父亲在叔叔家住了一夜，第二天一大早就离开了，我一个人留在了石河子。叔叔带我去厂里——我即将工作的地方，就在家属区的东面，走路过去十分钟左右。叔叔告诉我厂里的一些情况，他负责的机修车间担当着全厂所有机器的检修任务，工作环境恶劣，技术含量高，大多是男性。他安排我去细纱车间，已经给车间的一个副主任说好了。

细纱车间里又闷又热，像个大蒸笼，里面机器的隆隆声也特别大，和我想象中的差别很大。我喜欢安静的工作环境，有一张办公桌，桌角放着绿植，阳光顺着窗户照进来，照在绿植的叶片上，也照在我身上。可是，我只是一个纺纱的临时工，有什么资格去要求那些呢？虽然我很失望，但也只能接受。叔叔把我领到那个副主任的办公室，交代几句就离开了。

我有三个月的学徒期。我的师傅是一个比我年长不了几岁的女人，气质出众，异常漂亮，刚刚生过小孩还在哺乳期，休完产假才来上班没几天，需要被照顾，带个徒弟就多个帮手，工段长就把我分给她带。在看见师傅的那一刻，我便接受了这里恶劣而嘈杂的环境。她是真正的城里人，那么漂亮都还在这里上班，我有什么理由嫌弃这里呢，我安慰自己。

我的宿舍在一幢七层高的单元楼里，就在家属区，离叔叔家不远，是去厂里的必经之地。一楼是门面房，面朝南，通往市区的六路公交车站就在楼下，银行和邮局在这里，厂里唯一的商店也在这里，阿姨就在商店当出纳。二楼以上是厂里以车间为单位分配的单身宿舍，楼门朝北，这样就和马路上的喧哗隔开了。我没有和细纱车间的人住在一起，叔叔把我安排进机修车间的宿舍，在一单元三楼。叔叔说，机修车间女工少，宿舍空铺多，住着安静。两室一厅的结构，我住北面的小卧室。两张双层架子床，下层住人，上层放杂物。此后，在这里，我开始了"四班三运转"的挡车工生活，开始了所谓的城市里的生活。

每到星期六晚上，只要我不上班，又没别的事，我都会去叔叔家，一个人的夜晚实在太长了。我并不想这么频繁地去，但父亲临走时嘱咐过我，我只好听父亲的。我轻轻推开宿舍的门出去，楼道里很安静。天已全黑下来，马路上冷冷清清的，我加快脚步朝着叔叔家走去。这条路我已走过多次，两旁的路灯很亲切，我的心情突然愉悦起来。

叔叔家总有客人来，也总是那么几个人，大多都是叔叔车间的同事。人来了，阿姨便铺好麻将桌，让他们陪叔叔打麻将，自己去烧一大壶水，等水开后扔进去一大把茶叶。茶香混合着说笑声，还有搅动麻将牌的声音，屋子里一下便热闹起来。

几乎每次去叔叔家我都能遇到一对夫妻，男人是叔叔车间的司机，叔叔外出时都是他开车；女人以前在我上班的细纱车间当纺织工。结婚不到半年，男人便求叔叔帮忙，把自己的媳妇调到厂里的资料室。他们结婚已有两年，还没有孩子。每次女人来总是带着一枚亮闪闪的钩针，和总也钩不完的毛线团。毛线团都是用细细的开司米绕成，以白色和粉色居多。女人一脸骄傲地对阿姨说："我们结婚时的床罩都是我自己钩的，粉红色的。"阿姨便看她一眼，眼睛里放着光："那一定很漂亮吧？"女人点点头。下次再来，女人手里换了另一种颜色的毛线团，对阿姨说："姐，我给你家也钩个床罩。"阿姨便笑："这怎么好意思呢！"声音大得有些夸张，说完，骄傲地朝正坐在那里打麻将的叔叔看上一眼。

还有一个男人，我只在叔叔家碰到过一次，他个子不高，头发很长，像是在社会上混的人。他看到我时眼睛里泛出一些我很陌生的光，这些光让我害怕，更让我讨厌，我便转过头去不再看他。他和我打招呼，我只是笑笑。他一个人滔滔不绝，说他开着公司，专门维修电机，和叔叔所在的车间有业务往来。他看出我的冷淡，和叔叔说完事情就匆匆走了，似乎很忙。他走后，叔叔阿姨说起他，说他公司上上下下就他自己一个人。此后不久，我再去阿姨家，阿姨把我叫到小房间，高举着手让我看她手指上戴着的金灿灿的大戒指，并告诉我是那个男人送的，"他曾去阿尔泰淘过金子，挣了不少钱。"阿姨压低声音："可他老婆却跟别人跑了，这世上还有这么傻的女人。"阿姨似乎在替逃跑的那个女人惋惜，然后笑眯眯地望着我说："哪个女人要是跟了他可真是享福呢!"我望阿姨一眼并不接话,我无话可说。

来叔叔家的常客里还有一个四十岁出头的男人,长得很端正,是叔叔车间计调室的主任。听阿姨说,他三十几岁才找到自己心仪的女人。那女人离过婚,长相一般,但身材非常好,既丰满又窈窕,她生过一个孩子,由前夫带着。女人和男人过了七八年,却突然闹得不可开交,不管不顾回到以前工作的南山煤矿,和前夫复了婚。这个男人整天愁眉苦脸,阿姨给他介绍别的女人他都不见。他来叔叔家总是坐在屋角的沙发上,不说话,也很少和大家一起打麻将。阿姨有一天突然就训他:"天下的女人都死光了?"阿姨说这话时有些恨恨的,她还说了句不堪入耳的话。有两个正和叔叔打麻将的人听到这话都抬起头看,调侃了句什么,其他人跟着笑起来。我坐在屋角,昏暗的灯光照过来,稀里哗啦的麻将声响了一次又一次。我不知道是阿姨的话让我难过,还是麻将声让我难过。我连招呼都没打,就从阿姨家里走出来。那是一个寒冷的冬季。

我很久都没有再去叔叔家,我不知道通往叔叔家那条路上的路灯,在石河子漫长的春季有没有坏掉一个;我不知道它们在天亮后熄灭的时候,有没有伤心过;我不知道有一天黄昏,当一个手拿玩具的小男孩敲打它们身体的时候,它们的灵魂有没有疼痛;我不知道那天它们看了我逃跑的样子,是否知晓我被践踏的自尊正在难过;我不知道它们有没有想起我,我已很久没有路过它们了。

整个夏天,我都对阿姨的那句话耿耿于怀。偶尔闲下来,我就去爬山,一个人爬到山顶对着脚下的城市大喊大叫,仿佛在发泄心中的不满，陌生的行人用诧异的目光看我，我也不在乎。有时，在黄昏我会顺着公路一直走，看来来往往的车流在我身边飞驰，看我身后的宿舍楼越来越小，看远处夕阳正慢慢下沉。我的眼泪悄悄流出来，我不去擦，在这个城市，没有人在意我的感受。我不知道自己为什么会哭，没有人了解我，连我自己都不了解自己。

父亲和母亲赶着毛驴车来看我时，我才发现整个夏天已不知不觉过去。他们到叔叔家时已是下午，深秋的阳光还很暖和，小毛驴满身是汗，车上拉着给叔叔拿的东西。叔叔家的院门小，毛驴车进不去，父亲和母亲就一次次把车上的东西拎到叔叔家的院子里。小毛驴睁大眼睛乖乖站在那里，看他们忙忙碌碌了许久。或许是因为出了汗，小毛驴突然打了一个响亮的喷嚏，把站在一边的叔叔阿姨吓了一大跳。

叔叔阿姨很热情，留我们吃晚饭。天渐渐黑下来，父亲母亲执意要返回。父亲怕毛驴拴在院外被路过的人牵走；母亲怕毛驴没有草料吃，叫声会打扰到叔叔的邻居。

我去送他们时，天已全黑下来。"真美啊！"母亲望着灯火辉煌的城市说。的确，这些灯光像星星般铺满整个城市，它们散发着迷人的光彩。但在我眼中它们是如此虚幻，我不喜欢这虚幻的光彩。城市的灯火静静地望着我，它们也一定不理解我。

我脚下长长的路似乎没有尽头，望着父亲母亲消失在远处，我在心里猜测，他们到家应该是清晨了。那时，太阳一定升起来了。

忧伤的午后

30年前,为了认识雷霆,我特意请张燕吃了顿饭。那顿饭是在我居住的小城最繁华的步行街上最有名的饭馆吃的。虽然张燕阻止我点那些特别贵的菜,但还是花去我近半个月的工资。当我俩打着饱嗝从富丽堂皇的饭厅出来时,我心里稍稍有些难过,此后半个月,我每天都得省去晚餐以弥补宴请张燕欠下的亏空。可我一点都不后悔,我太想见到雷霆了。

雷霆是张燕姑姑家的儿子,张燕喊他表哥。单凭这一点,我肯定犯不着请张燕吃饭,最直接的原因是,雷霆是位作家,又在我所居住的这座小城鼎鼎有名。

20世纪80年代,文学异常繁荣,那是一个仅凭一首诗就能改变人命运的时代,而雷霆就是这样幸运的一个人。白天,他趴在地里一身汗一身土地干着农活;晚上,趴在桌上一个字一个词地写着诗歌。功夫不负有心人,他终于在国内某大刊上发表了一首诗歌。就像鞭炮被点燃了火捻子,瞬间一声炸响,他就轰动了西北这座偏远的小城。如果那时就有"一座城因谁而沸腾"的说法，那么，可以毫不夸张地说，雷霆就是那个让一座城沸腾了的人。

那时雷霆到底有多牛，每逢文友聚会，寒暄过后问对方的第一句话必是："你认识雷霆吗？你读过雷霆的诗吗？"仿佛提一下雷霆的名字都会有无限的荣光，更以认识雷霆为骄傲。那时的雷霆，就是神一样的存在。很快，雷霆就被石河子市文联以引进人才的名义从农场调到了市里，从一个每天早晚两腿泥的农场职工，摇身变为市文联《绿风》杂志社的一名编辑。好事成双，没多久，一直无人肯嫁、到30多岁还打光棍的他又有了女朋友，据传，那女孩是某纺织厂的工会主席，不仅才貌双全，还是名将之后——女孩的祖父在解放新疆的战役中曾立过功。女孩因读了雷霆那首诗而疯狂地爱上了他，认识不足三个月便义无反顾地嫁给了他。于是，雷霆更加成了人们眼中传奇式的人物。

当张燕告诉我雷霆是她表哥时，我手里正捧着一本《绿风》杂志如痴如醉地读着。张燕来宿舍找我是想让我陪她逛街的，我一口就回绝了。比起耗时耗力地逛街，我更喜欢躺在宿舍里舒舒服服地看书。"我给你买雪糕吃。"张燕诱惑我。正是天热的时候，我只是想象了一下雪糕在自己嘴里融化时的美好感觉，依旧不为所动。张燕百无聊赖，在宿舍里像一只无头苍蝇似的乱转。突然，她发现了印在编辑栏里雷霆的名字。"雷霆是我表哥。"她说这话时漫不经心，更像是喃喃自语，可在我听来绝不亚于耳边炸响的巨雷。我一下扔掉手里的书从床上坐起来，定定地望着她问："你刚才说啥？雷霆是你啥？"我根本不信张燕的话。

"雷霆是我表哥!"张燕望着我又重复了一遍,"是我大姑的儿子。"张燕看我不信便补充道。这回我彻底听清楚了,猛地站起身一把拉住她的手,兴奋地在房间里转了三大圈,搞得她莫名其妙,直到我对她说:"哈哈,得来全不费工夫。走,我们逛街去,你不用给我买雪糕,我请你吃饭。"

我不知自己当时为什么会那么渴望见到雷霆。吃完那顿我青春期里绝对算得上是最豪华的午餐,张燕领着我直奔雷霆家。一路上我心潮澎湃,无数个念头像夜晚城市的灯火般闪烁不定,雷霆会是怎样一个人?今天周日,他会不会外出?如果在家,和他聊些什么?他亲切还是高冷?要不要把自己的诗拿给他指正?如果他媳妇在家,我该怎么称呼她……

似乎一眨眼的工夫,我和张燕就到了雷霆居住的市文联家属院。张燕敲门,很快,一个五十岁左右的男人出来开门,看年龄和外貌,我以为是雷霆的父亲,直到张燕开口喊他表哥……

他就是雷霆吗?我把这人又仔仔细细打量了一番,他脸色苍白,又矮又瘦,头发很长,乱糟糟油腻腻地粘在头皮上,看上去贼眉鼠眼的,目光里闪着一些让我不屑的东西。至于那东西到底是什么,我揣摩很久才解读出,有在这个城市寄人篱下的委屈,也有因留恋此处生活而有的讨好。

他哪里有半点"作家"的风采呢?坐在雷霆家中,我不知说什么才好,只有沉默,任时光在雷霆和张燕家长里短琐碎而无趣的闲聊中流走……

毫不夸张地说,自此我对文学失去了狂热之心,更对作家丧失了崇拜之意。以前曾被我视为心中花园的文学之地,也一下变成了戈壁荒漠。一个大名鼎鼎的作家，看上去竟如此猥琐。腹有诗书气自华，难道书上所说的都是骗人的吗？对此，我耿耿于怀；不是说相由心生吗？不是说人如其文吗？为什么会这样呢？我异常失望。

时光如流水，三十年过去，我早已忘记了那群被称为"作家"的人。直到三年前，机缘巧合，我在西安参加一个活动，看到了陕西那位十分著名的作家。那一刻，我的内心异常激动，他太有名了，几乎两三年就有一部几十万字的长篇小说出版，之后很快便被国内著名导演改编成电视剧，之后中央台、地方台轮番播出；他的签名售书更是购者如云，大家不仅想看他的文字，更想趁机一睹他的风采。因异常繁忙，他的身影在现实生活中很难见到。

我想，他以"著名作家"的身份被人簇拥时，自己内心也一定很骄傲吧。那一刻，想和他合影的愿望是如此强烈。于是，在活动休息的间隙，不知哪来的勇气，我把手机交给一位朋友，在众目睽睽之下走向高高的主席台，对正襟危坐的他说："老师，我可以和您合个影吗？""可以啊。"他听到我的声音轻轻转过头，满面笑容地对我说。之后，他又抬起手，指指自己身旁的座位："你坐下照。"那一刻，我看到他目光温暖，就像一位慈祥的邻家兄长。

合完影，我从主席台上下来，又远远地朝他望过去。他穿着深蓝色的夹克衫，黑色长裤，满面笑容地和邻座的人说着什么，丝毫看不出和周围的人有什么不同。那一刻，我曾经以为高高在上的主席台，也不似往日那般高不可攀了。

前年再回家乡，我又遇见了张燕，站在马路边，我俩聊起当年在一起吃的那顿豪华午餐。说及雷霆，张燕告诉我，他早已退休回家，每天练字打拳，再无诗作问世。那也是一个午后，空气里一些忧伤的气息弥漫开来，包围着我和张燕。听她此言，我唯剩叹息。这长长的一声叹息，最终也被"艾青诗歌馆"门前的风吹走不见了。

一个人的行走

总以为时间还多,总以为身体尚好,可谁知,再有力的双手也难托举起日落西山的无奈;再年轻的身体也会被岁月挫败成此疼彼痛的悲哀。明日的太阳是崭新的,明日早已不复明日。有谁能预料明日的天空是阴是晴?又有谁知风沙何时会来?而风过之后,沙会不会将明日的美好覆盖?

无数次,我在电话里向母亲承诺,等着我,我很快就来。等我回到家乡,我领着你逛南疆,看一看南疆的大巴扎都有什么在卖;转北疆,探一探喀纳斯湖是不是真有水怪。电话那头的母亲,笑声似乎能盖过一片辽阔的草原,草原上骏马奔驰、牛羊成群,让我心荡神驰,忍不住快马加鞭。

有什么事情不可以放下?有什么风景比家乡更美丽?有什么事会比陪伴母亲更让我牵挂?可当我千里迢迢回到家乡,看到母亲的那一刻,却遭遇了前所未有的透心凉。在我眼里,一直健步如飞的母亲,竟因腰椎骨质增生需挂拐才能挪动几步,从卧室去客厅都成了难题；在我心中，从来有病睡一觉便满血复活的母亲，竟整日整夜躺在床上呻吟不止。

面对这种状态的母亲，我知道，一定是上苍在考验我的孝心，弥补我多年来不能在母亲身边尽孝的遗憾；也一定是上苍在提醒我，去珍惜每一份亲情，去拥抱每一个当下。当生活只给了自己一种可能，我们在安然接受的同时，一定不要忘记尽最大的努力，去寻找可能出现的多姿多彩的风景。

带母亲去医院做检查，离车站只有几十米的距离，我跟在母亲身后，感知着衰老后疾病对她的无情侵犯。母亲挪动一步就汗如雨下，她让我先走，我只能先走，我不能让她着急。我头也不回快步走到车站，远远站着，看母亲像蚂蚁一般艰难挪行，任时光就这样一分一秒过去。

母亲终于慢慢好起来。陪她回一四二团认证退休工资，两天的时间里，无论上车还是下车，母亲都小心翼翼。我走一步等母亲一步，性急的我时常还会蹿到母亲前面。我心里明白，此后母亲再不能长途跋涉了，假如出去旅行，也只能在周边，两三天内的时间，去远方已成为不能实现的梦想。作为女儿，我心里明白，一字不识的母亲一个人难以出门，她把出去游玩的希望寄托在我的身上，当我终于有了时间，而母亲却没有了出去的能力。我感知到母亲心里有太多的挣扎和不甘，但最后也只能接受自己身体衰老的事实。

从前的我，相信生活有无数可能，相信生命有无数精彩，相信风景一直都会站在那里等我。可是，九寨沟一场小小的地震，就让宽广伟岸的诺日朗瀑布从此不见；巴黎一场莫名其妙燃烧的大火，就让圣母院如拦腰折断般倒下。有谁知道，明天的自己能否再走过昨天的路途？有谁敢说，明天的自己目光所及一定看遍昨日的风景？我们只有今天，今天最值得珍惜。

我是新疆人，这句话在心里重复了无数次，我如此骄傲，虽然我知道家乡还落后，还贫穷，可家乡有辽阔的草原，草原上有成群的牛羊；家乡有一望无际的戈壁，戈壁上有数不尽的奇花异草；家乡有澄澈的湖水，湖水里倒映着美不胜收的景色；家乡有皑皑白雪的天山山脉，家乡有矿产资源丰富的昆仑山脉……有无数望向她的目光，有无数走向她的脚步。作为家乡的女儿，我在内心无数次把家乡的土地丈量，可正因为有着她是自己家乡的底气，这让我在多次返家探亲时，总是待在家中陪伴家人，几乎从不曾外出旅行。很多次，我都在心里对自己说，家乡，你别急，我会去看你的，只是时间早晚的问题，你等着我就好。

我内心认定的自己生命中的第一次旅行，是在上初中时，老师组织班上同学骑自行车进山，虽只有一天时间，却依旧让同学们欢呼雀跃。当一位同学骑车带着我从山坡上直冲下来，由于惯性车速过快，慌乱中我们摔倒在地。那位同学爬起来的第一句话竟然是人摔坏了没事，千万别把我家的自行车摔坏了。这句话我一直记着，记着当时坐在地上疼痛难忍时自己曾发的誓，一定不做这样的人。任何时候，人的生命都是第一位的。或许，通过旅行中的所见所闻打开视野，我们能感知到自己或他人身上的不足，并不断修正，不断进步，这才是旅行的真正意义。

还记得1991年我在石河子纺织厂上班时，单位组织天池两日游的情景。30年过去，那个住在乌鲁木齐的夜晚还让我如此难忘。整夜"呼呼"吹个不停的风,让我知道这座城市三面环山,北部像一个朝向准噶尔盆地的喇叭口,而这个喇叭口无疑是扩放风声的罪魁祸首;还知道了这个中华人民共和国成立前叫作迪化的城市,于1954年改为乌鲁木齐,维语意为"美丽的牧场"。而当我来到风景如画的天池,看到碧绿色的湖水,眼见为实,我立即推翻了以前书本上读到过的"蓝蓝的海水"。万事皆有可能,大自然就是如此神奇,致使我30年后写下了"天池的水啊,你是绿还是蓝?"的诗句。那时的我已知道,绿色的湖水来自四周松树的倒影。那满山密密麻麻的松树由飞机撒种而成,风过之处,枝叶相互亲密接触,便会发出海浪般的呼啸,这让我见识到"松涛"这一词语的现场版演绎。

能出去走走看看,真好。哪怕多年过去,看过的风景都还会在脑海里展演。而跨出去每一步的勇气,都会让自己有别于他人,这无疑是人生最大的一笔财富。

希望有人能和我一起,一起去领略路上的风景,一起去领略人生这笔最大的财富。如若没有,那么,就一个人行走吧,自己不是在心里也曾无数次期待过这样的旅行吗?

一个人,像风一样自由,想去哪里就去哪里!

峡谷柔情

从南疆归来一周后的一个黄昏，吃完晚饭，我闲坐于后院。一只不知名的小虫"嗡嗡嗡"地翻墙而入，透明的羽翼上驮着夕阳最后的光芒。它在我眼前快速飞行一圈，然后把轻盈的身体落在菜园一株辣椒的叶片上。恍惚间有那么一刻，我竟看到原本翠绿的叶片变成了金黄色。

我惊叹于大自然的神奇，感慨万事万物在特定的条件下，都可能发生平日里让我们无法相信的变化。我不由自主地在百度搜索栏里打下"库车神秘大峡谷"这几个字，此次，我搜索到了一个之前不知的信息：峡谷群山的颜色会随光线的变化而改变，中午太阳光最强时，峡谷颜色最红。

我不禁为自己的好运气而欣喜，同时，也在心里感激那天随行导游的安排。天气晴朗的午后，灿烂的阳光成为我的幸运之光，让我有幸目睹了峡谷最美的时刻。同时，我也理解了为什么和一位曾去过峡谷的文友说起，他会对那里产生异常平淡的感觉：灰蒙蒙的天空像开败的花朵，把阴沉的山峰围拢在天穹中央，让人忧郁得透不过气来；心情就像一包被吸足水分的棉花，沉重而潮湿。他去时是阴天，又近黄昏。

我不知百度的这一说法是否正确，但峡谷带给我的震撼，却强烈到持续了很久都让我无法释怀。每当我再次想起它，我的眼前便浮现出峡谷的风貌，仿佛自己还在褐红色的峡谷内行走。是的，游览那天，当峡谷的山峰以一片升腾的红云之姿展现在我面前时，我乘坐的车只是刚刚拐向通往景区的那条路。瞬间，我的心就因视觉带来的强烈冲击而被彻底征服。

天下之大无奇不有，世上还有这种颜色的山峰？我差点要喊出声来，也在心里原谅着自己的孤陋寡闻。的确，以前的自己没有观览过丹霞地貌。我让司机立即停车，语气稍显霸道，但我马上觉察出自己的不妥，便用略带歉意的语气补充道："我要下去拍照，我要去做那个追云的人。"司机笑了笑，他理解我的霸气是受周边环境的影响，然后嘱咐我："顺着脚下的路一直朝前走就是景区大门，我把车停在那儿等你们来拿门票。"

和我一同下车的还有一位女游客，看上去很年轻，留着短发，戴着一副金丝边眼镜，眼睛里闪着温和的光。我冲她笑笑，放眼朝宽阔的马路上望去，除了我和她，再无他人。我暗自庆幸有了可以互相拍照的伙伴，如果在此处不留下自己的影像，一定会后悔终身。

此刻，我与山门对视，感觉到了它身后群峰的呼吸。我始终相信，山是有生命的，只是山的生命要比人类博大辽阔许多，渺小的我们无法与之沟通。山的生命是多变而坚韧的，有时隐藏在它最深处的战栗中，有时又裸露在它最表层的缝隙里。有时沉默如石，有时欢快似光。有时只是一片叶子的轻落，有时又是一条涓涓溪水的流淌。或者，它就是一捧土，被我们结结实实踩在脚下，只要我们安静下来用心体会它的存在，一定能感知到它有力的心跳。

而我们对于它来说，就是一片飘飞的云，一缕流动的风。匆匆而来，匆匆而去，在有限的时间里投下自己的凝望，却有着生命的万千灵动。这灵动，让它成长和骄傲，让它变得博大和雄厚，此后，它生命的脉搏也会跟随我们一生一世。

相互成就，是万物生灵繁衍不息的最高境界。

我固执地认为，这处景区并非如导游所说，是1999年一个牧羊人为避雨误闯峡谷而偶然发现的。这里一定是一位长情的男子特意寻找到的，为了和自己心爱的姑娘有清静的约会之处，在某个炎炎夏日的午后，冒着暑热他出了库车城，一路向北朝着巴音布鲁克的方向寻觅至62公里处。而此处褐红色的山峰一下就把他吸引住了，只望了一眼，他整个人就燃烧起来。

他醉酒般冲进山谷，谷内山体千姿百态，而谷口那片开阔地如同一个巨大而神秘的漩涡，把他吸进峡谷深处。行至谷中，暑气顿消，一股寒凉的风朝着谷口吹过来，掠起他脚下的土沙，也让从谷里流出的天山圣水的涓涓溪面泛起微澜。他低下头去，水面上倒映着自己帅气的身影。恍惚间，他似乎成了这片天地的君王。仿佛自己心爱的姑娘就在身旁，用美丽妖娆的双眸回望着他。

时而扭曲断裂的崖壁，似劈头泼面而来的波浪，却在瞬间被某种神秘的力量凝固住悬停在他面前。他站在那儿，口中不断重复着："山无棱，天地合，才敢与君绝。"

越往里走越阴凉狭窄，越蜿蜒曲折。峰回路转处多为弧形，不知不觉便增添了几分神秘的气息。如同他爱着的姑娘，高贵而灵动，让他如此着迷。行至最窄处，仅容一人通行，两侧石壁耸立，密布着大大小小的孔洞，挂满亿万年来风浸雨蚀的痕迹。而孔洞里还有正缓缓融化的雪，泛着清亮的白，纯净而柔软。山体凹陷及缝隙处皆是皑皑白雪，随着午后气温的升高，那雪冒出的丝丝水汽在整个峡谷里弥漫开来。空气里像被蒙上了一层白纱，朦朦胧胧。脚下有雪水缓缓流过。

这些水年年不同，山亦如此。如果我臆想中的故事是真实的，而有情人又能终成眷属的话，等20年过去，这对相爱的人大致的情形是，孩子们已长大成人，两个人携手相搀迈入老年。想至此，我开始赞叹坚守爱情带来的幸福，也喟叹人类的渺小和生命的短暂。

收回思绪，我已行至谷中。在一处空旷地，出现了游客用石块堆叠的玛尼堆。小小的石块被来这里的人们赋予了美好的愿望，我也不能免俗，走到右侧悬壁下捡起一块落石，摆放在玛尼堆的最上端。希望这块石头能生出超自然的灵性，带给自己好运。

一只彩色的大鸟扇动着有力的翅膀，顺着峰顶飞进了峡谷，它欢快清脆的叫声很快落在我身后的玛尼堆上。我回过头去，看见鸟儿正站在我刚刚放置的那块石头上。我双手合十，感谢它如此迅速就将福运带给了我。它高昂着头望向天空，片刻工夫，便有一群鸟儿飞进峡谷——它一定是听到了同类的召唤。它们在空中盘旋，时不时落低身体，伸出饱经风雨而粗糙的双爪，寻找着可停之处。

此刻，一缕阳光顺着缝隙照进来，我的目光中有了迷醉的色彩。轻轻靠上崖壁，丝丝凉意传入我的身体，我从午后的慵懒中清醒，昂起头仰望高耸的山峰，伸手抚摸厚重的山体。

所有的奇迹都需要日积月累的努力。四个月后，九月初的一个秋日的清晨，我穿行在独库公路上，行至此，知道了库车神秘大峡谷是独库公路中的一段。如今，它已是国内十大最美峡谷之一。望着车窗外连绵不绝的褐红色山峰，我仿佛听见它成长的声音。这声音是山的碰撞声，是雨的浸泡声，是风的侵袭声，是雪的融化声……

我知道，它一定认出了我，知道我曾来过；而我，在看见它的那一刻，心底也涌出与好友重逢般的喜悦。

石窟里的心痛

没想到自己会如此幸运,当旅行社的车接上我,司机师傅说车上只有我一人时,我喜不自禁。昨晚导游打电话通知集合地点,我特意问了人数,说是八人。当时我还有些犹豫,对于一辆小商务车来说,人的确有些多,但我无法联系到别的旅行社,只能接受,想不到天遂我愿。抬头望一眼天空,碧蓝澄澈,丝丝云朵被风赋予了飞翔的力量,在温暖的天空里遨游。坐上车,我悄悄对自己说:今天真好,远方真好。

司机是一位热情直率的小伙子,两年前从河南老家来库车干起了旅游业。他很善谈,熟悉的乡音让我倍感亲切。车在茫茫戈壁中向东行驶,一路上很难再看到别的车。目之所及,戈壁、天空、远山、白雪,都沉浸在辽阔而孤寂的世界里,却让我的视线和心胸不由得开阔起来。大自然多么神奇,我们有能力改变它的形貌,而它也在影响我们的成长。

今天去克孜尔千佛洞,昨晚我上网查了个大概,知道它是座佛教石窟，现有石窟236个，有壁画的有86个，壁画总面积达10000多平方米，但多数已被破坏，我心里便有些遗憾。石窟位于拜城县克孜尔镇东南7千米明屋达格山的悬崖上，北依明屋达格山，南临木扎提河和雀尔达格山，其间有渭干河蜿蜒流过。此时正是枯水期，河水不大，顺车窗望出去，灰白色的石头铺满河床，只有丝带般宽的水面向东延伸。远远望见一片葱郁的绿，我知道那便是石窟了。在新疆，只要有树的地方必定有人。

我从未如此狼狈过。那位20岁出头的维吾尔族讲解员领着我们上到二层，掏出钥匙打开一个石窟的门，不到十分钟，面对我一而再再而三的违规，她终于忍无可忍，把有着长长睫毛的圆眼睛一瞪，毫不留情地当着其他游客的面训斥我："你是咋回事，那么大岁数了，告诉你不让录你还录，让我再咋说你呀？"她的话语没有因蹩脚的普通话而降低丝毫的威力，这让年近半百的我满面羞愧。我自知理亏，低下头不敢辩解。

至今想起我都无法理解当时自己的所作所为，但那一刻，似乎有神在牵引，让我不由自主地想要一字不落地录下讲解员所说的内容。仿佛不如此，我便再也没机会听到这些关于石窟的话语；仿佛不如此，这石窟就会突然消失一般。

我站在76号石窟里，这是一座以绘有众多孔雀而知名的石窟。望着高大的窟顶及四壁，我想象着当初众多孔雀存在的情景，这里一定是一座美丽的孔雀园，而如今，四壁几乎空空如也，和平常居民家的墙壁几乎无二，被铲过的痕迹仿若历史丑陋不堪的疤痕，唯有残存在洞顶的几只孔雀翎羽艳丽，每一只都栩栩如生，仿若只需一点点风的召唤，这些美丽的孔雀便会穿越时空，骄傲地亮出自己的羽毛悠然翱翔于天空。

进入有"故事画之冠"之称的17号石窟，见四壁、窟顶、甬道、龛楣到处都有色彩艳丽的壁画。无疑，这是一个遭受破坏较小的石窟。其中一幅画格外引我注目：一头满载货物的骆驼昂首而立眺望着远方。骆驼前面的两个脚夫头戴尖顶小帽，脚蹬深腰皮靴，身穿对襟无领长衫，面向前方振臂欢呼。我猜想不出他们为何如此兴奋，仔细再看，原来在脚夫前还有一人，他两眼微闭，神态自若，正高举着双手，指明骆驼商队前进的方向。不难看出，在当年的丝绸之路上，骆驼商队与佛教僧徒的密切关系。商贾、脚夫需要僧人为他们祈求平安，僧人则不仅需要商队的货物与施舍，还往往与庞大的骆驼商队结伴而行，或西去印度求法，或东去长安传经。

第38号石窟被称为"音乐窟"，其内壁画描绘了龟兹乐队演奏的场景。左右两壁上有20多位乐师，每人演奏着一件乐器，琵琶、排箫，还有手铃以及长笛等。舞者手拿璎珞准备跳舞，多是体态轻盈的少女，身穿罗衫，上身半露，或立或蹲，或腾空而起，或脚尖着地如陀螺转动。最让我感叹的是，一位舞者已妆成，正拿着璎珞照铜镜，回眸一瞥时的神态异常惊艳。从壁画上的这些细节可以想象，当时此地的繁荣景象。

开放的石窟只有6个，对此心里不免感到遗憾，却给了我更大的想象空间。在近一小时的参观时间里，维吾尔族讲解员陆陆续续告诉我们很多信息，克孜尔石窟有中国"四大石窟"之美誉，它最大的亮点是比敦煌莫高窟早了170多年。它也是我国开凿最早、地理位置最西的大型石窟群，大约开凿于公元3世纪，在公元8到9世纪逐渐停建，延续时间之长在世界各国也是绝无仅有的。其石窟建筑艺术和壁画艺术，在中亚和中东佛教艺术中占有极其重要的地位。但是，19世纪末20世纪初，这些浸透着古龟兹人血汗的惊世之作，在苦难深重的旧中国却屡遭外国考古学者和探险家窃取。接踵而至的西方探险队从此处劫掠走大量精美的壁画。如今，在许多西方国家的博物馆、艺术馆，特别是德国的柏林亚洲艺术博物馆，还陈列着大量的克孜尔石窟壁画。

　　面对满目疮痍，除了心痛，我又能怎样？我想为自己赋予更多的使命，但除了手中这支小小的笔，我什么都不能做。或许，这便是我初入石窟时，如此执拗地想要录音的原因吧。录下这些被盗取的证据，让更多的人知道，这对心怀不轨的窃取者也是一种警示，哪怕他们远在他国，天若有灵，必会以特有的方式告知其行为的恶劣，以阻挡那些让人发指的窃取行为。

　　作为游子，我感同身受。任谁，无论走多远，念念不忘的必是家乡。天涯遥远，回转无期，我相信，克孜尔石窟那些被掠夺后在异国残存的瑰宝，它们的魂魄必包藏在一次又一次漫长的回归过程中。

嘉峪关之行

每次回新疆从嘉峪关经过时,我几乎都在睡觉。无聊而漫长的返乡途中,我总是睡了又睡,用这种简单有效的方式打发时间,更是在积蓄回家的精力和感情。醒来躺在卧铺上,望着窗外高远而明晰的天空——那是过了嘉峪关后独有的天空,我总会问,已经过嘉峪关了吧?有时在心里轻轻问自己,有时问邻铺的人。无论哪种方式,回答都是肯定的,我的心里就一阵轻松,已经过去了,就别再想了。的确,每一次买票时我都在反复问自己,要不要在嘉峪关下车?要不要去看望居住在这里的亲人?犹豫再三还是决定不去。我知道,他们在嘉峪关生活得很好,或许我的出现会打扰他们的正常生活,哪怕只是几天。而这种打扰,是我内心所不情愿的。我就这样一次次从嘉峪关经过,从亲人身边经过,直到不得不去。

91岁的老人,1月18日的生日,我必须去。老人是我祖母的妹夫,也是祖母那辈唯一在世的长者,如今和女儿们生活在嘉峪关。我已不记得有多少年没见过那位爷爷了，但我还清晰地记着自己十岁以后，在寒假时常领着弟弟妹妹去姨奶奶家玩，少言寡语的爷爷总是忙忙碌碌，虽很少和我们讲话，但总会在傍晚时做一大锅汤面条，让我们吃饱了再回去。

而这次去嘉峪关，也是"蓄谋已久"，去年的"十一"长假，就和金花姑商量着去，最后还是决定几个月后在爷爷生日时回，虽然一月正是嘉峪关最冷的时候，但新疆的亲人们也许会过来祝贺——爷爷的两个女儿，也就是我的大姑和二姑，她们也都是六十几岁的老人了，已很多年没见了。

晚上十一点的车，上车后我和金花姑就各自爬上卧铺，醒来已近中午。简单吃了点东西后，收到六姑的微信，说她和四姑一起来接站。窗外的景色早已有了大西北的苍茫，连绵不断的远山很相似，影子落在空旷的黄土地上似乎没头没尾。记忆里，六姑只大我一岁，上初中时还曾和我同班两年，我俩前后桌，下课总在一起玩，接触得多，感情就深厚些。她曾在2009年回爱人老家河南探亲，返回时在宝鸡下车来看过我。而四姑，二十七年前我第一次领爱人回新疆时，她刚好从嘉峪关回来，匆匆一别，十年间再未见过。想到她们我心里一阵激动，也不免猜测，如今的她们会有怎样的变化。

当我在出站口看到两位姑姑时，她们曾经的面容依稀浮现在我脑海。几十年光阴，我们都在慢慢变老，只是亲情依旧，感觉依旧。或许，这就是永远也割不断的血肉之情吧。此时，嘉峪关的天空像是刚刚被四处游走的云彩做过清洁，阳光亮得让人睁不开眼。站在候车厅大楼前，我们四人拍照留念。看着"嘉峪关站"四个大字,一种亲切感顺着胸口升腾上来,我惦念此处已很久了。

马路两边的林带里堆着很多雪,阳面已有些融化,感觉气温比宝鸡要低。两边街道的楼房大多七层,一楼是门面房,一个小自由市场前停着许多三轮车,车上摆满各种年货,来光顾的人并不多。坐在公交车里,我望向窗外,感知着这座小城的特别。

下了车,去四姑家放好行李便去看爷爷。爷爷住一楼,和四姑家只隔一幢楼,房子是姑姑们为照顾爷爷方便特意租的。我们跟着六姑进屋,见爷爷坐在自己的小床上。三十多年不见,爷爷老多了,但精神很好,看上去干净利索,床铺收拾得平平展展。"爸,金花姐和秀月来看你了。"六姑大声对老人说,然后又对我们说:"老爹耳朵有点背。"我走近爷爷:"爷爷,你还认识我吗?我是秀月。"老人用茫然的目光望着我。我知道,时间太久了,爷爷已经把我忘记了。

六姑又对爷爷说:"老爹,你还记得秀月吗?勤哥家的大闺女。"爷爷仔细辨识着,终于对我说:"勤哥?我知道,噢,你是增勤家的大闺女啊。"爷爷记起了我的父亲。而对于金花姑,因为舅爷家当时在四连,离我家和姨奶奶家居住的六连很远,也很少走动,爷爷对她是一点印象也没有了。

六姑告诉我们,爷爷很爱干净,自己的衣服总是叠放得整整齐齐。前几年还能给家人做饭,这两年因膝盖老化需扶助力车才能行走,身体再没别的毛病。说到这里,六姑的语气是平淡的,但我能感觉到她对父亲的崇敬。我们和爷爷拍照留念,老人很安静,坐在我和金花姑中间面带笑容一动不动。老人心里什么都明白。

　　从爷爷家出来,已是下午四点,我们去六姑家吃晚饭。虽是事先说好的,可我还是激动不已。六姑的公公于爷爷喜欢读我的文章,还经常写读后感给我,学识很丰富。一个月前,于爷爷在微信里告诉我,于奶奶夏天时去世了,他的心情一直不好。我急忙打电话安慰,告诉他我很快就过去看他。这次来嘉峪关还有一个重要的目的,就是来看于爷爷,来兑现自己的承诺。

　　看到于爷爷的第一眼,真没想到他个子会这么高,有一米八多,这个年龄的老人这么高的很少见。酒菜早已摆满桌,我们让于爷爷坐上座,可爷爷说他已习惯坐在门边。"你奶奶在世时我就一直坐在这里,这儿宽敞,你奶奶的轮椅进出也方便。"于奶奶瘫痪了十八年,于爷爷伺候了十八年,可他不习惯于奶奶在某一天说走就走。说到这里,于爷爷哽咽起来。

　　"我很后悔。"有了十八年无微不至的照顾,我想任何一个女人都应该是知足的,可是于爷爷依旧有后悔的事情。"去年刚入夏,我推她出去,看到卖桃的,她想吃,让我买,我说桃刚下来,核还没长实,不好吃,等过几天好桃子下来再给你买。可是,没几天她人就走了,就在这屋,就在这沙发上,她坐在那里,身子说倒就倒下去,我赶忙过去,她靠在我怀里,给我说的最后一句话是,还想让我领她出去玩。我一辈子都不会忘记。"于爷爷说到这里眼泪"哗哗"地流了出来,我能体会到于爷爷的伤心,十八年,于爷爷推着自己的爱人转遍了嘉峪关的大街小巷,于奶奶就是于爷爷的精神支柱。

　　我劝慰着于爷爷,或许真应了"老小孩"的说法,或许于爷爷不想让我们担心,他主动换了话题,告诉我们,他从小在黄河边长大,我能感觉到爷爷对母亲河的无限留恋。于爷爷也和我一样,身为游子,虽生活在异乡,却从未忘记过自己的家乡。

不得不佩服于爷爷的学识,吃饭时,他告诉我一个关于榆树的知识:榆树在结榆钱之前会先开花。榆钱是我小时候每到春季最喜欢吃的"零食",几十年来,我一直认为榆钱就是榆树的花,但于爷爷告诉我,榆钱花很小,当春天来临时,它最早绽放,是黑色的,如小米粒大小,如果不注意根本发现不了它的存在。榆钱之所以不遭小昆虫食用,皆因榆钱花的奇特作用。所谓一物降一物,自然界就是如此奇妙。

吃完饭,我们坐在客厅里聊天,不知不觉窗外已暗。于爷爷送我们出门时,天空有零零星星的雪粒落下来,我让于爷爷回屋,他执意要把我们送出楼道。夜晚的嘉峪关非常寒冷,我心里却异常温暖。

第二天早晨,姑姑们带我们去吃一种叫"糊锅"的当地名吃。糊锅有点像河南的胡辣汤,只是里面烩了酥脆的麻花,满满一大碗吃下去整个人就热起来。

虽然我们在嘉峪关只有一整天时间,但姑姑们还是安排出去玩,六姑特意请自己的一位闺蜜给我们当司机。去的第一个景点是关城,位于嘉峪关市西南方向六公里处,是明代万里长城西端的起点,也是古代"丝绸之路"的交通要冲,更是明代万里长城建筑规模最为壮观、保存最为完好的一座古代军事城堡,早在1961年3月就被国务院列为全国第一批重点文物保护单位。

关于关城,嘉峪关流传着一个歌颂古代工匠的故事,在明朝修建关城时，主管官员给工程主管人出了个难题，要求预算用材必须准确无误。在工匠们的帮助下，工程主管人进行了精确的计算，工程竣工时，所备的砖瓦木石只多出一块城砖。据传，这块砖仍放在会极门门楼的檐台上，旅游者慕名都要来看一看这"最后一块砖"，以示对古代工匠们智慧的敬佩之情。我问起这块砖，陪同的两位姑姑笑起来，说她们从未见过。故事仅仅是一个故事，可以夸大其词，却传递着一种真实的信息。

此刻，我站在经过修葺的嘉峪关关城的土墙之上，仍可感受到当年雄险的边关气势，登关楼远眺，长城似游龙浮动于浩瀚沙海若断若续，忽隐忽现，塞上风光尽收眼底。免不了心生感叹，在古时的建筑条件下，能建起如此雄伟的关城，真不简单。

随后，我们来到关城北八公里处石关峡北侧的悬壁长城，古时它被称为"断壁长城"。因城墙自山上陡跌而下，在山脊上似长城倒挂，铁壁悬空封锁了石关峡口而得名。原墙现只余一截，片石、土层厚度如旧。我们拾级而上，见平坦处如平地，险峻处如绝壁，颇似北京八达岭长城。有诗赞曰："万里长城万里关，叠嶂黑山暗壁悬。"我们爬至最高处，一米多高的垛墙外就是延绵起伏的土山，阴处的雪一片片呈现在我们眼前，格外显眼，如同一幅打开的历史画卷，诉说着奇特的西北风光。

返回四姑家时已是下午四点，稍事休息，我们便去了酒店——六姑早在两周前就预订好了爷爷的生日宴。在酒店楼下遇见婶子，虽是第一次见，却无任何陌生感。我想这就是"不是一家人，不进一家门"的缘故吧。婶子个子不高，很瘦，脸上稍显疲惫，看得出这是个能干又坚强的女人，叔叔几年前因车祸不幸去世，婶子一人养大儿子，去年儿子考上大学。她除了在单位上班，还干着一份打扫卫生的兼职。

家人们陆陆续续来到包间。三十多年没见的小姑和军军弟，如今他们的孩子都到了当年他们离开新疆时的年纪。合影留念，唱生日歌，分食蛋糕，举杯畅饮，二十多位家人欢聚一堂。只有爷爷是安静的，默默看着眼前的一切，仿佛时间已停滞不前。我能感觉到爷爷内心的喜悦，在耄耋之年有家人温暖相伴于左右就是人生最大的幸福。只是有一点点遗憾，新疆的大姑和二姑因身体原因无法来嘉峪关相聚。

第二天下起了雪，望着窗外翩翩飞舞的雪花，感受到的却是屋里如春的暖意。厨房叮叮咚咚的，有人在忙。四姑夫做了拿手菜，很快，家人群里备受欢迎且多次出现的粉蒸肉便摆在了我们面前，婶子也过来为我们送行。亲人们劝我们多吃点再多吃点的话语，萦绕在屋子里久久不散。

就要离开了，姑姑们给我们带了火车上吃的食物，还有化妆品及嘉峪关紫轩葡萄酒。看着满满一箱东西心里很感动，也稍稍有些发愁，路途遥遥，真的太沉了，可我们却无法开口拒绝亲人们的这份心意。

嘉峪关，只是一座有着二十二万人口的小城，因为亲人们在此，我时常惦记着它，而这种惦记，又让我在这里有了短暂停留。家人们倾其所有的爱，让我在即将离开时，生出了太多的不舍。

雪中故乡

立冬前夜,一场大雪抵达我居住的小城。纷纷扬扬的雪片轻盈散漫,悄无声息地落在我的头上、脸上,我喜欢这清凉的感觉。这场意外之雪,拨动了我日渐麻木的心灵。我突然想起故乡,想起故乡那一场又一场的大雪。

故乡的雪是辽阔的,显现着天地间无尽的博大;故乡的雪是安静的,不知不觉就覆盖了背井离乡的凄苦;故乡的雪是温暖的,厚厚的白里捂着亲人的惦念。无论我走多远,都能感受到那些关爱的目光。此刻,我在异乡的雪里找寻故乡的感觉。放眼天穹,我面朝西北方向伸出双臂,像要把故乡搂在怀中。

故乡离我很远,许多年了,我再不曾感受到故乡落雪时的惊心动魄。我如一粒被风吹拂的雪花,把晶莹的魂魄留在故乡,让身躯随意游荡。可今夜,这场雪泄露了我隐藏多年的乡愁,我收到故乡的问候,它借一场雪来包裹我这个在外漂泊多年的游子。此刻,我感受到上苍对自己的馈赠,故乡早已嵌进我的骨髓,无论走多远，雪色的白终身不褪。

在公园一隅，我慢慢行走在积雪的小路上。城市精致的灯盏明亮如昼，不远处的高楼每扇窗都流泻出温暖的光。这些光根基庞大，枝枝蔓蔓铺满整座小城，像身边那些雪中嬉闹的人，脚步是踏实的，快乐是真实的。只有我是孤单的，在这座城里，没有我父母慈爱的目光，没有我和发小一起玩耍过的童年，没有我懵懵懂懂的初恋。我轻飘得像空气中一粒无根的微尘。我骨骼里的戈壁荒原，我血脉里的大漠长风，在此处无法安放。

今夜，我想在一场雪里赶路，我要在一朵朵飞舞的雪花中奔赴故乡。我的脚步踉踉跄跄，30年隐忍的想念，在今夜得到最大释放。我肆意行走，畅快淋漓，把人群里的喧闹远远抛在身后。行至空旷寂静处，我忍不住掏出手机，双手颤颤巍巍地拨通弟弟的视频电话。屏幕里的母亲正坐在沙发上看电视，我不期而至的问候让她惊喜，转瞬出现的笑容使她脸庞上褶皱横生，母亲大张嘴巴，原本令她骄傲的牙齿如今只剩岁月留下的空洞。我无语，泪眼凝视，任小城的雪驻足在手机屏上，覆盖住几千里外母亲满头的白发。

如今，母亲终于肯歇息下来，带着对身体的失望和无奈。小时候的我们，在冬季，最期待下雪天。或许，轻灵浪漫的雪，带给大字不识一个的母亲意想不到的诗意，雪后初霁，母亲总爱领着我们清扫院子里厚厚的积雪。大大的推雪板对于那时的我们而言是沉重的，母亲便交给我们每人一把铁锨。洁白的雪和黑灰色的铁锨交相辉映，总会带给人一些奇特的想法。弟弟在雪地里堆出天安门广场，把两只手套当作红旗插在两边；妹妹画出一辆自行车，把父亲的马鞭当作链条盘在雪地；我则描绘着一本书的模样，最后撒上一把油葵籽，当作黑黑密密的文字。母亲铲着雪，偶尔停下来，满脸笑意地看着调皮的我们任意发挥想象。

一望无际的雪在太阳的照耀下发出刺眼的光芒，那时，雪下的戈壁丰富多彩。天晴时，若父亲正好闲着，便会换上笨重的灰白色毡筒靴，领我们去茫茫戈壁捉野兔。戈壁不远，路却被雪掩埋，我们行走的每一步都很艰难。走着走着，父亲看我们挪不动了，就把我们安置在避风处，嘱咐我们不要乱跑，自己顺野兔留下的足迹走出去很远。父亲的背影越来越小，我们等啊等，忍不住朝他消失的方向走去，双脚踩在父亲走出的雪窝里，厚厚的雪还是灌进棉鞋，冰凉的感觉没有浇灭我们的好奇心，直到看见父亲的身影慢慢靠近，我们才停下脚步。能干的父亲几乎每一次都不会让我们失望，总有一只灰色或白色的兔子被紧紧攥在他手里。雪太厚了，四条腿的小动物终究跑不远，又不懂得保护自己。

野兔被祖母喂养在父亲编织的铁笼里，放在杂物间。面对祖母塞进去的白菜叶，因饥饿兔子的野性逐渐被消磨，慢慢由当初的不理不睬，到试探性地接近，再到后来的坦然接受。很多时候，我们冒着严寒将双手揣进棉衣兜，站在杂物间目不转睛地看裂开几瓣的兔子嘴急促地抖动，看它警惕的眼神慢慢变得温顺。

祖母是在一个大雪天走的，离开时，她把牵挂给了遥远的我。我用那场雪的断臂之痛，在渭水之滨为祖母打造了一座晶莹剔透的宫殿，祖母平静安详地端睡其中。只是，她再也听不到漠北的狂风呼啸，再也体会不到尘世的苦辣酸甜，再也无法睁开双眼看一看几年都不曾回家的我。

父亲离开时正是酷暑时节。我知道，父亲从不曾预料到自己的生命如此短暂，他还在期待着一场雪，期待着自己永远不会老去。父亲拼尽一生积攒的力气，让我们还像孩子那样跟在他身后。父亲的脚印深邃如悬崖前的巨大截面，在我们后半生里突然缺失。父亲还期待一场可以把祖母送回老家的大雪，他拉着祖母冰凉的手，一路小心呵护，带她回母子二人共同的故乡。祖母那双小小的脚啊，每每想起我便心痛不已，来时，足印里装满对未来生活的渴望；去时，已感知不到人间的温热炎凉。

今夜，我站在异乡的雪地，努力寻找故乡的温暖；今夜，我头上积雪如霜，离开故乡多年，我早已白了头；今夜，脚下皑皑一片，无论哪一处，都通往风吟雪舞的故乡。

回家

飞机降落地窝堡机场时,夜已过半。大年初二的凌晨,天空中没有星星,也看不出阴晴,苍穹里是无穷无尽的灰。天地间的万物,似乎都被笼罩在广阔博大的神光之中。走下飞机的那一刻,我有些恍惚。映入眼帘的是汹涌的白,起伏有致,像万米高空中一望无垠的云朵,唯美浪漫。口鼻中呵出的气在离开身体时,就变成白茫茫一团,人走到哪儿便跟到哪儿。这些跟随和围绕,一下让我的心和家乡对接在了一起。25年了,这样的情景再未出现过。宝鸡无论下多大的雪,都不曾有过。

我禁不住潸然泪下,一颗颗晶莹的泪珠紧紧趴在冰冷的脸颊上,刺骨的寒风吹过,深深的疼弥漫全身。或许,这是家乡对我这个久不归家的人所给予的小小惩罚。站在马路边等车,黑暗里我仍能看到一股风,顺着航站楼高高的屋顶直冲下来。这股风是家乡的风,是温暖的风,它亲热地和我缠绵在一起,"呼呼"地拍打着我的身体,像多年不见的好友猛然相见时互拍对方的胸膛。这股风甚至想亲切地穿透我的衣物,抚摸我的皮肤。而我的毛孔在下飞机的那一刻,就因彻彻底底的放松而打开了。

这块坚实的土地在我脚下发出"咚咚"的声响,似乎在告诉那个叫"家"的地方我回来的讯息。这一夜,我睡得安稳而踏实,因为我知道,家中的亲人已在不远处等着我了。

弟弟早早打来电话,仔细告诉我乘车路线。的确,自2007年夏天回过一次家,这十年间我再不曾回来,一定又有很多新的事物出现,真的需要把家乡的路仔细探究梳理一番。

弟弟的家在昌吉和石河子之间,一个叫乐土驿的小镇上。母亲在父亲去世后便跟随弟弟一家生活,母亲在哪家就在哪。上次回来参加弟弟的婚礼,我就牢牢记住了新家的位置。上车后,我告诉司机下车的地方,但车过昌吉,我还是直盯盯望向窗外,怕专心开车的司机错过下车的路口。路两旁白杨树灰白的树身飞驰而过,我努力打开记忆,寻找曾带给自己的那些美好。灰色的天空很低,我突然紧张起来,或许正应了"近乡情怯"那句话吧。

望见镇上零零星星的房屋,我的心骤然收紧,这些平常的屋子,有一间是亲人们居住的地方,因此,它们散发出更多我熟悉的气息,一种亲切感涌遍我的身体。透过模糊的车窗玻璃,不用仔细辨认,我一眼就认出了站在左前方路口处的母亲。虽已快七十岁了,母亲还是站得笔直。弟弟站在她身旁,两个人的脸都朝着我们来的方向,眼睛望着来来往往的车流,仔细辨识我们到底坐在哪辆车里。

下了车,我还没站稳,母亲就一溜烟小跑过来,一手拉住我,一手拉住妹妹。我和妹妹异口同声地喊了声"老娘",母亲看看我又看看妹妹,张开嘴却什么也没说,只是用她粗糙的大手把我和妹妹的手往她怀里拉了又拉,让我们更紧地围在她身边。不知母亲在路口等了多久,母亲的手冰凉,我和妹妹一边一个紧紧攥着,希望将自己的体温传递给她。

弟弟接过我手中的拉杆箱,"走,回家去!"弟弟的声音一点都没变,只是面容苍老了许多。推门进家,饭桌上已摆满了菜,还在厨房忙活着的弟媳闻声出来招呼我们,眼睛里闪着温柔的光。"快洗手吃饭吧!"弟媳简简单单的一句话,透着家人间的亲切,仿佛我们只是出了趟远门,仿佛我们一直生活在一起。

"都这么晚了,饿坏了吧?"母亲边说边去给我们打洗脸水。已经下午一点多了,肚子真饿了。妹妹却不急着吃饭:"先照相,先照相,好不容易回来了,先炫一下朋友圈呀!"已经十三年没回过家的妹妹非常兴奋。可母亲却不见了身影,妹妹高声喊着,母亲应声过来,手里抱着几双布鞋:"看老娘给你们做的鞋子,漂亮不?"母亲的语气里有着满满的骄傲。

我的眼泪止不住流下来。2008年,母亲去宝鸡,为让母亲在我上班后在家不孤单,我谎称自己最喜欢穿她做的手工布鞋,让母亲给我做鞋打发时间,想让她在宝鸡多待一阵。我的话让母亲很欣喜,自认为已成子女负担的她似乎又找到了存在感。母亲从鞋帮到鞋底,一针一线地缝制,忙了几个月,给我及妹妹每人做了好几双鞋,过了冬才返回新疆。那些鞋至今还放着,从未上过我的脚。快十年了,母亲还记着我的话。我赶忙接过母亲怀里的鞋,脱下自己的皮靴,把带着母亲体温的布鞋穿在脚上。或许因一路奔波太过劳累,我的两只脚一下轻松了许多,这种感觉真好。"先吃饭，先吃饭，饿坏了吧？"母亲重复着刚刚说过的话。

满满一桌子菜，我和妹妹似乎心有灵犀，同时把筷子伸向油炸麻叶，我们相视而笑。妹妹也一定和我一样，思绪又回到了小时候，每到过年祖母和母亲总是开油锅炸很多东西，而两大筐又香又酥的麻叶总是最先被我们吃光。

"这是用牛肉炸的，你们尝尝我的新手艺。"母亲对我和妹妹说。"还有这个，是羊肉，嫩得很，你弟前天专门去市场给你们买的。"母亲忙不迭地说着，话音未落，弟媳端着满满一盆热气腾腾的大盘鸡进了客厅……

这是我婚后二十五年首次回家乡过年，家人恨不得让我们把这满桌的食物都吃下，这些食物分明是家人对我们浓浓的爱。我和妹妹接收到了这些爱，我们的肠胃却无法接受这么多的食物。我和妹妹只能不停地说："做得太多了，做得太多了。"母亲不停地说："你们吃得太少了，你们吃得太少了。"我也糊涂起来，或许真是自己吃得太少了。小时候过年，家里无论做多少好吃的我们总是吃不够，想到这，我又止不住笑起来。

吃完饭，母亲催我们去午休。在自己小家很少洗碗的我，执意先去厨房洗碗，哪怕只是一次，我也想仔细洗一洗盆碟碗筷，以弥补多年来对母亲和弟弟、弟媳的亏欠。

推开母亲的房门，她早已为我们铺好了床，被面上大红的花一朵朵开在母亲的床上。这样的场景于我是熟悉的，多年前的许多个冬日，每到夜晚来临，无论屋外多么寒冷，在家中，母亲的床上总有一床这样的红花被子在等着我们。母亲靠在床头纳鞋底，咿咿呀呀嘴里哼唱着不知名的歌谣。我和弟弟、妹妹蹬掉脚上的棉鞋，一个个爬到床上来围在母亲身边，嘻嘻哈哈笑作一团，做一些简单又无趣却让我们乐此不疲的小游戏，直到筋疲力尽。母亲催我们回到自己的小床上睡觉，我们装睡，闭着眼睛一声不吭，直到母亲展开她的红花被子给我们盖上。即便在睡梦中，我们都能感受到母亲的温暖。

勤劳了大半生的母亲，还保持着早起的习惯。做好了早饭，她从厨房跑过来轻推房门走进房间，坐在沙发上朝床上望，看我们还睡着，起身又跑回厨房把饭热在锅里。母亲的推门声很轻，脚步声很重。母亲坐在沙发上，怕把锅烧干了，一次次跑回厨房，一遍遍往锅里加水，母亲加了一遍又一遍，却并不催促我们起床。

我和妹妹假装睡着，看母亲来来回回在厨房和卧室间奔走。我俩就像贪睡的小猪娃，懒懒地赖在母亲床上。冬日的阳光很暖，顺后窗照进来，被子上的花儿似乎喧闹起来。感觉又回到了小时候，我们几乎每天都赖床到中午，喜欢被母亲牵挂的感觉。偶尔母亲推门进来，看我们醒着会对我们说："我把早饭端过来，你们在床上吃吧！"听到母亲这句话，我和妹妹只好从床上爬起来乖乖去吃饭。

进出母亲的房间都可以看见放在门边的缝纫机，机身上咖啡色的漆还在，却被镀了一层旧时光。这些时光顺着我记忆的缝隙，轻手轻脚走进母亲的房间，又缓缓地走进我的思绪。每到冬天，母亲农闲下来，我们也放了寒假，我最喜欢听母亲踩缝纫机的声音。那一刻，屋外白雪飘飞，屋里炉火正旺。一家六口人，大到棉衣棉裤，小到鞋面鞋垫，都是母亲在缝纫机上一针一线做出来的。母亲坐在缝纫机前，身体微倾，厚厚的嘴唇紧抿着，所有的目光都聚集在针脚里，所有的心思都放在让我们快快成长中。

　　从一四二团搬到乐土驿时，母亲犹豫要不要把这台缝纫机卖掉。母亲告诉我，她站在空空荡荡的院子里，房门大开，任野蛮的风随意进入。这个曾经有过那么多温暖的地方，如今被轻飘飘的空气霸占了。母亲有些蒙了，她不知道该给谁说这些话："你们曾爬上爬下的布沙发没有了；冬天腌菜的那口大缸没有了；曾一次驮着你们三个的自行车没有了；颠着小脚把你们带大的祖母没有了；忍着胃痛养大你们的父亲没有了。"我似乎看见当时的母亲，身子一点一点矮下去。母亲站在那里，闭上眼睛喃喃自语了很久。

　　母亲第一次这么小声地说话，只有她脚边的风听到她说了些什么。这些风，会吹过奈何桥去，将家里的情形告诉在天堂的祖母和父亲吗？这些风，会翻越天山，吹到渭水河边的小城宝鸡吗？

　　家，就这样一点一点越来越小，可那些记忆却永远不会消失。此刻，多想再听一听母亲踩缝纫机的声音啊。我在心里对自己说。可我知道，如今这台缝纫机只是一个摆设了。母亲老了，眼睛花了，早已无法再使用它。但是，它存在着，就是我们的幸福。

　　母亲熬了汤，不知用慢火炖了多久，我进厨房的时候，闻到浓浓的香味。我禁不住诱惑掀开锅盖，白色的汤汁咕咕嘟嘟翻滚着，四周浮着一层厚厚黄黄的油皮。"这炖的是啥汤呀？"我问母亲。"牛骨髓汤，你肯定没喝过。"母亲的语气里有着小小的炫耀。真香啊！这天午饭我喝了两大碗汤，可肠胃却不争气，整整一个下午，我一次次往后院厕所跑。母亲不知所措，好像是自己犯了错，不停地埋怨自己，说汤里要多兑些水就好了。

母亲对我们的爱，多像她熬的牛骨髓汤啊，浓到我们接受不了。

返回的日子转眼就到，东西早在前一天就收拾好了，而在离开的那个清晨，我总觉得少收拾了什么，坐在那里想了许久，却又想不起来自己到底落下了什么。

我和妹妹拉着满满两箱母亲做的布鞋上路了，还是那个路口，车子却朝相反的方向开去。母亲和弟弟的身影越来越小，我和妹妹许久都没说话。什么时候才能再回家呢？我轻声问自己。那一刻，我突然醒悟过来，我是把自己的心落在了家里。

走过家乡

在很多个夜晚，当白日里的纷杂隐入浓浓的夜色时，我独坐于书桌前，有那么一刻什么也不想，放空自己的心享受这难得的宁静。多好的时光啊，它属于我一个人，想怎样就怎样。而另一个"我"不由自主地跑出来，调皮而任性，两手拎着长长的紫红色裙裾，迅速朝着自己喜欢的生活一路奔去，有一些小慌张，有一些小羞涩，但绝不回头。

这样的情景曾无数次出现在我的想象中，而今年，这些想象终于要成为现实。它们就像山坡上的草，经过一个冬天的蓄积，地表下的根已粗壮无比，一切都已准备就绪，只等春风吹拂，便会满坡绿意盎然。

无疑，今年是我有生以来最任性的一年。狠下心来，不管爱人是否接受和我的久离，不问儿子能否照顾好自己的生活，只是在买票前告知他们，我准备回新疆了，要多待一段时间。我不再用商量的口气，因为我欠家乡亲人们的陪伴太多太多了。

如今，我已不记得自己离开宝鸡时，小区里我每天上班都要路过的那几株玉兰花开了没？如果花儿也有家乡，那必是春天，我回家乡也一定要选在春天。整整二十七年，我不曾感受过家乡的春天，不曾感受过长久陪在家人身边的温暖。

从4月9日踏上家乡的土地，到9月17日返回宝鸡，2019年，我和母亲及弟弟、弟媳，在昌吉州一个叫乐土驿的小镇上，一起生活了五个月零八天。母亲病着，腰椎骨质增生让她疼痛难忍，行动不便。很多时候，母亲不愿躺在床上，她强忍着疼痛起来活动自己僵硬的身体。母亲害怕自己再也站不起来，害怕今后成为儿女的负担。面对母亲的病痛，我坦然而镇定，这世上有很多事我们无能为力，疾病、疼痛、死亡，除了忍耐和接受，我们还能怎样？

清晨，看见躺在自己身边的母亲起床，我也赶紧起来。母亲行动缓慢，她洗完脸收拾好，我已做好了早饭。我学会了蒸馍，每天早上从冰箱里取出两个馏热，我和母亲一人一个，熬小米粥或白米粥，再调一个凉菜，黄瓜、豆角、芹菜或豆腐干。母亲喜欢早上吃点咸的，我也慢慢习惯了这样的早餐。

家乡春天的太阳像个强盗，明晃晃升起来，霸道地照在门前的空地上，让万物都无处可藏。我拖地时将房门打开，让空气流通，让湿气散开。拖把是母亲用棉线扎的，异常大，控水后它依然像只铁锚，我难以拖动它，总是累出一身汗才能把几间屋拖完。不知哪天起我突然发现，自己已能轻轻松松驾驭它，我的力气也在成长。

坐在后院的竹椅上，看菜地里的幼苗从两片叶子到满株翠绿、开花、结果，最后衰败，感叹一颗种子会有如此多姿多彩的生命状态。看母亲的苹果树，从叶片的舒展，到花朵的绽放，从青果的酸涩，再到秋后的甘甜，一天一天感知一棵树在四季里的蓬勃和衰老。在清晨或傍晚，饭后我用手机阅读和写作，眼睛累了便转过头，与躺在房里的母亲闲聊几句。我时常会想，七十岁的母亲该用此生积攒的多少坚强，才能独自对抗那么多的孤单和病痛。

面对母亲，我不再说带病生存是人类衰老后的常态；不再说人到了五十岁后身体都会生毛病；不再说不因疾病而失去快乐的能力，不因衰老而失去爱人的能力，不因爱人而失去爱己的能力；不再说面对无法抗拒的磨难，我们依旧有选择的能力。很多时候，我和母亲相对无言，时光从我们的沉默中快速流走。每个人的经历不同，想法不同，不能要求别人按自己的心意生活，哪怕是亲人。

母亲的腰好一些时，我就惦记着出去，和母亲商量，和远在陕西的爱人及儿子商量，许诺每天早晚给他们发微信报平安。终于要出去了，这是我第一次独自外出旅行，也让我明白孤独是人之常态，要安然享受孤独的美好，还让我知道，最自由最惬意的旅行其实是一个人的独行，想去哪里就去哪里。而每一个我曾去过的地方，如今都有我留恋的事物。

在库车，我居住的楼前，树林里那片正开黄花的蒲公英，它们的种子如今随风飘落到了哪里？那些蓬勃的生命，如果来年再和我相遇，能认出我就是那个看见它们便忍不住欢呼的人吗？在去往阿克苏的路上，因汽油耗尽被困戈壁等人救助时的悲凉，被一条迎接我们的河流冲刷殆尽。多浪河,你的出现让一个西北荒凉的小城独具江南风韵,让我夜夜流连于你的身旁,让我体会到即使身处绝境都不要悲观不要放弃,或许,冥冥之中上苍降临的惊喜,正在自己头顶盘旋。比如,三十年不曾看见的同学依然保持着清纯和高贵;比如,离开的那天,几千里之外从不曾谋面的那个名叫施羽的女子,放弃正陪伴的母亲,三次转机于凌晨返回阿克苏,只为见我一面。我生命中的这些感动啊,此生都不会忘记。

在喀什,从老城出来,在落日余晖中我走回宾馆,走了很久很久,就为看看街上异域的风情。行至人烟稀少处,天暗下来,心里其实很害怕,怕路边的草丛突然跳出人来,怕马路上飞驰而过的摩托车上的人会抢走自己的包,甚至怕行人,那一刻,我真真切切感受到自己的渺小和胆怯。

离开库尔勒正改建的小小车站,回头望一眼身后的绿皮火车,它哐当哐当正要离开,我知道,它经过的那些小城,此次我必不能都去。突然想起母亲的病痛,想起那些无常,一下就泪流满面。我知道,无论在外漂泊多久,终有一日要回去面对。

春节后开始投稿,多是些报纸副刊,自己的文字变成散发着墨香的铅字让我开心,也给我自信。但至今我都不敢自称为作家,这两个字实在太沉重了,它承载着诸多的历史使命和社会责任,而我的书写,多是些个人的小情小爱,虽引起不少人的共鸣,但我依然是汗颜的。可我喜欢写,写作带给我强烈的愉悦感,很难想象今后我不写作会怎样?检验一个人是否是一名优秀的写作者,不是能否加入某级作协,不是作品有没有在大刊上发表,更不是是否认识文坛大家。写出好的作品才是唯一的检验标准,且没有任何捷径可言。我要求自己绝不做一个混圈子的人。文字会说话,群众的眼睛也是雪亮的,唯有默默努力。

最开心的事便是妞妞来到了古城西安,她和米哥不离不弃相守八年的恋情终于落定。一周后,妞妞便入职西安第八十三中学。身为母亲,多少的担忧,多少的两手准备,在2019年9月6日的那一天,都如迷雾般消散,化为胸腔里满心的欢喜。

做了有生以来最心疼自己的事:买车。这也是我还未退休时就规划好的。孩子们开始了自己的生活,我也该为自己想想了。选了自己喜欢的车型和颜色,又选上了特别中意的车号——包含着自己生日的数字,也隐喻着人生一切最终都会归零,开心享受当下才是王道。车,在我看来,四个车轮就是四只脚,今后有六只脚的我,可以到达更多更远的地方;车,于我而言,也代表着优雅,今后再不用穿着旗袍去挤公交车了。当我的双手握住方向盘的那一刻,我有一种掌控了自己人生的感觉,所有的一切,都是通过自己踏踏实实的努力得来的。这样的我,真好。从未主动搭过谁的车,感谢那些曾主动搭载我的兄弟姐妹们,我永远都在你们身边,此生都不会离弃。

终于下决心阅读《红楼梦》。以前脑海里关于此书的所有印象和情节,皆来自"87年"版的影视剧,那时,我只有十六岁,一切还都在懵懵懂懂中,电视屏幕上唯美的画面,阻挡了我去阅读和理解那些枯燥的文字。于是,它们一直支离破碎,摇曳着朦朦胧胧的美丽色彩,神秘而沉重地伴随了我三十多年。如今的我,已深刻意识到《红楼梦》对于写作的帮助和意义,该去还年轻时欠下的债了。用时一个多月，很多次我打开书看不了几页，那些繁杂生活中细碎的小心思，依旧让我觉得枯燥，却强迫自己硬读下去。它经过了时间的考验，大家都说好，那必是好了。读完后，并无特别感触，我想，应是自己还未读懂，一定还会再读。

如果悄悄问自己此生还有什么愿望的话，那一定就是给家乡写本书了，感谢家乡的养育之恩，感谢家乡的亲人给了我生命，感谢那片神奇的土地，造就了独一无二的我。相信自己在不久的将来就会实现这个愿望。在文字里，我会踏踏实实，一步一步离家乡越来越近。

"幸福其实很简单，有人爱，有事做，有所期待。"不知道在哪里看到的这句话，我在心里重复了无数遍。这句话为我的生活指明了方向。有爱在，无论是爱人，还是爱己，内心都是充盈的，让灵魂有所依；有事做，会让日子充实起来，忙碌着，快乐着，当夜晚把疲累的身体放平，能自语今天没有虚度，因此心境平和地安然入睡；有所期待，就是心怀希望，无论顺境还是逆境都永不放弃，那是一份美好，也是未来。

努力再努力，只为随时拥有更多选择的权利，用自己喜欢的方式生活。行走着，快乐着，任性而幸福；准备着，期待着，我们来年再见。

我的母亲

伴随着岁月的流逝，无论是长相还是性格，我都越来越像母亲。这是基因的遗传，也是潜移默化的结果，更是母亲未曾实现的梦想在我身上的延续。

一

2019年4月初，我回到家乡，计划带着已70岁的母亲去南疆旅行，这是我两年前就答应母亲的。到家后才发现母亲因腰椎骨质增生，连正常行走都困难。虽早已预料到母亲的身体状况会越来越差，却没想到竟如此严重。在我的记忆里，母亲身体一直很好，她给了我们身为母亲的最大庇护。我难免失望，但也只能接受。从4月初到9月中旬，我一直陪在母亲身边。这是我自18岁离家之后，第一次这么久和母亲朝夕相处。

母亲生病之初不愿就医，总说等等再去。她每天早上醒来第一件事，就是先感知自己的腰椎是否有好转迹象，失望过后哀叹一番，再寻找下一个等待的理由：说不定睡一觉就好了，说不定天热就好了，说不定下一场雨就好了，说不定后院的苹果树开了花就好了……母亲这么多的说不定，带着明显的搪塞之意，让我哭笑不得，也心酸无比。其实我心里明白，母亲所有的理由只有一个目的，就是拖一天是一天，说不定就把病拖没了。母亲所有的等待只有一个原因——怕看病花钱。母亲的病情没有像她期盼的那样在等待中出现奇迹，而是越来越重，由最初的还能下地去客厅吃饭到后来的卧床不起。母亲终于忍无可忍，总算答应我和弟弟去看病。领着她看了中医看西医，扎针吃药，住院出院，折腾了几个来回。一个多月后，母亲的症状有所减轻，遵医嘱回家静养。

　　和母亲头挨头睡在一张大床上，每晚聆听着她的呼吸，感知着她因疾病的疼痛带来的一系列反应，我却无能为力。很多时候，母亲的心情异常烦躁。住院期间，母亲问过医生无数次，这病会不会导致瘫痪。虽然医生给她保证过无数次，绝不会，但母亲还是心怀恐惧，怕自己再也无法行走，不仅自己受罪，还拖累儿女。母亲躺在床上，瘦小的身子一动不动，缩在薄薄的棉被里，像大海中求救的溺水者，眯着眼睛，目光里满是惊恐和迷茫，厚厚的嘴唇轻轻蠕动，一遍遍重复着同样的话："什么时候才能好起来啊？什么时候才算熬到头！"像自言自语，也像问我。我赶忙安慰母亲，很快就会好起来的，医生说了需要一段时间。可我内心明白，母亲永远都不可能恢复到从前健步如飞的状态了。

　　或许因衰老母亲忍受疼痛的能力也下降了，除了晚上熟睡时，其余时间都会忍不住发出呻吟，这呻吟细听更像是唉声叹气。我心疼，也难过，一场疾病不仅带给母亲身体上的改变，心理上的打击也非常大。印象中母亲是个坚强的人，吃再大的苦，受再大的累，咬咬牙也就挺过去了，偶尔头疼脑热都是硬抗，很少打针吃药。现在的母亲让我感到陌生，但我一直积极调整心态，慢慢接受母亲的不堪。

偶尔母亲疼痛轻一些，我便扶她起来，想搀她坐到沙发上去。沙发紧挨着床，只有几步距离，母亲走得小心翼翼，仿佛上刀山下火海，很快我俩都满头大汗。为哄她开心，也为打发时间，我给母亲拍照，虽开了美颜，母亲看后仍唏嘘不已："看老娘都老成啥了，日子怎么这么快呢？"岁月的褶皱在母亲的脸上如此明显，谁都无法抵挡衰老，我不知怎样安慰母亲，便打岔："看咱俩长得多像，再过几年我就跟你一样了。"母亲听我如此说，立马开心起来。母亲眼中的我，一直都是美的，很多年了，我都是母亲的骄傲。

一位阿姨来串门，母亲把我介绍给那位阿姨："这是我的大姑娘，退休回来正赶上我生病，这次多亏姑娘在。"母亲的语气里幸福感十足。突然想起自己上初中时，母亲不管去哪最喜欢带着我。总有人问："这是你姑娘吗？真漂亮，你这么年轻，姑娘都这么大了！"听到此话，母亲异常开心。因常年种地，母亲被晒得很黑，又留着短发，不戴任何饰品，从未穿过裙子，粗糙得像个男人。那时，我一直以为母亲并不在意自己的外表，可如今想来，母亲是爱美的，却只能通过女儿的美，向外人展示自己被破坏掉的美。

这是母亲此生的无奈，母亲认命，她知道这都是上天安排好的，虽遗憾，但也只能接受。

二

年轻时的母亲眉清目秀，但并不好看，原因在于母亲12岁时得过的一场病。病中的母亲孤零零地躺在自家土炕上，没有因疼痛而喊叫，她心里明白，除了半个月前彻底离开这里被埋进坟地的父母，没有人会在意她的生死。痊愈后的母亲无意中摸到自己满脸的瘢痕，断定是天花夺去了她此生本该拥有的姣好容颜。因饥饿引起的营养不良，又给正在发育期的母亲留下了永久的后遗症——"鸡胸"。16岁的母亲戴着一顶"富农"帽子，跟随哥哥去了新疆。路途中几天几夜的风餐露宿和所见所闻，让聪慧的母亲迅速成长起来，站在大西北戈壁滩上的母亲，已不是甘肃那个贫穷的小山村里只想着填饱肚子的小女孩。母亲不愿在哥哥落户的农村停留，她来到兵团，经人介绍认识了我的父亲。父亲每月有固定工资，家中只有一位老娘，这让母亲很满意，无丝毫犹豫，母亲顶着向前隆起的胸骨嫁给了我的父亲。那时找对象讲成分，父亲也是"富农"，母亲和父亲也算是门当户对。

母亲和父亲婚后五年，生了我们姐弟三人。从我记事起，体弱多病的父亲就在离家不远的畜牧队羊场经管连队的几百只羊，在很长一段时间里吃住都在那里。家里一日三餐由祖母料理，其他活都是母亲在干。

母亲种了四十多年的地。这些地有她开的荒地，有承包的连队的地，有帮别人种的地。母亲养过猪、鸡、羊、牛，有一阵还做过小生意，也去城里打过工。毫无疑问，母亲是我家的顶梁柱。

母亲和祖母相处融洽。祖母把我们姐弟三人带大，又操持家务，母亲虽从未对祖母说过感激的话，却一直将她的恩情铭记在心。母亲能体谅到祖母守寡带大父亲的不易，偶尔和父亲有了矛盾，也是悄悄化解，更不迁怒于祖母。祖母离世前的那几年，母亲也很好地照顾了祖母，尽到了作为儿媳应尽的责任。

母亲争强好胜，性子急，干啥都快，也特别能吃，家里吃饭的大碗，母亲呼噜呼噜几口，满满一碗汤饭就下肚了，一顿能吃好几碗。50岁之前，母亲几乎没生过病。随着年岁渐老，母亲得了"三高"症，开始终生服药。2003年的秋天，54岁的母亲因肾结石做了手术。虽是微创，还是对身体造成了很大的伤害，也给母亲留下了巨大的心理阴影。此后，母亲快速衰老。

母亲一直以家属的身份存在于父亲身后，2004年父亲去世时，母亲每月只有几十元的家属补助。2010年左右，国家出台政策，团场家属可购买工龄，母亲一次性缴费近三万元，开始享受退休职工的待遇，工资从最初的每月六百多元，涨到如今的两千多。母亲对自己的晚年生活异常满意，和我说过多次："干了一辈子活，把我累坏了，该休息了，想想现在每天光吃饭就能领到钱，做梦都会笑醒。"这是母亲的原话，我理解母亲的心情，母亲辛苦一辈子，年老后赶上了国家的惠民政策，她是有福之人，这也是母亲该得的。

我的母亲优点很多，心地善良、性格直率、勤俭节约、吃苦耐劳……缺点也不少，性急粗鲁、口无遮拦、不愿吃亏、思维简单……我因远嫁,和母亲聚少离多,但我了解母亲就像她了解我一样。我也和母亲越来越像,很多时候我都在想,我要是只遗传母亲的优点该有多好。可无论我多么努力,并未因读书或刻意改正,真正去除自己身上和母亲相似的缺点。

三

母亲似乎一直都在追着钱跑,种地之余还饲养牲畜,啥能卖钱母亲养啥,可最终并未发家致富。这是中国农民的整体命运,和母亲自身无关,谁的一生不是在大地上拼命劳作呢?

从我记事起,过了春节,等天热了,母亲就抓回一头猪崽。母亲不说"买",说"抓",仿佛抓着一个金疙瘩。的确,一头猪从年初喂到年尾,杀掉卖的钱能买回家里一年所需的油盐酱醋和零花,剩下的猪头猪脚等零碎还能过个肥年。后来,母亲发现抓一头猪崽要花不少钱还要搭一年工夫和饲料,就谋划着养一头母猪,母猪一窝生好几头猪崽,自留一头,剩余的还可卖钱。

养母猪比养肉猪操心多了,发情期要赶去配种,生产时更需格外小心,但这些都难不住母亲。一年后,母亲养的第一头母猪生下了三头猪崽,虽有些少,但母亲依然高兴。母亲知道,这就像果树挂果,第一年总是少的,往后会越来越多。那三头猪崽一落地,母亲每天喜滋滋地要往猪圈跑很多趟,有时正在屋里隐约听到猪叫,就急忙往猪圈跑,怕母猪翻身压着猪崽。母亲异常精心,只等猪崽满月后换回崭新的钞票。

一天清晨,母亲像往常一样去喂猪,却不见母猪从窝里出来。母亲很诧异,下到猪圈发现母猪趴在窝里一动不动,三头猪崽围在母猪身边哼哼唧唧叫个不停。母亲心里突突跳了几下,赶忙伸手去摸母猪,却发现母猪身体冰凉。母亲当时就蒙了,翻动母猪仔细察看,只见猪身泛着乌紫,一定是吃了不该吃的东西。三头猪崽看母猪露出胸腹,到底是牲畜,不知自己母亲已死,伸着尖尖的粉嫩小嘴凑上前来找奶吃。母亲见此情景,赶忙双膝跪地,伸出胳膊阻拦。

母亲不知母猪为什么会突然死去,从症状看像是中毒。母亲勤劳能干,我家日子过得要比一般人家好,很容易招人嫉妒,母亲又心直口快,不愿吃亏,也得罪了一些人。母亲站在猪圈里思前想后,三头猪崽还在拼命往母猪怀里拱,母亲边拦边说:"你妈已经死了,你们再也吃不上它的奶了。哪个黑心肠烂肚子的人,这么狠心……"

辛辛苦苦精心喂养了一年的母猪,到头来落得如此下场,母亲越想越难过,眼泪不知不觉流了出来。她看着躺在窝里浑身泛着乌紫的母猪,根本无法咽下这口气,母亲站在猪圈里,开始破口大骂。那天,三头猪崽的惨烈嚎叫和母亲的叫骂声混合在一起,在畜牧队上空整整盘旋了一个上午。

最终,母猪被父亲拉去戈壁掩埋了。此次挫折并未打消母亲喂养母猪的决心,母亲吸取教训,把猪圈移到了院里。这一年的母亲异常辛苦,那三头小猪中的一头,被母亲养成了母猪,另两头养到年底被杀掉卖了钱。多养一头猪就多一张嘴,每天要多拔一袋猪草,每天也就晚回家一小时。到底谁毒死了母猪,成为此后长久盘桓在母亲心中的疑问,虽再未提及,但我知道,这是她此生都无法放下的心结。

政策放开的那年春天，雪刚化完，父亲工作的羊场开始处理羊，母亲嗅到了不同于往年的气息。近水楼台先得月，和父亲商量后，家里买了几只羊，还由父亲放养，待羊场彻底解散，才赶回家由弟弟照管。几年后，我家的羊已发展到几十只，各家各户才逐渐开始养羊。羊多起来，连队怕破坏草场，便不允许放养，羊价大跌，弟弟也到了工作的年龄，无奈之下，母亲狠狠心把羊全部卖给了羊贩子。如今想起，那群羊曾经是家里最大的一笔财富，却没有充分体现出它应有的价值。

母亲很有生意头脑，还卖过几个夏天的凉皮，每天晚上和面洗面，第二天早早起来蒸，吃过光滑筋道的凉皮母亲才下地。到了中午，母亲骑上自行车驮着凉皮去附近连队的青年排宿舍卖，因味美价廉，她的凉皮很受大家欢迎。偶尔剩几张，母亲再驮去学校卖给住校生。那时一张凉皮卖两毛钱，去掉成本一天能余下十多块，家里就有了活钱。

弟弟结婚后，父亲和母亲带着祖母搬去乐土驿生活。弟弟、弟媳在轧花厂上班，一天要上十二小时，很辛苦。母亲总觉得三个大人都闲在家不是长久之事。弟弟的房盖在马路边，门前就是广场，路过的人多，地理位置优越，母亲便和父亲商量买下一台冰柜，开始卖冷饮，顺带着卖香烟和一些日用百货，家里每天都能有一些收入。家里的小店维持了三年，直到父亲和母亲领着祖母重返一四二团。

2017年，我和妹妹回新疆探亲，母亲已快七十岁，还在用缝纫机给人加工鞋垫和坐垫。我劝母亲，这把年纪了，好好休息，眼神又不好，身体最重要。母亲笑笑说："老娘忙了一辈子，闲不住，这些活也不累，忙起来就觉得自己还年轻，心里就痛快。"

四

母亲对我们姐弟三人管教很严，特别是我和妹妹，我们上初中后，晚上绝不允许单独出门。母亲怕我们遇到坏人，也怕我们早恋，要求我和妹妹两点一线，放学就必须回家。偶尔有同学过生日，晚上聚会，我们给母亲请假，很多时候母亲都不准，偶尔准了也要问是否有伴，还要求在规定时间内到家。

走路时不许吃东西，不许趿拉着鞋，不许低头，不许含胸，要保持良好仪态，这些都是母亲对我们的管教。母亲给我和妹妹灌输最多的，就是女孩子绝不许占别人便宜。记得有一年夏天，几个十五六岁的娃，有男有女，每天趁大人午休，去瓜地混瓜吃，路过我家时，他们在院外喊弟弟一起去。母亲听见弟弟偷偷开门便追出去，冲弟弟背影一声断喝："敢出去吃人家的东西，看老娘我不把你腿打断。"弟弟吓得赶忙回头对母亲说："我去尿尿，马上回来。"后来那几个娃出了事，其中一个女娃被看瓜的人连哄带骗，不知啥时怀了孕，几个月后肚子大了瞒不住了才事发，女娃的父亲赶着驴车带女娃去做了人流，之后她只得匆匆远嫁。母亲这时才对弟弟说："当初老娘拦你，你还不情愿，这下知道厉害了。你要跟着去，不知给老娘惹下啥乱子呢。"母亲又私下对我和妹妹说："女孩子最怕出这种事，一辈子就毁了。"至于哪种事，母亲没说，但我和妹妹都懂。

还有一次，我和母亲去玉米地割草，割下的草要背到地头，再用驴车拉回家。一捆青草有几十斤，对于一个十多岁的女孩子来说，的确太重了。在地头刚巧遇见班里的两个男同学路过，他们问我要不要帮忙。同学间相互帮助也是人之常情，但母亲从地里出来，对他们说，"谢谢，不用，我们自己慢慢背。"就把他们打发走了。之后，母亲沉下脸，美美把我训斥了一顿："一个女孩子，任何时候都要靠自己，别人的便宜那么好占吗？占了便宜早晚要吃亏。"

到我上初三，班上有位男同学考高中无望，便去当了兵。部队寄信不收费，盖一个三角形专用章就行，或许部队生活较单调，那位男同学给班上很多同学都写了信，我也收到一封，回家随手就把信放在写字台上。母亲看到那个三角形专用章，虽不知是谁写的，但明白是部队来信，对着我是一顿臭骂，根本不听我解释，当即要我给那个男同学写回信，让断绝一切来往。我哭笑不得，压根就没有来往过，但又不敢违背母亲的意愿，那封信最终还是写了，交由母亲寄出。后来，这件事不知怎么在班里传开了，同学们都知道我有一个严厉的母亲，自此，再没有男同学敢写信给我。

五

母亲地种得好，缝纫机上的活也轻车熟路。那时，觉得母亲会做这些是天经地义的事，自己成了家后，经过数次尝试，才知道做好这些需要付出很大的耐心和努力。

这么多年过去，我依然记得为买一台缝纫机，母亲所付出的代价。那年冬季，于我及家人而言，都是一种痛苦的经历。二十世纪七十年代末，父亲每月几十元的工资，维持一家人吃穿用正常开销后，想要攒下钱买一台缝纫机是极其艰难的事，但这难不倒对生活充满智慧和热爱的母亲。母亲狠狠心，托人介绍，独自一人去了离家几百公里外的独山子，在一家小餐馆里给人帮厨。那一年，我不到八岁，弟弟六岁，而妹妹只有四岁。婚后从未离开过家的母亲，一人在外承受着繁杂的劳作，更牵挂着家里。我们姐弟三人在那个寒冷的冬季，各自消解着内心深处因母爱缺失所带来的巨大空洞。当母亲带着自己辛苦挣来的缝纫机返回家时，年幼的妹妹已忘记了母亲的模样。

因为这台缝纫机，母亲成为连队里其他女人羡慕的对象。大字不识一个的母亲，在短短几天的时间里，就无师自通学会了使用缝纫机，我们因有这样能干而聪慧的母亲而骄傲，身上的衣衫鞋袜，在外观上也有了质的飞跃。

到我十多岁，母亲开始教我踩缝纫机，先从轧鞋垫开始，等我能轧出一圈圈间距相等的线后，又教我做裤子。母亲没文化，也未学过裁剪，但绝对是能行人。那时做衣服都是用纸样，也就是模板，母亲按个人胖瘦进行扩缩，做出的衣服总是八九不离十，家里人穿上都很合适。

我们渐渐长大，日子宽裕一些，母亲又有了买自行车的打算。为得到一辆"永久"自行车票，母亲还托了人，经历半年的等待，终于从团部百货大楼提回了自行车。那辆黑色横梁大28自行车，母亲曾一次驮过我们姐弟三人，以至于母亲上车都异常吃力，她无法蜷腿从前面上车，因为横梁上坐着我的妹妹，她也无法抬腿从后面上车——后座上坐着我和弟弟。母亲只能先上好车，两只脚踩在脚蹬上，身体前倾，然后用力蹬才能慢慢把这辆像是挂满葫芦娃的自行车骑出去。

这辆自行车于我家而言，可谓劳苦功高。母亲骑着它下地时，后座上绑着铁锹、锄头等农具，返回时，都会驮着东西。春天是一捆烧火的干柴，夏天是一兜喂猪的甜菜叶子，到了秋天，是一袋袋从地里收回的粮食。如今，这辆自行车依旧支在母亲屋里，黑色外漆严重脱落，显现着岁月的斑驳。我对母亲说："放在屋里太占地方，快处理了吧。"母亲反驳我："哪都好好的，还能骑呢。"谁还会骑它呢？我在心里嘀咕，却不敢问母亲。当初推它回来的人，正因腰椎骨质增生走路都需要拄拐。当初坐它的人，已在千里之外，很少回来。母亲的不舍，或许是对自己青春的不舍，是对我们长大的不舍，或许，只是对一段回忆的不舍，也或许，这辆自行车已深入母亲记忆的骨髓，成为她灵魂的一种陪伴。母亲用这辆载过我们姐弟三人的自行车，来填补我们不在她身边时内心的空白。

母亲当年辛辛苦苦添置的这两件大件，如今，都已失去实用功能，像衰老的母亲一样伤痕累累，却让我们倍感珍惜。

六

母亲内心最大的遗憾是自己没读过书，因此，对子女的教育格外上心。

我六岁时，看到大孩子们每天背着书包去学校，很是羡慕。那时还实行春季报名，我出生于3月8日，差了几天。母亲看着我渴望的眼神，心一横，便领我去了学校。报名的老师一看母亲递过来的户口本便说："还不到年龄呀。"母亲把我推到那位老师面前，说："您看看，我女儿像是六岁的娃吗？只是晚报了户口。"我从小个子就高，看上去的确比同龄孩子大。报名的老师看看一脸严肃的母亲又看看站在一旁的我，便说："那去连部开个证明再过来。"因为母亲的争取，我早一年入了学。后来我曾问过母亲为什么，母亲回答："还不是怕你念不上书吗！"我想，那一刻，母亲一定是想到了小时候逃学的自己。很多时候，一个转瞬即来的念头，会影响和改变一个人的一生，母亲怕我像她一样。

上初二时，我成绩不太好。望着面对课本整日忧心忡忡的我，母亲说："你比别的娃早上一年学，你还小，跟不上很正常，再复读一年吧。"母亲能做出这样的决定很不容易，那时，我已能帮家里做很多事，早一年毕业，家里早一年多个劳力。我能感到母亲是经过深思熟虑的，她希望我好好念书，通过自身努力读高中，考大学，将来改变命运。

最终，我还是没能考上高中。那是包产到户的第一年，家里承包了二十亩地，父亲身体弱，靠母亲一个人种的确很辛苦。放了暑假，我一直跟着母亲在地里忙。秋季开学，学校新开了农广班，和我一样没考上高中的同学几乎都报了名。连着几个月，我也干累了干烦了，想想别的同学都去学校坐在宽敞明亮的教室里读书了，可自己还在地里摸爬滚打，心里不免难过，但看到母亲那么辛苦，我也不好说返校的话，每天沉默寡言，忙忙碌碌。

知女莫若母。到九月中旬的一天，母亲突然对我说："快去学校报名吧，还来得及。"并告知我报名费在她枕下压着，让我自取。听了母亲的话，仿佛压在心口的一块巨石被搬掉了，我整个人一下轻松了许多，再无丝毫犹豫，扔下地里的活骑上自行车就往家赶。因失而复得的学习机会我很激动，也心急，我把自行车蹬得飞快，遇到一个雨水冲出来的坑来不及躲避，车子一下倒进坑里，把我甩出去老远，身上多处擦伤。我爬起来顾不得疼，骑上车继续往家赶去。如今想来，如果没有那次返校，极有可能我一辈子都要面朝黄土背朝天。

比起我，弟弟对上学的态度正好相反，这让母亲苦恼的同时又想起自己的经历，村上办识字班时，母亲也是报了名的，但让天性好动的母亲每天老老实实坐在教室里听课，实在是件困难的事。那时母亲还小，没意识到识字的重要性，外公外婆觉得女娃读书无用，也就随了母亲性子。母亲离开甘肃老家去新疆的路上，才体会到不识字带来的不便，虽很后悔，却再无弥补的可能。母亲怕弟弟重蹈自己的覆辙，便逼着弟弟去学校读书，每次考试虽不理想，但弟弟把基本字词都掌握了，不会影响正常生活，后来弟弟实在不愿读，挨过不少打依旧不改，母亲才不再强迫他。

妹妹是家里学习最好的，也是学历最高的，读完营部的初中又读团部高中，最终考上西安某大专院校，这对于一个兵团的女娃来说很不容易，也跟母亲的支持分不开。母亲平时很少让妹妹干家务，好让她能有更多的时间学习。妹妹读高中时住校，每周回家一次。返校时，母亲除了给生活费，还要煮几个鸡蛋让她带上。在母亲内心深处，读书是异常耗心耗神的事，要加强营养才行。到妹妹考上大专，国家高等教育进行改革，开始自费，对我家而言，妹妹的学费及生活费是一笔不小的支出，但母亲对妹妹说:"只要你喜欢读,老娘就供你。"

如今的母亲,还是连简单的数字都不认识。父亲去世那年,母亲来了宝鸡,在返疆前两天的晚上,母亲坐在床头突然对我说:"你爸走了,以后想你们时连个给我拨电话的人都没了,这可咋办呀。"听母亲如此说我心里异常难过,此后,母亲必将和依赖父亲的生活彻底告别。我对母亲说:"我教你认,不难,1到9认会了你就能拨电话了。"母亲看着我鼓励的眼神,犹豫片刻,似乎下定了决心,小心翼翼地说:"那我就试着认认吧!"那一年,母亲55岁。

我指着家里红色座机上的数字告诉母亲,0是一个圆圈,1是一根手指,2是半圆带个小尾巴,3是两个半圆,4是三角……在我眼里一目了然的数字,母亲看着却如此相似,她急出一头汗,总算记了个大概。我让母亲用座机拨我的手机号,母亲坐在床头抬起胳膊,手悬在电话机上,却不知先按哪个键好,我急忙找出纸笔,把那一串数字写在纸上放在母亲面前。母亲终于按下了第一个键,我鼓励她继续,11位数字像11座大山,母亲一遍遍拨着,晚上临睡前,我的手机终于在母亲枕边响起。

母亲回新疆后,我并未接到她拨过来的电话,几天的时间,母亲就把那9个数字忘得干干净净……

七

母亲在我年少时曾做过几件事,给我留下了特别深刻的印象,经过时间无数次地冲刷,这些事我依旧难以忘记。我的母亲,给我温暖也给我疼痛,给我感动也给我难过,给我美好也给我不堪。这都是母亲最真实的一部分。

我七八岁时，郑州的舅爷来新疆出差，顺路到家里看望祖母。母亲去营部买了很多蔬菜准备做饭招待舅爷，其中有半筐西红柿，母亲放在一进门的过道边，就进里屋和祖母一起陪舅爷说话去了。那时节，西红柿刚上市，很稀罕，我又正是嘴馋的年纪，忍不住拿了一个，站在院子里吃完，感觉太好吃了便又进屋拿，伸出手刚摸到西红柿，就听到一声断喝像炸雷从里屋传来："吃了一个还吃，你这死丫头，嘴咋这么馋？"我吓得一哆嗦立即缩回手，羞得无地自容，低着头急匆匆跑出屋，像做贼似的。这是我长那么大自尊心第一次受到伤害，因当着外人，伤害程度尤甚，乃至我婚后有了儿子，每次他犯错我想训斥时都会想起此事，便在心里暗暗告诫自己，一定要做个温柔的妈妈，不要当着外人伤了孩子的心。

我上初中时，母亲曾带我去裁缝店做过一件红色罩衫。那时裁缝店里的裁缝大多跟师傅做学徒，那家裁缝店里的师傅手艺不精，这件罩衫被裁瘦了，本来母亲打算让我罩棉衣穿的，结果只能单穿。母亲当然不愿意，在裁缝店里磨了半天，裁缝还是不愿赔衣服。母亲站在那里沉默许久，突然拿着衣服和店里的一把剪刀，一阵风似的往外走，裁缝当然也不愿意，追出来，母亲扭头一看，停下举着剪刀说："你再追别怪我不客气，剪刀可不长眼睛。你把衣服做坏了不赔能行吗？"那人见母亲态度如此坚决，又看了看母亲手里举着的明晃晃的大剪刀犹豫了一下，跺跺脚转头回了裁缝店。我站在一边不知所措，母亲能做出这样的举动让我很吃惊，也让我感到羞愧。不就是一件衣服嘛，罩不上棉衣就单穿,即使我穿不上还可以留给妹妹穿,拿人家的东西像个无赖。但又想,父亲性格温绵,人善被人欺,若母亲不这样,家里的日子怎么过得下去呢?

我高中毕业后到纺织厂上班,工资不高,除过吃饭,每月回一趟家,除去来回路费,再给家里买些吃的,也就所剩无几了,很少为自己添置衣服。母亲看在眼里还曾问过我两次,我只能笑笑,并不回答母亲。到第二年初冬,父亲突然领着母亲一起来看我,平时都是父亲一人来,这让我很意外。吃完饭,我领着父母逛百货大楼,母亲看中一件卡其色呢子西装外套,让售货员取下来,递给我试。我坚决不肯,毕竟已经工作了,不能帮衬家里就算了,怎么能让家里倒贴。母亲看我态度强硬便说:"女孩子大了该添置几件像样的衣服,天眼看就冷了,你还穿着两年前买的两用衫,和老娘有啥客气的。"拗不过母亲,我便把那件呢子西装穿到身上,哪里都合适,可一问价钱,全毛的,要260元。这的确贵,那时我每月工资不到六十元。售货员看我犹豫,马上接过衣服挂起来,母亲赶忙又让售货员取下来付了钱。

我知道,这些钱是母亲在地里辛苦三季得的,每一分都被她的汗水浸泡过。此后,我开始知道钱的重要性,有了钱才可以孝敬家人,给他们买吃的穿的用的。

八

父亲去世后,在我和妹妹的极力邀请下,母亲来过宝鸡数次。我住老房子时,为让母亲睡得舒坦,特意在客厅给母亲搭了张床,到我搬去高新区,住五楼,妹妹便让母亲住她的一楼。我家和妹妹家楼挨楼,只隔两个单元。每次母亲来,我和妹妹总是尽量满足她的要求,平时都是弟弟、弟媳照顾母亲,我们姐妹俩亏欠母亲的实在太多了。

2008年,母亲说想回甘肃老家看看,我才知道母亲还有一对双胞胎姐姐,一个已离世,一个还在老家生活。到年底,我还有几天年休假,便邀请母亲来宝鸡,带着她坐火车回武威,再坐汽车到黄羊镇。镇上的风异常凛冽,我套了保暖内衣、羊毛衫、棉衣、羽绒大衣依旧冻得直打哆嗦,我问母亲冷不,母亲摇摇头,多年没回老家,母亲的心是热的,路都还记得清清楚楚,这让我很意外。经济不断发展,很多地方一年一变,母亲不知是怎么做到的。后来,我发觉母亲就是凭对故乡的那种感觉。

姐妹俩相见的那一刻,无须仔细辨认,两张相似的面孔说明了一切,母亲轻轻喊一声:"姐,我回来了。"我的大姨轻轻答一句:"是凤香回来了!"两双粗糙的手紧紧攥在一起,血脉之情就连接起来。70多岁的大姨包着深色头巾,穿着黑色斜襟棉衣,掉裆棉裤,裹过脚。她和儿子、儿媳生活在一起,每天还在操持家务。很快,大盘鸡的香味在土屋里慢慢弥散开来。晚上,睡在热炕上,听母亲和大姨聊天,夜很深了,两个人还在说话。

我和母亲在偏僻的黄羊镇待了近半个月,把角角落落里的亲戚都走了个遍。每去一家,就买一提挂面和一串冰糖带着,花费20多元。我总觉得太少,可陪同我们的表哥说,入乡随俗,如果买太多,会给对方压力。每家都会炖大盘鸡给我们吃,看着满院子追着鸡跑的身影,我渐渐滋生出不安。母亲却是欢喜的,安然享受着家乡人对自己的厚待。

从甘肃回来，母亲又惦记着去内蒙古，说她的两个外甥如今落户在那里，她已打听到了联系方式。这两个外甥，是母亲带大的，自母亲到新疆后再没见过。我懂母亲的感情，电话打过去，是大表哥接的，只说家里出了点事，随后联系，就挂断了。最终，我跟母亲没有成行。12年过去了，母亲再未提过此事，我想，母亲的这个心愿一定还在，不知自己能否带她去完成。而我的大姨，在我和母亲看望过她之后，很快就永远地离开了。

2015年夏季，母亲又来到了宝鸡，从闲谈中得知她的又一桩心愿：坐一次飞机。这是我和妹妹没想到的事，毕竟，母亲年纪大了，又有"三高"症。咨询医生后，说可行，我们决定带母亲去北京。正如我猜测的那样，能站在天安门广场上看升国旗，是萦绕在母亲心头多年的愿望。我和妹妹领着母亲和侄子，报了旅行团，选择坐火车去坐飞机回。到北京是清晨，遇倾盆大雨，虽拿了伞，我们四人还是淋了个透。中午吃完团餐，或许前一晚在火车上没休息好，我感觉异常累，随身的包都是母亲背着，60多岁的母亲还在照顾我们。返回时，在飞机上母亲异常紧张，紧紧抓着妹妹的手，我们安慰她，就起飞和降落时和坐船一样稍有些晕，其余时间都是平稳的，别怕。母亲是勇敢的，一直都在尝试新的事物，为让此生不留遗憾，母亲很努力。

自我2019年9月返回宝鸡，又有三年多了，我和母亲再没见过。无数次，我都在祈祷疫情快快过去，我不知道母亲还能等我多久。很多时候，看到手机视频里母亲衰老的面容，我时常想到有一天她会突然离去，那是随时都可能发生的事。一想到再也听不到母亲的声音，看不到母亲的脸……我的心就会痛。天渐渐热了，疫情也在慢慢消退，我计划着再回家乡去，再陪陪母亲。74岁的母亲，留给我的时间已不多了。

当我写完这篇文字，是在癸卯年初春的一个下午，阳光暖暖的，像是母亲望向我的目光——即便是远在千里之外，我也能感知到，母亲关注的目光从未从我身上移开过。这目光，是从母亲心底投射出来的，带着母性的光辉，给予我一生绵绵不绝的温暖。

我的父亲

很长一段时间，我都固执地认为自己和父亲并不亲近。父亲给了我生命，可他没有满足我想象中父亲该有的形象。我因此耿耿于怀，偶尔想起父亲，我都会羞愧，直到父亲彻底从这个世界上离开。那一刻，我身体里撕心裂肺的疼痛让我感知到父亲平凡中的伟大，以及自己和父亲之间永远也割舍不断的血脉之情。

一

父亲留给我最初的印象很模糊，这源于他很少回家。我十岁之前，父亲大多住在离家一公里外的羊场。因戈壁滩一览无余，羊场的那座院子，我趴在家里的后窗上就能隐约看见。很多时候，我迷茫的目光从羊场上空掠过，不作任何停留，那里仅仅是父亲的工作地，超出了我的生活范围。"父亲"这一称呼，也很少从我口中叫出。

父亲像是家里的编外人员，即使离家那么近，也是十天半月才回来一次。黄昏,父亲悄无声息地推开院门,低矮瘦小的身体在夕阳的照射下,被拉出长长的影子,他慢慢穿过院子,推门进屋。每次父亲回来,家里依旧安静,但角角落落却洋溢着不同于往日的热烈气氛。奶奶虽极力克制,喜悦的心情却溢于言表,走路时像是踩在欢快的节奏上,"噔噔噔"的声音比平日要有劲得多。

父亲会在家吃晚饭,因对独子的异常疼惜,奶奶对这顿晚饭格外重视,这也成了惯例,只要父亲回来,家里便改善生活。奶奶手下的面团于擀面杖的推送中,在案板上发出"啪啪"的声响,慢慢变薄变大,直到被切成韭叶宽的面条。母亲拿出平时积攒下的鸡蛋,打在一只镶有景泰蓝花边的粗瓷碗里。每次都是八个鸡蛋,那只碗只能装下这么多,母亲用筷子搅动时都需小心翼翼。很快,厨房里便飘出鸡蛋炒大葱的浓郁香味,一家六口人围坐在一起,因这特别的美食,屋里弥漫着平日所没有的温馨气息。

吃完饭,父亲坐在奶奶床头陪她说话。我们姐弟三人在这一晚很少嬉闹,因为陌生,对父亲有些惧怕。那时,家里还没拉上电灯,煤油灯昏暗的光照在父亲脸上,五官端正的父亲,大大的眼睛里泛着温柔的光。不一会儿,炒货的香味弥漫开来,母亲端着油葵或黄豆进了里屋。泛着油光的吃食,盛在一只浅口的搪瓷碗里,放在父亲身边的写字台上。先是弟弟忍不住了,他慢慢靠过去,黑乎乎的小手刚刚伸向冒着热气的美味就被父亲捉住。"小心烫着,小心烫着!"父亲忙不迭地说着,将弟弟拉进他怀里,用粗糙的大手抓起一把吃食,摊在满是老茧的手心里开始吹气……我和妹妹也不知不觉向父亲围过去。

　　父亲在连队畜牧队的羊场工作。那时的兵团，私人只能在自家院里偷养几只鸡，还不允许喂大牲畜，连队的畜牧队便尤显重要，比起下地干活也轻松很多，年底宰羊杀猪，还能落些好处。无法根治的胃病把身高不足一米七的父亲折磨得瘦弱不堪，他根本无力承受繁重的农活，连队便派父亲和另两名职工看管羊场的近千只羊，父亲夜宿羊场，就成了必然的事。

　　春夏秋三季，每天清晨，父亲把羊赶到戈壁滩上吃草，到黄昏再赶回。这看似轻松，实则辛苦。每天要跟着羊走很远的路，午饭也只能吃几口随身带的馍。因羊群大，地形又复杂，丢羊是常有的事，很多次羊进圈了，点来点去就是少几只，父亲便会领着狼狗再出去找羊。茫茫戈壁，有时一找就是一晚上。公家的羊，少一只都不好交账。到了冬季，草木枯萎，又被雪覆盖，羊只能圈养。秋收时，连队的拖拉机从地里拉回许多玉米秆，堆得像小山一样高，就在羊圈不远处的戈壁上。父亲和羊场另两名职工每天拉回几架子车玉米秆扔进羊圈，以维持羊的生命。

　　天气越来越冷，母羊开始陆陆续续生崽。父亲便在露天羊圈边上的产房里生起炉火，到夜晚，把临产的母羊赶进去。屋外很黑很冷，屋里却温暖如春，炉火时明时暗，映照着父亲喜悦的脸庞。母羊蜷在墙角，因阵痛时常探起头看看父亲，仿佛在寻找依靠。父亲窝在旁边的单人床上，也时不时望一眼母羊，目光里满是期待。小羊第一声微弱又稚嫩的叫声打破了黎明前的寂静，父亲用自己沾满血水的双手，轻抚一下那初来乍到的小生命，缓缓抹去它脸上湿乎乎的黏液，慢慢托起它的肚腹，看它摇摇晃晃站起，蹒跚着走几步，到母羊腹下寻奶吃。忙完这些，父亲才拖着疲惫的身体回房休息。

　　每到冬春青黄不接之时，喂羊的草料所剩无几，羊场便留下一名职工照看老弱病残的羊，父亲和另一名职工要赶着羊群转一次场，到离家很远的南山煤矿附近的一个牧场去，那里气温高，草木萌发得早。父亲他们赶着羊，顺公路边要走两三天，连队派一辆卡车跟着，军绿色的防雨篷布下拉着帐篷、日常所用锅碗瓢盆及杂物。人走累了，也会爬上车去歇息一下。羊走走停停，用尖尖的嘴啃地上短短的草芽。黄昏，羊走到哪，父亲就把帐篷扎在哪。一个月后，连队附近戈壁滩上的草长起来，父亲他们再赶着羊回连队。

　　每年转场结束后天就热了，这时就要开始剪去羊身上厚厚的毛，这是个大工程。父亲每天留下几十只羊剪毛，其余的羊由那两名职工继续赶去戈壁放养。除了留下的羊时不时发出几声咩叫，羊场再无其他声响。父亲拽着羊的一条后腿，把羊拖出羊圈，手腕用力翻转，羊便在挣扎中躺倒在地。父亲赶忙半蹲下，蜷起一条腿紧紧压在羊的脖颈上，羊就老老实实不再动弹。父亲手里的长刃剪刀像一台推土机，顺着羊的肚腹，再到脊背，一下一下推过去，直到羊露出整个雪白的身体。剪下的羊毛被密密实实卷起来，装在尿素袋里统一上交连队。剪过毛的羊要重新打记号，以防混入其他羊群。父亲一手端着大铁碗，里面盛着烧化的沥青，另一手拿着一把细毛刷，蘸一下沥青，飞快地在羊背上刷一个"6"字，这是六连独有的标记。因一只调皮捣蛋的公羊，父亲不小心打翻了沥青碗，烫伤了整个手背，在家休养了半个多月后,他便离开了羊场。

畜牧队除了羊场,还有猪场和牛场。父亲在羊场待的时间最长,这也让我们姐弟三人的童年都缺失了父爱。那时我想不明白,离家这么近,父亲为什么还要在羊场搭伙,再大一些,我明白了,父亲每个月的口粮在羊场。

父亲也在猪场和牛场干过,只是时间不长。1986年包产到户,父亲离开畜牧队,承包了20亩地,和母亲一起耕种。因长期和牲畜打交道,父亲染上了"布氏杆菌",这对于本就体弱的父亲来说,无异于雪上加霜。没过几年,团部发布了新政策,父亲和母亲商量后,便以病退的方式结束了自己的职业生涯。那时的父亲,刚刚40出头。

二

父亲名增勤。我上初中时,知道了文字的含义,很多时候,都觉得父亲名字起得不好——需要增加点勤快的人,必是懒的。有这种想法,当然是大不敬,更是错误的,毕竟,每个人都是生下来先起名再慢慢长大。其实我心里明白,父亲是因为疾病,身体吃不消才干活少,但我就是止不住地埋怨。

作为家中长女,我早早跟着母亲干活,目睹了她为家里付出的所有辛苦。记忆最深的是,每当干力气活,扛起一袋粮食或一捆青草等重物时,母亲都会发出一种声音。这声音如叹息,似哀怨,由高到低,由重及轻,带着颤音,不像从喉管里发出来的,倒像来自五脏六腑——母亲这是拼尽全身的力气了。母女连心,我站在旁边,仿佛被一只大手狠狠拽着心肝,忍不住疼惜母亲。

而父亲，似乎地里活越忙，他的胃便越疼。很多次，我放学回来，推门进屋，都是见父亲躺在床上蜷缩着双腿，手臂紧紧团在胸前，因疼痛父亲发出的呻吟声细如游丝，可我依旧听得真真切切。这声音和母亲干力气活时发出的声音如此相似，又如此不同。我不敢言语，父亲毕竟是父亲，我只有拼命帮家里多干活，以减轻母亲的负担，可我稚嫩的身体，哪里抵得上父亲宽阔的肩背。很多次，我站在空无一人的院子，忍不住埋怨父亲胃疼的频率竟如此繁密。

父亲的胃病，是他十多岁时在老家煤矿上挖煤时得的。煤矿人多，吃一顿饭像打一场急仗，父亲年纪小，人又老实，总挤不到跟前去。轮到他吃饭时只剩下些汤汤水水，早凉了。挖煤的活又重，父亲的胃慢慢就出了问题，体质也越来越差，最终扛不住，跑去了新疆。父亲骨子里其实胆小怕事，能做出这样的决定极其艰难，由此也看出，父亲在煤矿上吃了大苦受了大累。

那时，国家正动员全国知青支援边疆建设，"楼上楼下，电灯电话"是当时流传最广的宣传语，吸引了各省份许许多多的人去了新疆。父亲到新疆后住的是地窝子，地下半层地上半层，勉强算是楼上楼下，只是和想象中差距太大；电灯倒是基本普及，电话也有，却只有一部，放在连部办公室里。父亲难免失望，可最终还是留在了新疆，原因很简单，这里地广人稀，人只要勤快就能吃饱肚子。此后，父亲再没挨过一顿饿。

第二年的秋天，父亲返回老家接来了自己的母亲。几年后经人介绍，父亲认识了母亲，两个人很快结婚，我和弟弟妹妹相继出生。父亲读过几年书，知道很多传统故事，会拉二胡，会吹口琴,还能唱几段豫剧,很有一些文艺青年的风范。或许,正是这些吸引了大字不识一个的母亲。我上初中后,父亲已离开畜牧队回家住了,冬闲时常常讲故事给我们听,武松打虎、杨志卖刀……有一次还讲到《西厢记》崔莺莺和张生的爱情故事,母亲笑着阻拦:"别给孩子们讲这些乱七八糟的。"

父亲天性善良,容易轻信别人,记忆里父亲吃过两次这样的亏。一次是去石河子二医院看胃病,还在排队挂号,就被两个医托一唱一和地骗到外面的小诊所,花几十元钱买回几包中草药。那时家里还不宽裕,这些钱是大钱,母亲心疼坏了,对这事耿耿于怀了很久。那几包草药放在立柜里,母亲一直没敢熬,怕药有问题喝坏了父亲。那是我成长记忆里,父亲唯一一次去大医院看病,却落得这样的结果。

父亲胃疼起来,大多躺在家里休息,基本不怎么吃药。那时连队的医疗条件差,人也皮实,不舒服了就忍着,缓过劲来该干啥干啥。忍不过去了,才到团部医院住院治疗。从饥荒年代过来的人,得胃病的也多,都不把这当回事。如今想起,我心里依旧难过。在贫穷的日子里,母亲需付出多少辛勤汗水,才能省下那些钱让父亲去看病。而父亲曾怀了多少期望,在受骗后幡然醒悟时,又深藏着多少对自己的埋怨和忍气吞声。

还有一次是父亲来宝鸡看我返回时发生的事。父亲在乌鲁木齐下了火车,隔壁就是汽车站,开往石河子的车就停在院里。父亲掏钱买票时,问售票员要车票,售票员却说车马上就开没给票,父亲上了车,开车前检票时却换了一个售票员,父亲只得重新买票。那是1996年秋天的事,2004年,父亲去世后我才从母亲口中得知。那时的几十元钱已不算太多，父亲一生从未骗过任何人，却总被人骗，这和父亲自身有很大关系，在父亲心里，每个人都像他一样从不说谎。老天似乎也对人不公，专拣老实人欺负。

我也曾欺负过父亲。我上高中时，一天早上，一家人正吃饭，父亲放下碗起身出去，到院外的菜地里摘回一只青辣椒，用水冲过直接就送进了嘴里。这不是父亲第一次这样吃辣椒，也几乎无一例外，半小时不到，父亲的胃病就开始发作。奶奶和母亲早已习惯了父亲这种吃法，不愿和他争执，都保持沉默继续吃饭。此时，父亲辣得张大嘴巴不停地哈气，院子里到处弥漫着浓浓的生辣椒味。我看在眼里，忍了又忍，父亲躺在床上呻吟的画面突然浮现出来，我的火气一下冒上来，冲父亲小声说："爸，你胃不好，就别吃辣椒了呗。"父亲看了看我，没接话，我忍不住又说："爸，你嘴也太馋了，就不能忍忍吗？"语气里满是责备。父亲看我一眼，我毫不妥协的表情彻底惹怒了父亲，他一下从椅子上站起来，把碗往饭桌上一扔，踉踉跄跄中把手里吃剩下的半截青辣椒狠狠摔在地上，怒冲冲地出去了。这是父亲一生中唯一一次对我发火。当时，父亲一定觉得我不懂规矩，可我相信，当父亲再想起此事，一定会感知到我对他的疼爱。

或许因胃病，父亲对甜食情有独钟。偶尔家里有点心、蛋糕等零食，奶奶总是不舍得吃，大多留给父亲，父亲也坦然接受。很多时候，我们对父亲都有看法。后来读到一篇文章，有与此境况相同的母子，其中儿子的话点醒了我。他说："母亲已衰老到无法消化这些食物，看我吃母亲是欢喜的，这些食物也就发挥了它最大的价值。"读到这篇文章时，我已过天命之年，儿子在离我百里之外的省城工作，身为教师的他异常繁忙，我们很少见面，我却时时牵挂着他的衣食冷暖。我也理解了当时父亲的举动，理解了母子之间这种感情。

我去石河子纺织厂工作后，每月只回家住一夜。回家的第二天早上，父亲总会去连队食堂买油条回来。父亲骑着家里那辆破旧的自行车，一大捆油条竖在红色的塑料袋里，挂在车把上摇摇晃晃，父亲推开院门进来，整座院子立刻弥漫着油条香喷喷的味道。食物，已成为亲人之间一种爱的传递。

三

父亲沉默寡言，不善交际，但待人真诚和善。在畜牧队工作时，曾结识了几位很要好的朋友，在漫漫的岁月长河中，最终虽因工作关系分开了，他们依旧念着父亲的好。

在我记忆里，和父亲最亲近的是赵叔。父亲和赵叔是在春季转场时认识的。赵叔是三连畜牧队羊场的职工，老家也是河南的，和父亲老家离得不远，能在同一个牧场遇见也算缘分。俩人一见如故，说一样的方言，有相同的生活习性，就像一块土地上长出的两棵麦苗，越聊越对脾气，两群羊最终合并成一群，彼此间也有了照应。转场结束，虽各回各连，两个人的关系却越来越近。冬季羊群圈养时，赵叔经常骑一个多小时自行车来找父亲，父亲和赵叔坐在家里，你一句我一句，一聊就是一下午，也不知都说些啥。那时的我还小，不明白两个大男人之间为什么会有那么多的话说，陪着两个人的是一大缸子滚烫又浓酽的砖茶水。

父亲也去赵叔家，只是这样的情形并不多。赵叔的媳妇是四川人，很利索，个子小，心眼也多，赵叔什么都听她的，父亲去了赵叔就有些不自在。后来不知什么原因，赵叔和媳妇的关系紧张起来，他来我家的次数更多了，依旧骑着他那辆破自行车，只是人渐渐瘦了。赵叔大多半下午过来，一直到吃了晚饭才走。时间一长，赵叔前脚走，后脚母亲就叨叨，嫌赵叔来耽误父亲干活。父亲明白母亲的小心思，是嫌赵叔在家里吃饭了，心疼粮食，他也不争辩，总是笑笑，对母亲说："老赵也可怜，在新疆没亲人，媳妇又那样，总要给他留条活路吧。"母亲就不再说什么。后来，赵叔的媳妇还是和他离了婚，赵叔再来我家，就带着儿子，一个七八岁的少年，瘦削的身子仿佛撑不住大大的脑袋，眼睛里满是忧郁迷茫的光，安静地跟在父亲身后。

　　身体本就不好，又因家事闹心，没几年，原本看上去又高又壮的赵叔，突发脑出血死在冰锅冷灶的家中。

　　三连的领导得知父亲和赵叔关系好，便请父亲过去帮忙处理后事。曾和自己朝夕相处过又无话不谈的人说没就没了，离开时，眼前连个人都没有，就被埋在离家乡几千里外的戈壁滩上，父亲难免伤心。在等赵叔老家来人的那段时间，父亲把赵叔的儿子领回我家，他还是个孩子，一人怎能生活呢？父亲去找过孩子的母亲，那女人已组建新的家庭，说不方便带儿子一起生活。父亲回来恨恨地对母亲说："唉，遇到这样的母亲，娃真是可怜。"最终，那个郁郁寡欢的少年被自己叔叔领回老家，父亲一直惦记着他，老跟母亲念叨，不知娃生活得怎样。母亲让父亲写信问问，父亲犹豫片刻说："还是不问了，孩子的叔叔会不高兴，人各有命，随他吧。"

父亲还有一位叫国英的老乡，是在老家挖煤时认识的，两个人年龄相仿，一起结伴来的新疆，国英叔落户在石河子吃了商品粮，父亲去了兵团依旧种地，但两个人一直都保持着联系。我高中毕业后，父亲托国英叔在他上班的纺织厂给我介绍工作。那时，国英叔已是那家纺织厂维修车间的主任，他没有丝毫犹豫就答应了。他知道自己老乡的脾性，不会轻易开口求人，我这才去了那家纺织厂的细纱车间做了挡车工，一直工作到来宝鸡。几年后我领着儿子回家乡，母亲告诉我，父亲每年还不忘大包小包地带着农产品去国英叔家走动。

在羊场工作时，父亲还曾照顾过一个叫小林的职工，那时小林刚高中毕业，学习好却因临场发挥失误没考上大学，连队照顾他，知道他还有想法，就把他分配到羊场工作，这样他时间宽裕，可以再读书。父亲很多时候就留小林在羊场干些杂活，不派他外出放羊，在生活上，像兄长一样时常关照他。小林最终考上团部的会计，离开了羊场，但每逢春节，他都会带着媳妇和儿子来给父亲拜年。这时的父亲依旧话不多，脸上露出羞涩的笑容，坐在家里的靠背椅上，看着小林幸福的一家，父亲被生活磨砺得浑浊的双眸时不时泛出明亮的光彩。

母亲性格急躁，也好强，偶尔为一些鸡毛蒜皮的事和邻居有点小摩擦，私下总是父亲做工作。二十世纪八十年代，母亲曾开过一块菜地，种了几年后，有一天她站在地头，突然有了重大发现，又不敢确定真假，便回来问父亲："咱家那块地，我记得比旁边家的大，怎么现在看上去小多了，奇怪，地难道会长翅膀飞走?"父亲心里早明白,两块地中间隔着田埂,每年春天翻地,那家都把田埂上的土往我家这边赶一垄,父亲发觉后从未给母亲透露过,不就一点地嘛,你家多种几株苗能比我家富多少? 父亲望着母亲,心想,坏了,还是被她发现了,便开始打马虎眼:"我没觉着呀,咱家的地就那么大,是你眼睛出问题了。"父亲了解母亲的脾气,她要知道真相非炸锅不可。母亲看着父亲一本正经的样子,有些半信半疑,父亲马上转移话题,给母亲背诗:"千里修书只为墙,让他三尺又何妨。万里长城今犹在,不见当年秦始皇。"对于不识一字的母亲来说,要理解这样的诗句是很困难的,父亲逐字逐句讲解,被人家占地的事也就混过去了。

对于婆媳间的矛盾,父亲化解的方式很简单,他从不参与其中,任由时间去抚平一切。面对这两个爱自己、自己也爱的女人,父亲能说些什么呢? 不能,日子还要继续过下去。

四

在我记忆里,父亲有几件东西格外珍惜,很少让我们碰。

一件是父亲腕上的手表,几乎没见他摘下来过。每次洗手时,怕手表进水,他总用袖子护着,绝不乱丢乱放。表的来历父亲从没说过,有一次喝多了酒,才说是为找对象咬牙攒钱买的。那时戴手表的人少,是身份的象征。

父亲那只手表的表带和表盘都是银色的,每晚还要上发条。小时候的我,总觉得这很神奇,它滴滴答答走个不停,和父亲形影不离,像父亲的另一个心脏。我时常想,这只手表戴在自己腕上会是怎样的情形,却没有机会。上了初中,我还在眼红父亲的手表，一次考试，就试着以看时间为由，让父亲把手表给我戴两天，父亲没有丝毫犹豫就把表摘下来了。我心里别提有多美气，戴在腕上左看看右看看，考完试我还赖着不还，直到父亲问我催要，才心不甘情不愿地还给他。很快，父亲就萌生了给我和母亲买手表的想法，那时，家里的日子已宽裕很多，一下买两块手表也算添了大件。

父亲买回来的两块表都很精致，银色小表盘，褐色皮表带，其中一块表盘上还有一圈细细的黑边，很洋气，比另一块贵5元钱。两块表，共花去家里85元钱。母亲把贵的那块表给我，我戴了近十年，到1991年秋天，我在地里摘棉花，不知啥时就丢了。之前表带松动，我修过，没舍得换新表带，是自己大意了。那一天，我在棉花地里找了好几个来回，都没找到那块表，心里难受了许久，不敢告诉父亲。我一直记着，父亲把表交给我时说的话："时间过得可真快啊，我家姑娘已经长大了。"

父亲的另一件宝贝是从老家带来的二胡，被父亲挂在床头，闲时有了兴致，父亲便会咿咿呀呀拉起来，声音婉转迂回，很是动听，顺着戈壁的风传出去很远。那时，父亲是连队里唯一会拉二胡的人，现在想起小时候的自己真傻，近水楼台，有一位这么好的老师，却错失了学习乐器的机会。

父亲的第三件宝贝是他的羊鞭。父亲只要赶着羊出去，都会带着这根羊鞭，回来就把它挂在屋门后，进进出出都能看见。羊鞭是父亲自己做的，榆木鞭把很硬朗，有半米长，大拇指粗细，稍有些弧度；鞭绳比鞭把要长很多，由三根细细的羊皮编成。这根羊鞭费了父亲很多工夫，但他觉得值，看着一块生羊皮经过自己多次加工慢慢变得柔软,又被制成工具,父亲就很有成就感。看到想偷吃庄稼的羊,父亲的羊鞭就会甩出去,发出啪的一声脆响。偷嘴的羊得到警示,立马缩回身子。父亲心情好时,也会甩羊鞭玩,细细的鞭绳在半空中像一条灵动的蛇,上下翻飞,让人眼花缭乱。那一刻,很多羊都会停止吃草,抬起头享受这独有的欢快时光。

我们犯了错,这根羊鞭也显现出它巨大的威力,奶奶总会吓唬我们说:"再不听话,让你爸拿鞭子抽你们。"父亲真的也曾抽过,却总是高高举起羊鞭轻轻落下。

这根羊鞭陪伴父亲十多年,跟随父亲看见过戈壁上许许多多个清晨和黄昏。父亲握在手里,像牵着和自己血脉相连的孩子。羊鞭明白父亲的每一个眼神,父亲举起它时,它立马知道父亲想要的方向,便义无反顾地奔赴。这奔赴,最终化为空中一声响亮的鞭哨。在这种声音里,父亲慢慢老去。

这三件东西,父亲去世后都跟着父亲走了,以各自的方式消失在茫茫戈壁。冥冥之中,我相信,它们一定能感知到父亲生命的消失,它们因此也失去了自己存在的价值和意义。可于我而言,它们依旧和父亲紧密相连,因它们的存在,父亲活着的日子才变得更加完整和鲜活。

五

我远嫁宝鸡之后,父亲曾来看过我两次。第一次是1995年秋天,那时儿子两岁多,我还和婆母合住。父亲在宝鸡待了一个月——这似乎是父亲来之前就和母亲商量好的,住长了,怕打扰我的正常生活，住短了，又怕婆家误以为我不被娘家重视。婆母家三室两厅，七十几个平方米，住着老老少少七口人。父亲来后，和我们一家三口挤一间，在又窄又硬的长沙发上睡了一个月，沙发和床间隔不到一米。这是此生我和父亲唯一一段近距离朝夕相处的时光。

那时，妹妹正在西安读大学，我领着父亲去西安看妹妹，也顺便带父亲逛逛。妹妹在火车站接上我们，我们安排父亲住进五路口的一家宾馆，这是父亲第一次住宾馆。那一夜，我和妹妹挤在她学校宿舍的单人床上，几乎彻夜未眠。那时，宾馆为节省成本都是合住，和父亲住在一起的是一个40多岁的男人，看上去很油滑，我和妹妹怕父亲上当受骗，只留给他30元钱。后来证明，我们的做法极其正确。

第二天一大早，我们接上父亲从宾馆出来，父亲就急忙说："昨晚你们刚走，那个男人就让我帮忙买烟，我说你自己买去，那人说他胃疼。我一听这话心就软了，知道胃疼起来是什么滋味。我便说，好，我给你买去，先把烟钱给我。那人说你先买，回来再给你。我一听他这话，心里明白了，就说，你也看到了，两个女儿把我身上的钱全部要走了。""你真给他买烟了吗？说不定在骗你，他胃根本不疼。"我急忙说。父亲抬起头，想了想，说："那万一他真的胃疼呢？出门在外都不容易，能帮就帮，只是去买烟，多走几步路而已。"我只得笑笑。正说着，见不远处停着一辆中巴车，一个30岁左右的男人举着喇叭站在车下大喊："38元逛兵马俑啦！38元逛兵马俑啦！"我和父亲都是初次来西安，妹妹学业紧张也很少逛，我们人生地不熟，想着38元也算便宜，商量后就交了费。我们父女三人坐上车，和20多名游客一起朝着目的地进发。导游是位年轻人，说话很幽默，讲解得也精彩，一路上父亲都很开心，虽然他并不懂一个大土坑里站着的那些土人有什么重大的历史意义，可有两个女儿陪在身边，这本身就让父亲高兴。

返回时出了麻烦。导游把话题三转四转，转到油费、过路费、门票、司机费、导游费上，最后说每人还要再收150元。车上20多名游客当时就炸了锅，跟导游理论，气氛异常紧张。那辆中巴车最后停在离火车站不远的一条小街巷里，导游把着门，不交费不许下车。车上游客都是外地人，到底胆怯，都不愿惹麻烦，只能乖乖交费。30年过去，我依然记着那一次的狼狈，父亲一生中唯一一次跟团旅游，却受了惊吓。

父亲第二次来宝鸡，是和母亲一起来的，为了参加妹妹的婚礼。那一年，我已有自己的房子，虽不大，到底方便许多。我把儿子的小床腾给父母，让儿子和我们挤在一起。想着有了单独的空间，或许父母可以多待几天。可八十多岁的奶奶十多天看不到我的父母，以为有事发生，无论弟弟、弟媳怎么解释都不听，开始绝食。父母心里着急，等妹妹三天回门一过，便急忙返疆。那一次，他们住了不到一个月，内心却备受煎熬。

唯一让我欣慰的是，我曾带父母上过几次街。在老街一家音像制品店门前，父亲停下脚步，打量着货架上琳琅满目的碟片自言自语道："不知有没有河南曲调《陈三两》？"我进店询问，还真有，便买了回来。这张碟片父亲异常喜欢，很多次我下班回来父亲都在看。父亲返回时，我让他把碟片带上，父亲说："家里没播放机，就放你这儿吧，等爸下次来再看。"这张碟片一直被我收藏着，可再也等不到父亲来看我了。

我还带父母去吃了凤鸣春羊肉泡馍。坐在落地窗前，看街上人来人往，看坐在对面这两个给了自己生命的人。父亲穿着深蓝色的中山装，防风扣扣得严严实实，短短的发已花白；母亲穿着深红色外套，还不到五十岁，因常年劳作，看上去却像个老太婆。羊肉泡馍端上来，父亲只吃了几口便不再吃，说吃不习惯。从店里出来，母亲偷偷告诉我，多年和羊为伴，父亲咽不下羊肉泡馍。

我们还去看望了妹妹的公婆。叔叔拿出存放多年的茅台酒，父亲端起酒杯一饮而尽。三个子女都有了归宿，父亲卸去了肩上的重担，开心得无所顾忌，很快便醉倒了。父亲胃不好，几乎不饮酒，那是我唯一一次看见父亲醉酒。

六

2004年7月9日，父亲去世后的第二天下午，我回到家中。父亲的遗像摆在桌上，六年没见，看着烟雾缭绕中熟悉又陌生的面容，我说不出一句话，眼泪瞬间落下。我回来后，父亲就再没有要等的人了。

晚上整理父亲的遗物。父亲能有什么遗物呢？除了穿过的几件旧衣服，几乎再没别的。一个月前，妹妹回家时我托她带给父亲的短袖摆在衣柜里，商标还在，父亲肯定没上过身。这一个月父亲都在医院度过，此后，父亲再也不能穿我给他买的新衣服了。我忍不住放声大哭。望着父亲留下的一堆皱皱巴巴的衣服，我不知该如何处理，这是父亲最后的遗物。"让你爸带走吧！"母亲轻轻对我说。可我怎么舍得？衣服在，仿佛父亲就在，衣服没有了，就什么都没有了。父亲的气息，父亲的疼痛，父亲的一生，都会随着一团火焰消失得无影无踪……

在父亲枕边的一个黑色皮夹里，我发现了自己曾写给家里的信，这些信是我刚嫁到宝鸡时写的。那时，家里还没装电话。我数了数，共七封，父亲平平整整收在一起。我打开一封，泪水瞬间便模糊了双眼，我的心却随着文字轻轻战栗："亲爱的奶奶、爸爸妈妈，转眼一年又过去了，你们还好吧？我在宝鸡挺好的，你们放心吧……"我的这些信，每一封父亲都给我写了回信。二十多年过去了，经历过两次搬家，那些信早已被我弄得不知去向。我以为自己早已忘记了内容，可此刻，父亲歪歪扭扭的字竟异常清晰地浮现在我面前："我儿秀月，来信收到，家里一切都好，勿念……"

母亲告诉我，奶奶去世后的半年里，父亲变得异常勤快，洗衣做饭，收拾房间，这些年轻时没干过的家务，父亲都学着干，仿佛是为了弥补对母亲的亏欠。母亲说着又难过起来，抱怨连队至今没有一位领导来家里拜祭父亲，父亲就像一根被秋风吹折的草，断了就断了，除了家人，没人会在意，母亲对此耿耿于怀。在茫茫戈壁陪伴父亲几十年的母亲，知道父亲曾为连队付出过多少心血。母亲的埋怨在情理之中，父亲毕竟是连队正式退休的职工，这是对一个生命最起码的尊重。

第二天早上，送父亲去火葬场，我们带上了奶奶的骨灰。父亲在67年的生命之旅中，几乎没离开过自己的母亲，此后，希望在另一个世界，奶奶和父亲依旧相互陪伴。

当父亲被推进火化炉的那一刻，撕心裂肺的疼痛从我的胸腔里弥漫开来。父亲，我的父亲，我们还能再见吗？我的心沉重无比，像被一块巨石紧紧压着。可我的身体却轻如羽毛，仿佛被一只大手推着。我知道那是来自父亲的手，父亲来向我告别了。我不顾一切冲了过去，紧紧拽着父亲冰冷的身体……我失去了知觉。我的父亲，此后你留给我的，将是绵绵不绝的思念。

父亲的一生就这样结束了，像戈壁上的风，刮一阵就走了。可谁的生命不是如此呢？如今，父亲已在离我千里之外荒无人烟的戈壁上长眠了18年。很多次，父亲出现在我梦中，那些曾发生在父亲身上碎片式的记忆，在我醒后，被拼接成完整的细节。我反复回味，终于明白，我的父亲，从未离开过我。

万里边防，千里戈壁。我的父亲只是20世纪60年代百万"支边"青年中的一个，默默无闻地在茫茫戈壁上奉献了自己的青春和一生的热血。他们轰轰烈烈的支边壮举，将永载共和国垦荒事业的功勋册上。

怀念我的父亲！

后记　山河依旧

无疑，这本写给家乡的书是仓促的，虽然从2019年我写散文之初，便萌生了这样的念头。我一次次在自己的记忆深处，翻捡那些让我感动的人和事，一直不停地朝前走，不断书写，不断放弃，又一次次捧起，不断修改，力图做到她就是我心中家乡的模样。

最初，我以为这只是自己的一个梦想，不认为自己能完成这样的写作。曾看到这样一句话："一本书，有可能就是一个人的一生。"的确，我曾有过这样的设想，写给家乡的这本书，一定是我内心关于家乡的一切，家人、朋友、我生活的小院，以及我就读的学校，成长中，和她们相互陪伴的快乐和忧伤；离开后，和她们相互想念的温暖和疼痛。这么庞大的工程，对于一个业余写作者来说，很难轻易完成。可随着年纪的增加，家乡越来越成为我心中的神圣之地，随着时间的推移，似乎自己所有的闲暇时光，都在围绕着她展开。慢慢地，竟积累了20多万字。

我本想晚一些再出版这本书，等写作能力再提高一些，这会让自己笔下的家乡更趋于完美。可在这些书写中，我有着太多的情结和感触，如泉涌一般，流淌不竭，取之不尽。我渐渐明白，家乡值得我用一生去书写，也是我一生都离不开的书。在对这些文字的反复阅读中，会有无止境的营养输送进自己四通八达的血管，每一次都会唤醒自己忽略的那一部分记忆。我不可能在一本书中就把家乡完全完美地解读给自己，展示给读者，更不必把家乡的辽阔和厚重，囿于这薄薄的一本书中。那么，我就无所顾忌，写到哪算哪。

不可否认，虽已过知天命之年，自己还一直拥有少女情怀——很多人觉得这很幼稚，但我认为，这是一个女性写作者保持写作激情的秘密。最初，我把这本散文集起名为《戈壁上奔跑的少年》，我就是那个少年，在神秘苍凉又充满活力的戈壁上不断地奔跑，遇到沟沟坎坎会毫不犹豫地跨过去。我喜欢这样的感觉，但渐渐地，我的脑海中又时常出现这样的情景：一望无际的戈壁，是真实的，也是虚无的，夕阳渐沉，从容徐缓，余晖如万顷金砂，照在这片神秘的土地上；石砾沉静，草叶摇动，一切都展现出最真实的模样，苍茫又温暖。爱情和亲情，生存或死亡，在这里已不重要；天地相交，这里的一切，都显现出异样的博大和辽阔，这里的一切，都是自由自在的，走近或者离开，都自然而然。我喜欢这样的戈壁，喜欢戈壁上这样的黄昏。

每次回家乡，在这样的黄昏里，我无数次走向戈壁，那里埋葬着我的祖母和父亲。面对亲人，面对那两座越来越小的土包——他们很快就会融入天地间，我时常会想，当我只能以书写的方式来弥补亏欠他们的爱，他们能否接受？这样的疑问总是让我泪流满面。

自己能够坚持写下去，是源于热爱，再没有哪件事能比写作带给我更多的愉悦感。因为文学，我认识了许许多多品行高尚的文朋诗友，我喜欢和大家分享写作及生活中的点点滴滴，珍惜因共同爱好以及相互欣赏而在一起的美好时光。

从整理完这些书稿到出版，又过去了近两年时间，这本散文集多了4万字。增添的这4万字，几乎都是我在2022年底写出的，和2019年自己最初的文字相比，变化还是明显的。这种变化是好是坏，我都无法阻挡，这是一种成长，就像春天来了树要发芽一样，只能任其自然。我的心绪也改变了很多，三年大疫，让我更加感知到生命的脆弱，感知到自由自在地活着是多么难能可贵。好好生活，才是今后最明确的目标，一切影响身体健康的人和事，都不值得我费神费力。

业余写作这几年，我是幸运的，一路走来多遇贵人。你们总是在我最需要帮助的时候出现，仅仅因为喜欢我的文字，认可我的为人，这让我异常感动。感谢的话放在心里，我想，你们一定能感知得到，我会用一生去铭记和报答。滚滚红尘中，我像一棵树，站在那里仰望，还你们以永久的注视。

秀杰姐，遇见你何其有幸。关于人生，你告诉我，我们能做的，就是选择自己认为最好的道路，坚定不移地走下去，别人的评价毫无意义，按自己的心意生活才是终身浪漫的开始。我会永远记着你的话，记着那个独属于我俩的夜晚。我已忘记怎么认识你的，这并不重要，重要的是我们相互欣赏，慢慢靠近。

感谢我的家人，有你们的爱，我相信自己一定会抵达更远的地方，我爱你们。

感谢为我的散文集《戈壁的黄昏》付出辛勤汗水的所有人，是你们让我感受到人世间的大爱；感谢热爱我文字的读者朋友，是你们给了我坚持写下去的力量。此刻，是结束也是开始，期待在未来的岁月里，我们再次相遇。

2021年5月21日清晨写于宝鸡渭水河畔

2023年2月18日清晨改于西安曲江龙邸